神の家の災い

ポール・ドハティー

時は1379年6月。リチャード二世の摂政ジョン・オブ・ゴーントの宴に招かれたクランストン検死官は，酔ったはずみで四人もの人間が怪死を遂げた〈緋色の部屋〉の謎を解くと豪語してしまう。期限はわずか二週間。一方，アセルスタン修道士が守る教会では，改修中に発見された人骨が，治癒の奇跡を起こしたと評判になっていた。さらに，かつてアセルスタンが籍を置いた修道院から調査を依頼された事件が，修道士連続殺人だったことが明らかになり……それぞれに手ごわい三つの謎に，さしもの名コンビも苦戦する，中世歴史ミステリシリーズ第三弾。

登場人物

ブルーノ修道士……………………第一の犠牲者
アルクイン修道士…………………聖具係兼食料品係、第二の犠牲者
ロジャー修道士……………………聖具係補
カリクスタス修道士………………司書
ノーバート修道士…………………雑用係
ヘンリー・オブ・ウィンチェスター修道士……}神学者
ピーター・オブ・チンフォード修道士………}
ニール・オブ・ハリントン修道士…………神学者、アイルランド人
アンセルム神父……………………ブラックフライアーズ修道院長
ウィリアム・ド・コンチェス………宗教裁判所の裁判長
ユージェニアス修道士……………コンチェスの腹心
ウィリアム・フィッツウルフ……聖アーコンウォルド教会の前任司祭
レイモンド・ダークス……………裕福な大工
マーゴット…………………………レイモンドの妻
ジャン・ガレアッツオ……………イタリア人貴族、クレモナの領主

リチャード二世……イングランド国王
ジョン・オブ・ゴーント……ランカスター公、摂政
ジョン・クランストン卿……シティの検死官
アセルスタン修道士……ジョン卿の書記
モード……ジョン卿の妻
ベネディクタ……教会区の未亡人

神の家の災い

ポール・ドハティー
古賀弥生訳

創元推理文庫

MURDER MOST HOLY

by

Paul Doherty

神の家の災い

わが息子、ナイジェルに

序章

ドミニコ会修道士のアルクインは、ブラックフライアーズ修道院内の人気《ひとけ》のない教会で祈禱台にひざまずき、迷った。金箔を貼った十字架像を見ようか、それとも殺された同輩の遺体がおさめられた松材の柩《ひつぎ》を見ようか。

そわそわと身じろぎし、唇を嚙んで、指をぎゅっと握りしめる。ほかの者はどうあれ、彼は真相を知っていた。ブルーノ修道士は残虐にも殺されたのだ。腹が立つと同時に、怖かった。腹が立ったのは、そんな卑劣な行為がドミニコ会の修道院でおこなわれたから。怖かったのは、殺人犯の狙いが自分であることがわかっていたからだ。

話は単純だった。アルクインは一通の書面を受けとった。匿名の送り主は、晩課のあと地下室に来いと書いていた。最近知った猿芝居と、その陰にある偽りの信仰心に腹が立ち、彼は呼び出しに応じた——すると、地下室につづく急峻な階段の下に、ブルーノ修道士が倒れていた。首はねじれ、脳味噌は砕けた頭から流れ出た血の海のなかで凝《こご》っていた。

ブルーノの死は誤って階段のてっぺんで足をすべらせた結果の墜落死である、と修道院長はすぐに結論づけた。だがアルクインは、そうではないことを知っていた。殺人犯はいかなる手段を用いてか、獲物を待ちかまえ、足をすくい、あるいは押して、ブルーノ修道士をあの角の鋭い急な石段から落としたのだ。昨日の夕方のことだった。明後日、朝のミサのあと、ドミニコ会の修道士たちは鎮魂歌を歌い、哀れなブルーノの遺体をこの高い祭壇の下に埋葬する。そして仲間うちでブルーノの美点についてひっそりと語り合い、いくばくもせずに彼のことなど忘れてしまうだろう。彼の死にざまはおぼろげな記憶になり、暗殺者は勝ち誇って歩み去る。

アルクインは目を上げ、十字架像を見つめた。よもやキリストは、こんなことをお赦しにはならないだろう。殺人は、天に向かって大声で復讐を要求できる罪のひとつだ。正義が貫かれなければならない。だが、自分は口出しすべきだろうか？　自分の言うことなど誰が信じてくれるだろう、一介の聖具係兼食料品係でしかない自分を。真相を知っているのは自分と、友である老司書のカリクスタス修道士だけなのに、ふたりとも証拠を発見できなかった。修道院のみんなは、証拠を捜すなんて底意地が悪い、と言うだろう。アルクインのやつ、卑劣なずるい悪魔にとり憑かれたんだ、と根拠もなく断定するだろう。自分はローマかアヴィニヨンに送られ、上層部に申し開きをさせられるかもしれない。もっと悪ければ、宗教裁判所に引き渡され、取り調べを受け、尋問され、裁判にかけられるだろう。そのあと、どうなる？

アルクインは広い額から玉の汗をぬぐった。蒼白い角張った顔をますます陰鬱にして、深まりゆく闇を見つめた。もちろん、もっと悪いことが起きるかもしれない。アセルスタン修道士のようにブラックフライアーズから追い出され、どこかのみすぼらしい地域教会に送られて、風呂にも入らず文字も読めない連中の世話をさせられるかもしれない。苦渋に満ちたアルクインの顔は、くしゃくしゃの笑顔になった。

「ああ、アセルスタン」とつぶやく。「どうしてここにいてくれないんだ？　いまこそ、あんたが必要なのに。修道会もあんたを必要としている。主キリストは、あんたの鋭い目と鋭敏な頭脳を必要としているんだ」

笑みは消えた。アセルスタンは、ブラックフライアーズの修道院本館で開かれているドミニコ修道会の院内総会に招待されていない。現在はサザークの貧民窟にある聖アーコンウォルド教会の教区司祭となり、愛猫と話し、星を研究している。

「なあ、アルクイン」かつてアセルスタンは、こう言ったことがある。「わたしは昔、ペルシアまで旅をした男と話したことがある。その男は、天空を研究している賢いゾロアスター教の司祭と話したことがあり、司祭から聞いたという奇妙な話を教えてくれたよ。昔は星も太陽も月もなかったというんだ。そこには暗くて陰気なかたまり以外は何もなく、神の仰せによって爆発したそのかたまりが、燃える岩となって宇宙なるものを形成した。われわれの住む〝地球〟はその〝宇宙〟の小さな一部でしかないんだってさ」

アルクインは首を振った。殺人事件についての推測を口にするとき、彼が居合わせないのはむしろいいことなのだろう。またもやアセルスタンの浅黒くて鋭い顔と、思索的なまなざしを思い出した。あの男はもっと高いものをめざすよう生まれついている。修練院時代は優秀な学生だったのに、夢物語で頭がいっぱいになって誓いを破り、弟のフランシスを連れて戦争に行った。アセルスタンはもどってきたが、フランシスはもどらなかった。両親は悲しみのあまり世を去ってしまい、ドミニコ会の厳しい掟からアセルスタンを救ってくれたのは修道院長だけだった。アセルスタンは勉学を終え、托鉢修道士として誓願を立て、司祭の位を授かったあと、ロンドンの貧民窟の薄汚れた小路に派遣され、そこで働くようになった。

物音が聞こえ、アルクインは顔を上げた。暗い後陣を見まわし、壁龕《へきがん》に立つ使徒の巨大な像をすばやく目で追っていく。ここには誰もいるはずがない。晩課と終課のあいだの静かな時間に、彼はひとりで祈り、考えをまとめようとした。両手で顔をこすり、頭を上げて、もう一度十字架像を見上げた。そこで、こっそり背後に近づいていた暗殺者にチャンスが生まれた。アルクインのやせて骨張った喉に縄を巻くのに必要なチャンスが。数秒間、アルクインが激しくもがくあいだも、縄は締まった。耳のなかで血潮がとどろき、アルクインは息絶えた。叫ぶひまも、祈りを唱えるひまも、旧友アセルスタンの名をつぶやくひまもなかった。

聖アーコンウォルド教会の向かい側、悪臭のただよう小路の片隅に別の男が立ち、薄暗い陰気な教会を見つめていた。この男もまた過去の罪について、そして迫りくる神の復讐と正義について考えていた。小便で汚れた壁に身を寄せ、背後で泣き言を言っている物乞いを無視し、ときおり足を踏み替えた。壁の割れ目からこっそり出てきたネズミが、臓物や残飯の臭い山のなかで餌を漁っている。

小路の先の窓から、若い娘が澄んだ甘い声で歌いはじめた。その歌声は、悪臭ふんぷんたる小路では場違いに思われ、とりわけ暗闇で教会を見守っている男には不似合いだった。男は壁にもたれた。歌はほろ苦く、過去の記憶を、秘めたる罪を思い起こさせた。とはいえ彼は、できるだけのことはしてきた。聖ポール大聖堂の像に百本の蜜蠟ろうそくを寄進し、カンタベリーまで巡礼して聖トマス・ベケットの墓前にぬかずき、貧乏人に惜しみなく金を分け与えた。妖術に手を染めている連中のところへ行ったことさえある。風通しの悪い秘密の部屋で、呪文の書かれた本を手にしている夜の住人たちだ。そういう魔術師の指示に従い、絞首刑になった男の舌の下にコインをすべりこませ、絞首台の下でふた晩すごし、自分の秘密が明るみに出ないよう、闇の主に歌を奉納したこともあった。

男は聖アーコンウォルド教会の塔のてっぺんを見上げた。きらりと光る反射光が見えた。アセルスタン神父が望遠鏡と天宮図を持ち、天に伺いを立てながら、この心地よい夏の夜に、宵の明星があらわれるのを待っている印だ。男は身じろぎした。まさに聖書に書いてあるとおりだ――「罪はかならず身に及ぶ」（民数記第三十二章二十三節）。わが身に罰が迫っているのが感じられた。まるで、忌まわしい生き物が背後の小路を這ってくるかのように。その息のにおいがして、冷たい爪がうなじにかかるのが感じられる。そんな状態で、何ができる？　告白すれば、絞首刑になる。黙していても、不吉な日を先送りするだけだ。ふたたび教会のほうを見た。教会は神の家であり、天国への門でもある。だが、闇のなかで見守る男にとって、あの教会は大昔の罪の悪臭を放つ墓標だった。

第一章

歯に衣着せぬ巨漢にして、シティの検死官であるジョン・クランストン卿は、ハイバックチェアにもたれ、宝石をちりばめたゴブレットになみなみと注がれたワインをじっくりと味わいながら飲んだ。ボルドーのブドウ園からとれる最高のワインだ。そっとげっぷをもらし、にこやかにあたりを見まわした。大広間には精製された樹脂のたいまつや大きな蜜蠟ろうそくが灯されている。さらにランカスター公ジョン・オブ・ゴーントのお仕着せを着た小姓が壁ぎわに並び、たいまつを持っているので、外は暗いのに、室内は夏の真昼のように照らされてきらめいている。

「じつにすばらしい」クランストンはひとりごとをつぶやいた。

テムズ川に面したジョン・オブ・ゴーントのサヴォイ宮殿のなかにある大広間は、アヴィニヨンにある教皇の宮殿並みに豪華で贅沢だった。イタリアに数ある偉大な自治都市国家の貴族の部屋にもひけをとらないだろう。その貴族のひとりを、ゴーントはこのすばらしい宴会でもてなしていた。銀糸で刺繡を施された分厚い金色の布が、梁《はり》の下の壁を隅々まで覆っている。さまざまな色合いの窓ガラスには、それぞれ聖書の物語や古代ギリシア・ローマの神話が描かれている。純毛で織られた黄色と黒のトルコ絨毯が、床一面に敷きつめられている。テーブルクロスは絹で、皿やゴブレットはどれも高価な金属で作られている。甥のリチャード二世が幼少のあいだ、このイングランド王国の摂政を務めているランカスター公ジョン・オブ・ゴーントが、えり抜きの兵士たちを大広間の周囲に目立たないように立たせ、賓客をひとり残らず見張らせているのも無理はない。公は自分の館のなかでの窃盗を許さない。この宴を開いたのは、自分の偉大さを誇示するため、そしてクレモナの領主をもてなすためであり、どの館にもつきものの泥棒やならず者に楽々と盗みをさせるためではないのだ。

クランストンはまたもやげっぷをし、太鼓腹をぽんとたたいた。いかにも満ち足りた様子だ。モード夫人が産んだ双子の男の子、フランシスとスティーヴンはすこやかに育っている。クランストンは検死官の職務のほかに、名誉ある治安判事の地位を摂政から授けられ、この宴では摂政の右隣に坐るよう手配されていた。

「いまのわたしをモードに見せてやりたいものだ」クランストンはひとりごちた。妻は招待されていなかったが、彼女は気にしていなかった。

「悪いけど」と彼女は言った。「ランカスター公って、好きになれないわ。あの人の目は蛇みたい――生気がなくて冷たいの。魔王のような野心をお持ちだから、ご幼少の国王が心配だわ」

クランストンは驚いた。モード夫人には分別がある。普段は自分の意見を胸ひとつにおさめているが、ひとたび口に出した言葉はじつに的を射ている。クランストンはそわそわと身じろぎし、ゴブレットをテーブルに置いて、左側を向いた。オリーブ色の肌のゴーントは、ブロンドのあごひげをきちんと刈り込み、得意げに口ひげを生やし、重たげなまぶたの下から自分の所有する壮麗な大広間を見つめている。ゴーントの左隣には、幼い国王が坐っていた。あの少年は天使のような顔立ちだ。色白の顔、澄んだ青い瞳、鋭敏そうな目鼻立ち、肩まで垂れる金髪。左隣に坐っている浅黒い顔で黒いあごひげのイタリア人貴族の話を注意深く聞くよう、自分を律しているように見えた。クランストンは椅子にもたれ、そのイタリア人貴族を横目でちらりと見た。ずるくて抜け目がないことで有名で、その甲斐あって巨万の富を築き、自分の小さな都市国家をイタリア有数の勢力にしている。

　このクレモナの領主は、銀行、港湾、肥沃なブドウ園、畑、荘園を支配している。彼の船はアドリア海から有名なコンスタンティノープル（現在のイスタンブール）まで、そして隆盛をきわめるトレビゾンドの岸辺まで航行している。なぜ彼がイングランドに来ているか、クランストンは知っていた。いまイングランドの国庫は空っぽだ。議会は手に負えない。農民は不平不満でわき返っているので、徴税吏は強力な軍隊のつき添いがなければ恐ろしくてどの村にも入っていけないほどだ。ゴーントは借金をするために招いたクレモナの領主を、物惜しみせずに気前よく歓待していた。サウサンプトンでは壮麗な行列が領主を出迎えた。ゴーントとその弟たちは、混じりけのない金色の服をまとい、ロンドンまで領主につき添って、さらに豪華なショーや、あでやかな見世物や、宴会やスピーチで歓迎した。それらはクレモナの領主を感服させたかもしれないが、シティではますます悪感情をつのらせることになった。ロンドン市民は、ゴーントがどんな皇帝や教皇や国王より権力をわが身に集めている、と見なしたのだ。

クランストンはゴブレットをとりあげ、騒々しい音をたてて飲みながら、こくのあるワインの味で口中が甘くなるのを楽しんだ。陽気な気分は消えかけていた。自分はこの宴にふさわしいのだろうか？　もっと言えば、なぜ自分は招かれたのだろう？　すでに晩餐は終わっていた。なんという食事だろう！　白鳥、鹿肉、イノシシ肉、牛肉、子牛肉、新鮮な川魚、クリームソースで料理したヤツメウナギ、マジパン、風変わりな形にかたどられたゼリー。奇術師たちが登場しては去っていった。軽業師や火喰い男も。みんなを笑わせた道化師たちももういない。大広間の回廊にいる楽士たちはいまや居眠りをし、澄んだ声の少年合唱隊はとっくに退場していた。クランストンは身ぶるいをして警戒し、大広間を見やった。二列にテーブルが並んでいる。この宴に出席している有力な貴族は六十名を下らないはずだ。なぜ自分はこのえり抜きの賓客のなかに含まれたのだろう？

晩餐の前にゴーントは、悪名高い殺人事件を解決したクランストンの腕前について、イタリア人の貴族に吹聴していた。

「そなたの理解力を超える問題はないのか？」クレモナの領主は訊いた。

「ございません！」クランストンは酔っぱらって自慢し、ぽかんと口をあけた傍観者の一団を見まわしてにっこり笑ったものだ。いまのクランストンは、己の虚栄心を後悔しはじめていた。

「ジョン卿、大丈夫か？」

クランストンは振り向いた。ゴーントが、まるでクランストンの気持ちを見定めようとしているかのように、好奇の目で見ていた。

「閣下、お招きいただいて恐悦至極に存じます」彼は答えた。「大変名誉なことでございます」

突然、大広間の下座で騒ぎが起き、彼もゴーントもそちらを見やった。大きなネズミがグレイハウンドに驚き、テーブルに跳び乗ったのだ。客はあわてて立ちあがり、ナイフでネズミを突き刺そうとした。やがてネズミはテーブルから飛び降り、下で待っていた犬にくわえられた。犬の群れはお定まりの騒動を起こし、鞭を持った猟犬係が犬と食いちぎられた獲物の両方を大広間から追い出して、ようやく騒ぎがおさまった。

「うんざりだ」ゴーントはつぶやいた。

彼が腰を上げ、回廊に立っている式部官に合図すると、式部官は銀色のラッパをかかげ、長長と三度吹いた。それで大広間の喧噪は静まった。すべての目がゴーントに向けられた。

「陛下……」

ゴーントは無表情な甥を見て、わずかに会釈した。

「……そしてご列席の友人諸君、今日は名誉なことに、このささやかな宴にイタリアの偉大な支配者のご臨席をいただいている。ご紹介しよう──クレモナの領主にして周辺地域の統治者、シニョール・ジャン・ガレアッツォです」

ゴーントはひと息つき、拍手喝采がわき起こるにまかせた。そのあと指輪をはめた片手を上げ、場を静めた。

「ところで、クレモナの領主はある問題をわれわれと共有したいと願っておられる。誰にも解けない大きな謎だ。そのため、余はシティの検死官ジョン・クランストン卿のご来駕を要請した」

ゴーントが間を置いたすきに、クランストンはすばやく大広間を見渡した。抑えた微笑みや手を上げて隠した笑顔が見えるところからすると、罠が仕掛けられているらしい。彼はゴーントの友人ではなく、一目置かれてはいたが好かれてはいなかった。摂政の宮廷の伊達男やめかし屋のまねをしているひまなどなかったからだ。そういう連中は国家の富を、自分たちのやわらかな白い身体で浪費している。ゴーントの本心は承知のうえでクランストンは微笑みを浮かべ、彼の言葉にうなずきながら、どうなることかと用心した。

「ジョン・クランストン卿は」とゴーントはつづけた。「推理にもとづいた論法や、巧みな尋問、容赦のない犯罪者の追跡、興味津々の謎を解決する腕前で、シティや法廷ではよく知られている。一方、クレモナの領主は、ヨーロッパの宮廷の最高の知力やもっとも優れた調査手段をものともしない謎をお持ちである」そこで間を置くと、大広間は静まり返った。「クレモナの領主は、その謎を誰にも解けないほうに金貨千クラウンを賭けられた。検死官殿」ゴーントはクランストンのほうに半分振り向いた。「そなた、その賭に応じるか?」

クランストンはものも言えずにゴーントを見つめた。金貨千クラウンといえば、ひと財産だ! 賭に応じて負ければ、すってんてんになる。賭を拒めば、臆病者のそしりを受ける。しかも、クレモナの領主の巧妙な謎がそれほど興味をそそるものなら、勝って財産を手に入れるチャンスはほとんどない。微笑んだものの、頭のなかでさまざまな考えが駆けめぐっていた。モードがここにいてくれたらいいのに。いや、それよりなお、アセルスタンにいてもらいたい。

あの修道士なら、優雅な言い逃れを考えつくだろうに。いまや四の五の言っていられない。何ができるだろう――先ほどの自慢をみんなの前で撤回する？

「クランストン殿」ゴーントはくり返した。「受けて立つか？」

クランストンはゴブレットからワインをずるずると飲んだ。「もちろんです」大胆にもそう答えると、喝采や善意の励ましや野次の叫びがわき起こった。検死官は重々しく立ちあがり、血中を駆けめぐって頭を鈍らせている芳醇なワインを半ば呪った。何はともあれ、自分はクランストンだ。どうしてこんな馬鹿者どもの、こんな男の服を着た女どもの前でメンツを失わなければならない？　自分はジョン・クランストン卿、ロンドンのシティの検死官、モードの夫、フランシスとスティーヴンの父親だ。フランス軍を相手に城を守り、あまたの敵のなかに単身突撃したこともあるではないか。

「どんな謎も」と大声で言った。「わたしの知力を上まわることはありません！　問題が存在するなら」自分の右腕であるアセルスタンの言葉を引用して言い添えた。「解答も存在する、と考えるのが論理というものであります」

「それは誰も否定できない！」ゴーントは彼の肩をたたき、そっと押してふたたび椅子に坐らせた。摂政はずるい笑みを浮かべ、幼い国王は哀れむようなまなざしを向けている。クレモナの領主のきらりと光る目のなかには、勝ち誇った色がさっと浮かんだ。

「解答はわかっているのですか？」クランストンは訊いた。

「もちろんだ！」クレモナの領主は答えた。「いつものように、わたしはひとりを選ぶ――たとえば国王陛下だ。そなたの答えが正しくなかったなら、その選ばれた人間には、秘密を守るよう厳粛に誓っていただき、解答の一部をお教えする」からからと笑う。「だが、誰もまだ答えを提示してはいませんぞ、間違った答えですら」

ゴーントはイタリア人貴族のほうを向いた。「閣下」そつのない口調だ。「あなたは挑戦され、ジョン卿は受けて立ちました。われわれ一同、問題が発表されるのを息をひそめてお待ちしております」

クレモナの領主ガレアッツォは絹の袖をまくり、立ちあがった。ローブが身体のまわりにふわりと舞い、いい香りがかすかにただよった。イングランドでは知られていない香りだ。

「国王陛下、ランカスター公閣下、ならびにイングランドの貴族諸公――ひとかたならぬおもてなしをいただき、深い感銘を受けました。いつまでも忘れることはありますまい」

ガレアッツォはテーブルに身を乗り出し、意味ありげなまなざしをちらりとクランストンに向けたあと、振り向いて大広間の全員に話しかけた。話しぶりは完璧だったが、円熟した声にはわずかに訛りがあった。

「みなさまの時間を無駄にはしません。もう遅い時間ですし、みなしたたかに酔っております」両手を動かすと、指輪がまばゆい光をとらえ、明るい星のようにきらめいた。「ジョン・クランストン卿は、わたしの賭を受けて立たれた。まだ誰も見抜いたことのない問題を解決するという難題であります。解決したのはわたしだけで、その解答は書類に記して封印してあります。おなじ問題をパリの博士たちや、モンペリエの法律家たち、ケルンやナントの教授たちに提起したことがありますが、無駄でした」間を置き、深く息を吸った。「昔、わたしの家族はクレモナ郊外に荘園と館を所有しておりました——三階建てで、ひどく古く、不吉な評判のある大きな館です。かつて子供のころ、わたしは館の所有者である年老いた伯母とともに、クリスマスの季節をそこですごしたことがあります」笑顔で一同を見まわす。「館そのものやその評判がどうであれ、クリスマスの丸太が燃やされれば、われわれイタリア人はキリストの生誕を祝い、晩餐会を開催します」笑い声をあげた。「今宵の晩餐会ほど贅を尽くしたものではありませんが、慣例として、ワインの水差しがまわされると、客人はひとり残らず怪談をすることになっておりました。

さて、あの晩のことはよく憶えております。誰の記憶のなかでもいちばん寒いクリスマスでありました。身を刺すような北風がアルプスから雪をもたらし、深い吹き溜まりができて道路が凍り、荘園は外界から遮断されました。それでも暖かい暖炉があり、食べ物もたっぷりあったので、この陰の季節にもわれわれは浮かれ騒いでおりました。外は物音ひとつせず、むせび泣く風の音と、狩をするために山から下りてきたオオカミの心にしみる遠吠えが聞こえるばかりでした」

ガレアッツォは言葉を切り、あたりを見まわした。クランストンは彼の話術の巧みさに敬服した。聞き手はもうイングランドの夏の夕方の、この贅沢な大広間のことは意識せず、遠く離れたクレモナにある幽霊の出そうな寂しい館のことを考えている。それでもクランストンの心配は消えなかった。あのイタリア人貴族め、ずばりと要点だけを言ってくれればいいのに。そうすれば自分の老獪な頭脳が、提起された問題を把握できるのだが。

「怪談が一段落すると、客のひとりが伯母に、この館に幽霊はいないんですか、と問いただしました。最初、伯母は答えるのを拒んだのですが、客たちにせっつかれ、〈緋色の部屋〉のことを説明しました――それは館の最上階にある部屋で、いつもかんぬきがかけられ、錠が下ろされています。その部屋で眠った者がみな、謎めいた非業の死を遂げていたからでした」ガレアッツォは話を中断し、真珠母貝をちりばめたゴブレットからワインをひと口飲んだ。

「みなさん、そのあとどうなったか、ご想像できますね。誰もがたっぷりワインを飲み、好奇心でうずうずしていましたから、その好奇心を満たしてやらなければなりませんでした。かいつまんで話せば、伯母はせきたてられて、客たちにその部屋を見せることになったのです。召使いが呼ばれ、たいまつが灯されて、伯母は一同を率いて大広間を出、上階へ向かいました。さて、いつもは閉め切られているあの館の最上階も、召使いが南京錠と鎖をはずすことになり、伯母は先頭に立って寒くて長い階段を上りました」話すのをやめ、首を振った。「あのときのことは、いつまでも忘れないでしょう。ネズミがキーキー鳴いて走りまわり、積もった埃《ほこり》に月光が射しておりました。わたしたちは階段のてっぺんにたどり着き、振り向きました。客たちはうろうろと歩きまわり、興奮したなかにも恐怖の色をにじませていました。ひどく寒くて暗かったからです。召使いが先に行き、壁から突き出た大燭台に火を灯しました。廊下は生気をとりもどし、全員の目が突き当たりのドアに釘付けになりました。かんぬきがかけられ、南京錠と鎖で閉ざされているそのドアは、恐ろしい呪いのようにわたしたちを引き寄せたのです」ガレアッツォはふたたび中断し、ゴブレットからワインをひと口飲んで、すばやくクランストンに笑顔を向けた。

「ドアの錠があけられ、わたしたちは小さな四角い部屋に入りました。完全な正方形の部屋です。テーブルと椅子と暖炉があり、向かい側の壁に格子戸のついた小さな窓がありましたが、部屋のなかでいちばん目を引いたのは大きな四柱式ベッドでした。一同がほんとうに息を呑んだのは、伯母が命じてたいまつを灯させ、ろうそくを持ってこさせたときです。部屋はさっと明るくなりました。すると、何もかも――床も天井も、壁もカーペットもベッドも――すべてがあざやかな緋色だったのです。まるで鮮血にまみれたように」ガレアッツォは間を置き、身を乗り出して鉢からブドウをつまんだ。

「謎は！」大広間の下座から客のひとりが叫んだ。「何が謎なんですか？」

クランストンはテーブルを見つめた。ゴーントはうつむいて坐り、目を半眼にして、かすかな笑みを浮かべている。これからどうなるか、まるで知っているかのようだ。幼い王は子供のご多分にもれず、目を丸くしてぽかんと口をあけている。ガレアッツォは、いかにも生まれながらの話し上手らしく、しばらく聴衆の想像にまかせ、悠然とブドウを噛んだ。

「さて、いよいよ謎の始まりです。客のひとりが伯母に挑みました。完全に武装したうえで、その部屋でひと晩すごしてみせる、と宣言したのです。その間、飲み物も食べ物もいっさいとらないという。そこで、秘密の通路や落とし戸がないことを確かめるため、徹底的な調査がおこなわれました。そのあと部屋は掃除され、新しい長枕とリネンがベッドに置かれました。瀝青炭《ピッチ》が運ばれてきて、暖炉に火が熾《おこ》されました。わたしたちはその若者、そのひどく愚かな若者を残して立ち去り、ひと晩眠らせました。

翌朝は雲ひとつない快晴で、太陽が輝き、穏やかな雪解けが始まりました。だから朝食の前に、みんなで外の雪のなかに出たのです。そんな好天は、クレモナ周辺ではめったにありませんからな。元気よく散歩をするうちに、誰かがあの若者はどうしているだろうと言いだしました。緋色の部屋が館の表側にあることはわかっていましたから、見上げると、その若者はこちらを見下ろしていました。わたしたちは手を振り、館にもどりました。朝食を食べ終えたあとようやく、若者がまだ下りてきていないことがわかったので、召使いを緋色の部屋にやりました。数分後、召使いのひとりが走ってもどってきました。顔面蒼白で、目は恐怖の色でいっぱいです。来てください、と大声で伯母に言いましたので、わたしたちみんな、ぞろぞろついていき、緋色の部屋に入りました。暖炉の火は消えていました。ベッドで眠った形跡はありましたが、若者は窓のそばに立っていました。

ずばり申しあげましょう、死んでいたのです。口をあけ、目を見開いていました。館の前からわたしたちが見たときのとおりです。窓をあけようとしたらしく、爪を窓枠に深々と食いこませていました。わたしに言えるのは、若者の顔にまぎれもない恐怖の表情が浮かんでいたことだけです。客のひとりが医師で、その医師が言うには、部屋のなかの何か邪悪なもの、恐ろしいものを見て、恐怖のあまり心臓が停止したのだろう、ということでした」

ガレアッツォは話すのをやめ、クランストンのほうを向いた。「ここまでの話はおわかりかな、検死官殿？」

「はい、閣下」

「何か質問は？」

「部屋は荒らされていましたか？」

「とんでもない！」

「秘密の通路かトンネルでもあったのですか？」

クランストンは大広間にいる全員に聞こえるよう大声で質問し、ガレアッツォもおなじように大声で答えた。ガレアッツォはみなのほうを向き、片手を振った。

「母の名誉にかけて誓うが、あの部屋には誰も入りませんでした。隠されたドアや窓もありません。食べ物も飲み物も運ばれておりません。瀝青炭は店から買ったもので、若者が部屋に持っていったろうそくは下の大広間で使われていたものです」

クランストンは信じられない気持ちで彼を見つめ、アセルスタンがいてくれたらいいのに、と再度思った。

「悪魔とか、邪悪な亡霊のせいですか？」

「ああ！」クレモナの領主ガレアッツォは、大広間にいる全員に話しかけた。「検死官殿は、その部屋に悪魔がとり憑いていたのではないかと訊いておられる。伯母もそう考え、近くの教会の司祭を呼びにやり、部屋を清めて悪魔払いをしてもらうことにしたのです。司祭はその日、遅くなってからやってきました。隅々まで清め、悪魔払いをしたのですが、見たところ、何の変化もありませんでした。だからわたしたちは、彼をそこに残しました。彼は祈りましょうと言い、わたしたちが出たあとドアに鍵をかけたのです」

ガレアッツォは振り向き、クランストンの表情を見て微笑んだ。「検死官殿、それから何が起きたか、きっと察しておられるのだろうな。夜が更けてから、伯母は司祭が出てこないことに気づきました。そこで召使いがドアをこじあけると、司祭は床に倒れて死んでいたのです。その顔には、先に亡くなった若者とおなじ恐怖の表情が浮かんでおりました」ガレアッツォは口をつぐみ、聴衆の驚嘆の声を浴びた。

ゴーントは下唇に指を当てた。幼い王はいまや憎たらしい叔父のことも忘れ、イタリア人貴族を一心に見守っていた。

「閣下」甲高い声で叫ぶ。「そのあとどうなったのですか？」

ガレアッツォは微笑んだ。「伯母は納得せず、ふたりの従者を呼びました。ふたりとも鍛え抜かれた戦士で、片方は腕の立つ剣士、もう一方はジェノヴァ人の弓の名手です。その部屋で一夜をすごせば金貨の褒美をやる、と言われて男たちは受けて立ち、その晩、持ち場につきました。ドアに鍵をかけることはできませんでした。司祭の遺体を発見した際、こじあけて壊したからです。剣士は椅子で、ジェノヴァ人はベッドで眠りました。夜中に恐ろしい悲鳴が聞こえ、わたしたちはみな目を覚ましました。

今回は、わたしは行ってはいけないと言われました。ですが、あとで伯母から聞いたところによれば、彼女が緋色の部屋に入っていくと、剣士は床に倒れ、太い矢が胸に深々と突き刺さっていたそうです。一方ジェノヴァ人は、弓を握ったまま、剣士のそばに大の字に倒れていました。前のふたりとおなじ死にかたでした。部屋のなかの邪悪なものが、なんらかの魔力が、弓の名手に仲間を殺させ、本人にも非業の死を遂げさせたのだ、と伯母は結論づけました」

ガレアッツォは突然、手を打ち鳴らした。「伯母はできるだけのことはやりました。遺体は片づけられ、ミサが挙げられ、緋色の部屋はふたたび錠とかんぬきで封鎖されました。何年かたち、わたしは大人になりました。ある日、地元の修道院の文書係がその恐ろしい話を聞きつけたのです。そして伯母に謁見を願い、緋色の部屋の謎を解くことができると申しました」肩をすくめた。「陛下、ご来賓のみなさま、ここから先は申しあげられません」おもしろい話を聞かせてくれないのはずるい、と感じた客たちから腹立たしげな不満の声があがり、ガレアッツォは首を振った。「あとは検死官殿の鋭い頭脳におまかせします」クランストンをまともに見た。「ジョン卿、ほかに質問は？」

クランストンは信じられないと言わんばかりに首を振った。「その部屋で四人が亡くなったというのに、ほかには誰も入っていないのですな？　食べ物や飲み物は差し入れられなかったのですな？　そしてふたりで入っていたときは、片方がもう一方を殺害したのですな？」

ガレアッツォは微笑み、うなずいた。

「信じられない！」

「検死官殿」クレモナの領主は聴衆全員に聞こえるように告げた。「わたしが話したことは真実です！」

突然、幼い国王が立ちあがった。「挑戦状が突きつけられ、受理された！」甲高い声で言う。「ですが叔父上、それにクレモナの領主殿、賭は公明正大でなければなりません。この謎を解くのに、ジョン卿はどのくらいの時間がもらえるのですか？」

「二週間です」ガレアッツォは答えた。「今夜から二週間後に、わたしはこの大広間にもう一度まいります。そこで、ジョン卿は解答を提出せねばなりません」

幼い国王が公然と支持してくれたので、クランストンは微笑んだ。「わたしが提出する解答が正しいものだということが、どうすればわかりますでしょう？　閣下、無礼を申しあげるつもりはございませんが、解答は六とおりもあるかもしれず、そのどれもが正しいかもしれないのでは？」

ガレアッツォはつややかな黒い口ひげをなでた。「いや、ジョン卿」そっと言い、背後に立っている従者に指を鳴らした。「例の書類を！」

従者は書類を手渡した。一通は羊皮紙の巻物で、それをガレアッツォはクランストンに渡した。

「これには謎のあらましが書いてあります。わたしが説明したとおりの状況だったことがわかるでしょう」そのあと上質皮紙の巻物をとりあげた。紫色の蠟で、四カ所に封印がしてある。「これが解答です」それを国王に渡す。「陛下、万が一にもすり替えを疑われないよう、これをお預けいたします」

大広間にがやがやと賛成のざわめきがわき起こった。幼い国王は大喜びで手をたたき、ゴーントはクランストンを見てにやりと笑った。

「二週間だぞ、検死官殿」そうささやき、クランストンの腕を握った。「心配無用だ、ジョン卿。賭に負けたら、余が負債を払ってやる」

クランストンは愕然とした。なんと恐ろしい罠にはまってしまったことか。賭に負けたら――きっと負けるだろうが――たんに金を失うだけではない。面目がつぶれるだけでもない。ゴーントはこの賭を、イタリア人の客を喜ばせる陰険な手段にしただけでなく、もっと重要なことに、検死官に借金をさせる手段にもしたのだ。クランストンはロンドンの市長や代官や主立った市民たちに顔がきく。高潔な人柄と、遠慮なく宮廷を批判することで知られている。ゴーントから金を受けとったら、借金をすることになったら、一年もたたないうちに、みんなからゴーントの手先と見なされるようになるだろう。身の内に激しい怒りがわき起こった。痛烈な返事をしたいのを、唇を噛んでこらえなければならなかった。かわりにテーブルの端をぎゅっと握っているうちに、指が痛くなり、周囲の会話も耳に入らなくなった。摂政の視線をとらえて見つめ返し、深く息を吸った。

「ランカスター公閣下、寛大なお言葉に感謝いたしますが、その必要はございますまい。謎を解いてごらんにいれます」

ゴーントは微笑み、彼の腕をぽんとたたいた。

「もちろんだ、ジョン卿。そなたの解答を聞くのを楽しみにしておるぞ」

ゴーントは振り向き、幼い甥と言葉を交わした。クランストンはひたすら坐り、自分自身とずるい王族たちに憤然とするばかりだった。

宴会は一時間後に終わった。クランストンはビーバークロスの帽子と毛皮の裏のついたマントを小姓から受けとり、せまい道路を足取りも荒く進み、手近の居酒屋に入った。そしてほかの客から離れた席をとり、上等のろうそく二本と、店にあるいちばん大きな水差し入りのエールを注文した。そのあと一時間かけて、クレモナの領主から提起された謎を再読した。読めば読むほど、だんだん憂鬱になってきた。ついにエールと自己憐憫で腹がいっぱいになると、居酒屋を出てとぼとぼと家路についた。モードの陽気な顔や、かわいいおちびちゃんたち、フランシスとスティーヴンに会えるという思いさえ、深まりゆく憂鬱には入りこめなかった。

アセルスタン修道士は朝早く目を覚ました。前の晩は晴れていたので、天空の研究を楽しんだ。太る一方の猫ボナベンチャーがそばにうずくまり、物珍しそうに彼を見守っていた。観測を終えたあとアセルスタンは望遠鏡と天宮図を、小さな司祭の家のなかで唯一鍵のかかる櫃《ひつ》にしまい、聖アーコンウォルド教会に足を運んで祈りを唱えた。ボナベンチャーはずっといっしょだった。家にもどって軽いエールを飲み、ハチミツを塗ったパンをひと切れ食べて、ボナベンチャーに牛乳をやり、床についたのだった。

今朝は満ち足りた気分だったので、子供のころ覚えた歌をそっと口ずさみながら顔を洗い、ひげを剃り、黒と白のローブをまとった。そばで忠実なボナベンチャーが伸びをしてあくびをし、小さなピンクの舌でひげをなめていた。魚と牛乳がもらえるものと期待して待っているのだ。アセルスタンは小さなタオルをたたみ、木の洗面台にかけたあと、しゃがんで猫をなで、耳のあいだをそっと掻いてやった。ボナベンチャーは喜んで喉を鳴らした。

「おい、おまえ、どんどん太ってるぞ。見れば見るほどクランストンにそっくりだ」

ボナベンチャーは笑ったように見えた。

「おまえ、どんどん太ってるぞ、ボナベンチャー」もう一度言う。「だから今朝は、餌はやらない。朝食は自分でとってこないとな」

アセルスタンは、ろくに家具もない小さなベッドルームを見まわした。馬の毛織りの毛布をたたみ、架台に板を渡したベッドに載せて、使い終わった水を窓からあけた。すると下から腹立たしげな不満の声が聞こえ、ぎょっとした。見下ろすと、豚飼い女アーシュラの太った雌豚が見上げていた。アセルスタンはそっと悪態をつき、ぴしゃりと鎧戸を閉めた。あのいまいましい豚め、大嫌いだ。あいつは悪魔のような知恵があるように思われる。せっかくこちらが植えたキャベツその他の野菜が芽を出すやいなや、駆けつけてきて、勝手に食べてしまうのだ。

「ハドルは柵を作ってくれるだろうか？」アセルスタンはつぶやき、肩をすくめた。ハドルには、ほかにやってもらう仕事がある。豚が小さな野菜畑を侵略しているにもかかわらず、アセルスタンはちょっと勝ち誇った気分だった。今日は職人が内陣の改装作業を始めることになっている。内陣障壁をとりはずし、ひびの入った水浸しの敷石を剝がして、丁寧にカットされて黒と白に塗られた新しい敷石を敷く。今日は日曜日だが、かまわない。作業にはうってつけだし、神の家を美化するという大がかりな企てを開始するにはもってこいの日だ。

歌を口ずさみながら、天宮図と望遠鏡の入っている櫃にしっかり鍵がかかっていることを確かめ、ぐらぐらする階段を下りて台所に行った。ボナベンチャーはしっぽをぴんと立て、聖なるミサのときの侍祭のように恭《うやうや》しくあとを追ってきた。台所はベッドルームにも負けないくらい何もなく、食器棚とテーブル、それに数脚のスツールがあるばかりだった。炉にはまだ小さな火が燃えていて、金曜日から煮ているスープの鍋をとろとろと温めていた。肉を煮たスープストックを捨てないで、数日間火にかけ、スパイスを加えてふつふつと煮込めばとてもおいしいスープになる、とベネディクタから教わったのだ。料理が苦手なアセルスタンは、いま台所を満たしているおいしそうなにおいにうれしくなった。せまい流し場に行き、自分のために固いパンを切り、水で割ったワインをカップに注いだ。ボナベンチャーはあとから入ってきて、おねだりするように見上げた。

「牛乳はないぞ、ボナベンチャー」アセルスタンはぴしゃりと言った。

猫は喉を鳴らし、彼の脚に身体をこすりつけた。

「よしよし、わかったよ」アセルスタンは根負けし、陶器の水差しをとりあげて、床に置いてある鉢に牛乳を注いだ。黒くつやつやした毛並みに見とれているうちに、この小路の君主、片耳の猫の王は優雅に牛乳をなめた。ボナベンチャーが牛乳を好きなのは、クランストンがワインを好きなのといい勝負だな、とアセルスタンは思った。上の空で台所にもどり、スツールに腰かけて、消えかけた熾《おき》を見つめた。あの検死官はどうしているだろう。彼もクランストン同様、クランストンが摂政に晩餐会へ招待されたのをいぶかしく思っていた。クランストンは公然と宮廷を支持しているわけではないのだから。

「用心していてくれればいいが」ひとりごとをつぶやき、ワインカップのなかを見て微笑んだ。あの検死官は腹がでかく、言うこともでかく、心もでかい。だが思ったことを正直にずけずけと言うために、いつか危険なはめに陥るかもしれない。アセルスタンは目を閉じ、クランストンとその妻のために短い祈りを唱えた。きゃしゃで物静かなモード夫人は、クランストンがほんとうに恐れている唯一の人間だ。あんな小柄な女性が、フランシスとスティーヴンのような元気な双子の赤ちゃんを産むことができたとは。実際、陣痛がひどく、産後に少し熱も出たが、いまやモード夫人はむしろ若返ったようで、クランストンは孔雀のように誇らしげに歩きまわっていた。アセルスタンはそっと笑った。昨年、聖アーコンウォルド教会の入口のすぐ内側にある小さな洗礼盤で、双子の男の子に洗礼を授けたときのことを思い出したのだ。ここを先途と泣きわめく赤ん坊を前に、アセルスタンは真顔を保つのに苦労したものだ。なにしろおなじ莢のなかの豆のように、そっくりなふたりだったのだから。誰が見ても、まぎれもなくクランストンの息子だった。赤い顔で泣きわめき、髪は薄くて、げっぷやおならをしている。そうでないときは、乳母の豊富なおっぱいをもとめて泣いているので、乳母はげっそりした顔になっていた。洗礼式のあいだじゅう、笑顔の父親クランストンは、ときどき奇跡のワイン袋——そう呼ばれているのは、絶対に空《から》にならないように見えるからだ——からちびちびとやり、少し前後にふらついていた。洗礼式はどたばた騒ぎのうちに終わった。豚飼い女アーシュラの雌豚が教会に入ってくるわ、ボナベンチャーがクランストンの膝に跳び乗るわ、売春婦のセシリーが、汚穢屋《おわいや》ワトキンの女房に、うちの亭主に色目を使っただろうと言われ、顔をひっぱたかれるわで。そのあいだ、モード夫人の親戚や、シティから来たクランストンの知人の貴族は、くり広げられる茶番劇に恐れをなし、唖然としていた。

にもかかわらず、その日は無事に終わった。川向こうにあるクランストンの大きな屋敷の裏庭でささやかな宴が開かれ、教会区民も多数招かれた。アセルスタンは生涯でこんなに笑ったことはなかった。クライマックスは、酔っぱらったクランストンが堆肥の山に倒れ、ぐっすり眠ってしまったときだった。両腕にひとりずつ、眠っている赤ん坊をそっと抱きながら。

アセルスタンはびくっとした。ボナベンチャーが泥棒のようにこっそりと、膝に跳び乗ったのだ。

「さあ、おいで、にゃんこ。ミサを挙げて、祈りを唱えなくちゃ」

ベルトのフックに吊されている小さな鍵束をとり、教会をあけに行った。彼が通りかかると、雌豚は親しげに鳴き、楽しそうにむしゃむしゃとキャベツを食べつづけた。ボナベンチャーは軽蔑の目で豚を見て、飼い主のあとを追った。子だくさんの汚穢屋ワトキンの息子クリムが、階段の上で待っていた。

「ミサで侍者の役をやるために来てくれたのか、クリム？」

「うん、神父さん」

アセルスタンは少年の半分だけ洗った顔を見た。この子はわんぱくな天使だが、今朝は悩んでいるようで、うしろめたそうな様子さえあり、アセルスタンと目を合わせようとしなかった。托鉢修道士は見て見ぬふりをした。クリムの両親はいつもけんかをしている。家でもめごとでもあったのだろう。ドアの鍵をあけ、教会に入ると、クリムとボナベンチャーはそっとうしろについてきた。アセルスタンは洗礼盤にもたれ、あたりを見まわして感謝した。そう、この粗末な教会は美しくなりはじめている。垂木が強化され、屋根瓦が葺き直されたので、教会は冬の強風や雨にも雄々しく耐えた。身廊の床はいまや平らで、よく掃除が行き届いている。絵描きのハドルは素性のわからない若者だが、スケッチや絵にかけては天与の才があり、壁や柱など、使えるかぎりのスペースを旧約聖書や新約聖書のあざやかな場面で埋めている。いまではどの窓にも角の薄片やガラスがはまっており、さらに、誰か有力な後援者の愛顧を得て教会のためにステンドグラスを買ってもらおうとアセルスタンは決意していた。

聖アーコンウォルド教会は、たんなる祈りの家ではなかった。教会区民はここに集まり、仕事をしたり、人生の節目を祝ったりする。若者はここで結婚し、子供たちに洗礼を授けてもらい、ミサに出席し、罪を告白して赦しを得、神に召されたら教会区の大きな柩《ひつぎ》のなかに安置され、内陣障壁の前に運ばれて最後の祝福を受ける。

アセルスタンは洗礼盤の木の上部を指でたたき、さっき歌っていた歌を口ずさんだ。最初はこの教会区が大嫌いで、この汚い教会にも嫌悪を覚えていたが、いまでは建物や多彩な騒がしい顔ぶれを愛するようになっていた。みんな彼のまわりに群がり、それぞれのドラマで彼の孤独な生活に彩りを添えてくれる。クリムは教会区の司祭が夢想にふけることに慣れていたので、馬のまねをして身廊をスキップしていった。それを見てアセルスタンは、突然、フィロメルを思い出した。元軍馬のフィロメルは、いまでは彼の乗用馬になっていて、どこへ行くにもいっしょだ。

「ああ、そうそう！」彼はつぶやいた。「あの老いぼれめ、ほうっておいたら厩《うまや》のドアを蹴破ってしまうだろう！」

急いで教会を出て家の角をまわり、いまでは改造されてフィロメルの厩になっている小さな小屋に行った。アセルスタンがあらわれるやいなや、老いた馬はいななき、首を振って、そっとドアを蹴った。アセルスタンはすばやくカラスムギとふすまをまぜた餌をやり、干し草を少し投げ入れてやった。フィロメルは胴まわりが太く、歩みはのろいのに、食い意地だけはすごいのだ。教会にもどると、片脚の物乞いリーフが階段に坐っていた。

「おはよう、リーフ。ジョン卿は元気か？」

「おはよう、神父さん」

物乞いは頭を掻き、馬面をますますきまじめな表情にした。

「いや、ご機嫌ななめだよ。橋の向こうに物乞いに行くと言ったら、伝言を頼まれた。今晩、会いたいそうだ」

「やれやれ！」アセルスタンは小声でつぶやいた。

「神父さん」リーフは訴えた。「おれ、腹ぺこなんだ。ずいぶん歩いたからな」

「家のドアはあいているよ。スープが火にかけてあるし、ワイン貯蔵室にはワインがある。好きなように飲んでくれ」

再度勧めるまでもなかった。足が不自由なのにもかかわらず、リーフは立ちあがり、猟犬のように家に飛んでいった。アセルスタンはそんな彼を見守りながら、クランストンのことを思った。またもや殺人事件なのだろうか？　それとも個人的な用事なのだろうか？

「かまうもんか」彼は猫にささやいた。「今日はすばらしい日曜日になるぞ」目を細め、空を見た。そろそろ、幸せな気分になっているほんとうの理由を認めてもいいころだ――ブラックフライアーズで開かれているドミニコ修道会の院内総会への出席をもとめられなかったのだ。とはいえ、いささか残念な気もした。なんと言っても、旧友たちが出席しているのだから……でも、アヴィニヨンの宗教裁判所の裁判長ウィリアム・ド・コンチェスも出席している。優秀な若い神学者であるヘンリー・オブ・ウィンチェスター修道士が論文にしたためた新しい教義についての討論にも、コンチェスは一枚嚙んでいる。

「少なくとも、あの討論からはまぬがれた」アセルスタンはつぶやいた。

「誰と話してるの、神父さん？」クリムが教会のドアから顔を出して訊いた。

アセルスタンは彼を見てウィンクした。「ボナベンチャーだよ、クリム。忘れちゃいけない、この猫は見かけによらないんだ」

アセルスタンは身廊を進み、内陣障壁を通り、内陣のちらつくランプの前で片膝をついて一礼し、せまい聖具室に入った。手と顔をもう一度洗い、フィロメルの厩でついた藁をローブから払い落とし、金色の祭服をまとった。

教会の後部にあるドアが大きな音をたててあき、彼はびくっとした。まさか、クランストンじゃないだろうな？　だが入ってきたのは鐘撞き男のマグワートで、小さな壁龕《へきがん》に行き、ミサのための鐘を鳴らしはじめた。クリムは蝿のようにせわしなく聖具室を出入りして、祭壇を整えた。洗手式のための水、聖体拝領のための聖別したワインとパン、今日のためにちゃんとしおりをはさんでおいた大きなミサ典書、アセルスタンが手を拭くためのナプキン。司祭が厳粛にうなずくと、祭壇の両側にそれぞれろうそくが置かれ、芯をつまれて、火が灯された。じきにミサが始まるという印だ。

アセルスタンは聖具室の戸口に行き、教会を見まわした。古い内陣でミサを挙げるのも、これが最後だ。すでにロンドンの司教から、祭壇と内陣の敷石をとり除き、ハドルの描いた内陣障壁もしばらくとりはずす許可を得てある。だから古い内陣をとり壊し、新しい敷石を敷くことができる。見守るうちに、マグワートは綱の端をぐいぐい引いた。ゆがんだ顔を歓びで輝かせ、夢中になって鐘を鳴らしている。アセルスタンはひとり笑った。マグワートが鐘を鳴らし終えるころには、半径一マイル以内にいる者は、ミサに来ようと来まいと、みな今日が日曜日で祈りの時間が来たことを知るだろう。

教会区民が到着しはじめた。まず、汚穢屋ワトキン。教会の世話人であり、教会区会議の議長でもある。手ごわいずんぐりした男で、顔はいぼだらけ、鼻にはびっしりと鼻毛が生え、目は鋭く、なんでも声高に主張する。一歩遅れて、彼よりもっと手ごわい女房が入ってきた。彼女の歩きかたを見ると、いつもアセルスタンは鎧兜で完全に武装した騎士を思い出す。つぎにやってきたのはフランドル人のパーネル。白い顔は半ば狂気をたたえ、目は据わり、あれこれとひとりごとをしゃべっている。そのあとネズミ捕りのレイナルフが、ふたりの子供を連れてきた。アセルスタンは片手で笑みを隠さなければならなかった。父親同様、子供たちもタールを塗った黒いフードをかぶり、蒼白いやつれた顔を隠しているのだ。三人とも、レイナルフがつかまえることになっている齧歯類そっくりに見えた。彼はアセルスタンの目をとらえ、訳知り顔でにっこり笑った。司祭は約束を思い出した。新しい内陣ができあがったら、聖アーコンウォルド教会は、あらたに結成されたネズミ捕りギルドの専任教会になる、と約束してあるのだ。ほかの教会区民もやってきた。先頭に立っているのは絵描きのハドル。子供っぽい顔に、夢見るような表情を浮かべている。この独学の画家は、すぐに自分が最近描いた絵のひとつにさわりに行った――ライオンの洞窟にいるダニエルを描いたみごとな作品だ。つぎに、鋳掛け屋のタブがやってきた。昨夜飲みすぎたらしいエールの酔いがまだ残っている。そのあと溝掘り人のパイク。こびとの小隊のようなものを率いている。なぜか、自分の大勢の子供たちのほかに、タブの子供たちの面倒まで見るようになっているのだ。

アセルスタンは注意深くパイクを見守った。この溝掘り人が、いつも反乱をたくらんでいることで知られる過激な農民のリーダーたちと、シティの内外で親しくしていることはわかっている。もっと心配なのは、パイクがブロンドのかわいい売春婦セシリーと組んで、ワトキンの教会区会議の議長という地位を力ずくで奪おうとしていることだった。そんなことになったら、激しい権力闘争がつづくだろう。アセルスタンはため息をついた。

未亡人のベネディクタが入ってきた。明るいブルーのガウンを着て、漆黒の髪に白いベールをかぶっている。アセルスタンはちょっと胸がときめき、目を伏せた。彼がこの未亡人をプラトニックに思慕しているせいで、ときどき双方が照れくさい思いをすることがある。ベネディクタはドアを閉め、彼に手を振ったあと、すばやくわきへよけた。ドアがふたたびさっとあき、豚飼い女アーシュラが、凶悪そうな雌豚をあとに従えて、よたよたと入ってきたのだ。

「あの憎たらしい豚め、殺してやる！」アセルスタンはつぶやいた。「殺して、一年間豚肉を食べてやるぞ！」

だがアーシュラは彼を見てにっこり笑い、柱のそばにしゃがんだ。雌豚は彼女とワトキンのあいだに割りこんだ。アセルスタンは笑いをこらえなければならなかった。豚はワトキンそっくりだったのだ。

たいてい、アーシュラがいちばん最後にやってくるので、アセルスタンは祭壇の下に行き、十字を切って、ミサの重要な聖体拝領を開始した。数少ない会衆はたがいにささやきながら坐っていたが、いまでは内陣障壁の入口に集まり、司祭が自分たちと神をとりもつのを一心に見守っていた。

第二章

ミサが終わるとアセルスタンは、教会区会議の議員たちを家に招いた。マグワートとクリムはあとに残り、内陣のなかのすべてを――祭壇にかける布も、ろうそくも、花も、グラスも――片づけた。アセルスタンが雇った職人が教会の入口で待ち、作業を始めるばかりになっていたのだ。集まった議員たちにアセルスタンはワインをふるまい、聖霊に祈りを捧げ、会議を開始した。数分もしないうちに、最悪の恐れが現実となった。前の晩にみんなで申し合わせていたのではないか、と思われるほどだった。

溝掘り人のパイクは、薄ら笑いを浮かべたセシリーと赤ら顔のアーシュラにそそのかされ、子供たちが墓地で遊ぶのを許すべきか、それとも墓地に新しい柵を立てる余裕があるのか、ワトキンを辛辣に攻撃した。当然ながらワトキンの女房が口出しし、騒ぎはいっそうとげとげしくなった。アセルスタンは信じられない思いで静観した。口を開く者はみな、王座裁判所の法律家のように並々ならぬ情熱で論争し、生死にかかわる問題であるかのように弁じている。ハドルは夢見るようににこにこしているばかりだ。鋳掛け屋のタブは、たえずあっちの味方をしたりこっちの味方をしたりしている。物乞いのリーフは炉端のスツールに坐り、アセルスタンのスープを口いっぱいに含み、ときどき口出しをしては大声でワトキンの女房の悪口を言っている。彼女を心底嫌っているのだ。ベネディクタは笑いをこらえ、アセルスタンを見てにっこりした。

正午になると、アセルスタンはだんだんいらいらしてきた。みんな疲れているようなので、早々に論争を終わらせ、スープをふるまった。リーフはまだ騒々しい音をたててスープをすすりながら、セシリーに流し目を使い、ワトキンの女房の悪口をわめいていた。

しばらく沈黙が支配した。アセルスタンはその機をとらえ、ベネディクタとともに外の日向に出て、小さな菜園を調べた。白熱した雰囲気から逃れたかっただけでなく、ベネディクタが沈黙しているのも気がかりだった。いつもなら彼女は割って入ってけんかを静めたり、飛び交う悪口を聞いてくすくすと笑いころげたりしているのに。いつも彼女が言っているように、この教会区会議の権力闘争のほんとうの原因は、ワトキンの女房がセシリーを嫌い、溝掘り人パイクがワトキンを嫌っていることだ。ふたりともやきもち焼きで、ワトキンが若い売春婦といっしょに墓地を散歩するのはかならずしも教会区の仕事に関係があるわけではないのではないか、と疑っているのだ。

外に出ると、アセルスタンはベネディクタのそばに立ち、だんだん大きくなる家の騒ぎと、教会から聞こえてくるガツンガツンという音に耳を傾けた。職人たちが古い敷石を剝がしている。

「どうしたんだ？」彼は訊いた。

ベネディクタは目を上げた。オリーブ色の肌に涙が流れ、不安そうな目からさらに涙があふれている。彼女の目は黒か、それとも濃い青だったか、とアセルスタンは思った。ベネディクタを見ると、彼はいつもステンドグラスの窓に描かれた聖母マリアを思い出す。いまのように悩んでいるときでさえ、彼女には聖母マリアの絵とおなじ落ちついた美しさがある。アセルスタンはそっと彼女の肩に手を置いた。

「どうしたんだ？」もう一度訊き、家から聞こえてくるつまらない口げんかや、教会で忙しく立ち働いている職人の物音には耳を閉ざした。

「神父さま、わたしが三年前に夫と死に別れたことはご存じですね」

アセルスタンはうなずいた。

「ところが」ベネディクタは目をそらし、唇を嚙んだ。「フランスから知らせが来たんです」深く息を吸う。「夫がまだ生きているかもしれないって！」

アセルスタンは驚いて一歩下がった。「ご主人は船長だったね。海で亡くなられたと聞いていたが」

「ええ、敵国船拿捕《だほ》免許状を取得して、イギリス海峡で民間武装船の船長をしていたんです。フランスの軍艦に襲われ、急いでカレーまで逃げる途中、急に嵐になって、船は乗組員もろとも沈んでしまいました。なのにいま、彼が捕虜になっているらしい、という知らせが来たんです」

「どういうってで？」

「休戦協定が更新されたとかで、知人が――職人なんですけど――最近、フランスから帰国したんです。その人が言うには、ブーローニュ郊外にある牢獄の柵のなかで夫を見かけたって」指を組み合わせた。「わたしに何ができるでしょう、神父さま？　フランスには行けません。そんなことをしても状況をますます悪くするばかりかもしれないし、議会に請願するには何カ月もかかるでしょう」

　アセルスタンは深呼吸し、秘めた想いや欲望に対して心を鬼にした。

「ドミニコ会は、ブーローニュ郊外に修道院を持っています。あとで、その修道院に手紙を書いて、クランストンに頼み、国王の使者に持っていってもらうようにしましょう。クランストンなら、無事に使者を派遣できますよ」アセルスタンは微笑んだ。「われわれはだてにドミニ《ドミニ》コ会士《カニス》と呼ばれているわけじゃありません。文字どおり〈神の猟犬《ドミニ・カニス》〉なんです。ご主人が生きていらっしゃるのなら、その修道院が介入し、おそらくフランスの役人に請願するでしょう。いくらか金貨を支払えば、ご主人は一カ月もしないうちに帰国できますよ」

　そっと彼女の肩をたたき、これほど彼女の近くにいられてとてもうれしいのをうしろめたく思った。ベネディクタは顔を隠すかのように背を向けた。巻き毛がアセルスタンの頬に触れ、香水の香りがした。彼女は振り向いて微笑んだ。

「もうお帰りになったほうがいいわ、神父さま。ワトキンのおかみさんが殺人でもやりかねませんから！」

　アセルスタンは彼女の真意を察し、家にもどった。ベネディクタの言うとおりだった。スープのおかげでみな元気になり、いまでは立ちあがって口々に叫ぶばかりで、誰も人の言うことを聞いてはいなかった。アセルスタンは手を強くたたき、大きな音をたてた。たたきつづけるうちに、ようやくみんなが静まり、彼は厳しく見つめた。

「わたしたちはみな聖体をいただき、和睦のキスを交わしました。だから論争はやめましょう。次回の会議では、墓地について投票をしたいと思います。過半数に達したら、決断が下されたことになります」まだスツールにうずくまっている物乞いを見て、「リーフ！」と大声で呼んだ。「スープを飲むのはいいかげんにしろ。わたしの一カ月分だったんだぞ！」片手をみんなのほうにさしのべた。「さあ、みなさん、席について黙ってください！」

彼は流し場に行き、クランストンからプレゼントされたワインを持ってきて、みんなに少しずつ注いだ。教会区民たちはもごもごと礼を言い、こっそりと微笑んで、たがいに目くばせを交わした。彼らの司祭が癇癪《かんしゃく》を起こすなんて、めったにない。ベネディクタがふたたび加わり、全員がもう一度席に着いた。しばらく雑談が交わされ、そのなかで団結が必要なことを訴えたあと、アセルスタンは器用に話題を変え、聖体祝日（復活祭の六十三日後）のお祝いの準備に話を持っていった。

「子供たちが身廊で劇を演じることになっている」

「行列もあるぞ」ワトキンが言い添えた。

「新しい絵を描いてもいいのかな？」ハドルが期待をこめて要求した。「ドアのすぐそばにね、神父さん。キリストが五千人に食べ物を与えている絵を」

アセルスタンは微笑み、片手を上げた。「一度にひとつずつにしよう、ハドル」

「もっと大事なことがあるよ」セシリーが天使のような顔で口をはさんだ。「内陣のそばの柱と壁のあいだにカーテンを吊さなくちゃ。だってほら、神父さん、大きなお祝いの前に、あたいたちの告白を聴いて罪を赦してくれることになってるだろ」

アセルスタンは目を閉じた。教会区民の告解を聴くのは、できるものなら喜んで避けたいことだった。どういう成りゆきになるか、わかっているからだ。全員の告解が終わったあと、ワトキンの女房がやってきて、夫がどんな告解をしたか問いつめるだろう。そうなればもちろん、嘘をつかず、信頼を裏切ることもなしに、彼女を安心させなければならない。ベネディクタは彼の懸念を察したらしく、すばやく割って入り、聖体祝日前の水曜日に開催されるフラワーフェスティバルのことを持ち出した。その比較的穏やかな討議の最中に、ドアがさっとあき、職人のひとりが駆けこんできた。

「神父さん！　神父さん！　すぐ来てくだせえ！」恐怖で目を大きく見開き、埃《ほこり》まみれの顔には玉の汗が流れている。

「どうした？」ワトキンが偉そうに言った。「おれは教会の世話人で、会議の議長でもある……」

「黙れ、でぶ！」職人は怒鳴った。「神父さん、あんたに来てもらいてえんだ。来てもらわないと！」動揺して両手を振る。「どうか来てくだせえ。敷石を剝がしたら、死体があったんでさ！」大きく息を吸い、あたりを見まわした。「祭壇の下の敷石を剝がしたら、死体が……」

アセルスタンはぞっとして、騒ぎを静めるためにテーブルをたたいた。「死体が？」思わず大声になった。「祭壇の下に？」

「ああ、神父さん、じつを言えば骸骨だがね。完全な形で横たわっていた。穴に横たわっていたんだよ！　小さな木の十字架を手に持って」

司祭を先頭に、教会区会議の連中はぞろぞろと家を出て教会に入った。いままでの仲間割れはすべてそっちのけになった。入口のすぐ内側でアセルスタンが足を止めると、ほかの面々はたがいに押し合いへし合いした。

「ああ、ひどい！」彼はうめいた。

「心配はいらねえよ、神父さん」ワトキンが陽気に告げる。「一週間もすれば、みんなかたがつくよ」

アセルスタンは雑然とした教会内を見つめた。内陣障壁がとりはずされ、内陣はいまや建築現場のように見えた。古い敷石が乱雑に山積みになり、身廊を歩いていくうちに、かつては祭壇があったところに大きな穴があいているのがちらりと見えた。職人たちはいま、そのまわりに立ち、暗い穴を見下ろしている。彼を呼びに来た職人はどうやら親方らしく、尊大に手を振ってワトキンたちを下がらせた。

「ほら、神父さん」親方は言い、仲間を見まわして同意をもとめた。「祭壇の下は敷石、その下は平板で、そのまた下は砂利と土になっていたんでさ。そこで」咳払いをし、汚れた口を手の甲でぬぐう。「神父さんの指示どおり、内陣の床を下げようとして、土をいくらか掘った。すると祭壇の下の土が陥没して、これが見つかったというわけでさ」

教会区民たちがうろうろと動きまわるなか、アセルスタンは穴の端に立った。職人のひとりが慎重に穴のなかに下り、キャンバスのシートをめくった。アセルスタンは驚いて息を呑んだ。白骨死体がそこに横たわり、穏やかな永遠の眠りについていた。骨だけになった指が握りしめている十字架は、いまや木が腐ってやわらかくなっているようだ。手首は交差し、両脚は並んで伸びている。

「殉教者だ！」突然、ワトキンが大勝利でも告げるかのように宣言した。「神父さん、なあ、これは殉教者だよ！ 聖アーコンウォルド教会にもちゃんと聖人がいて、貴重な聖遺物があるんだ！」

アセルスタンは目を閉じ、祈りを唱えた。聖遺物など、ほしくもない。神の御心が骨のかけらや肉体の断片に左右されるとは、とても信じられなかった。

「どうして殉教者だとわかる？」おずおずと訊いた。「誰かが遺体をここに捨てただけかもしれないじゃないか」

教会区民たちは腹立たしげに彼を見た。言いくるめられて、自分たちの聖人や殉教者をとりあげられてたまるか、と猛然と決意しているのだ。

「殉教者に決まってるじゃないか」パイクが大声で言った。いまやすっかりワトキンの肩を持っている。「なあ、神父さん、あんたたくさん死体を見たことがあるだろ。死体ってのは、穴のなかに捨てられてほうっておかれるもんだ。でもこの死体は特別にここに置かれているんだよ、頭を東に向けて」

「それに十字架もある！」アーシュラが勝ち誇ったように金切り声で叫んだ。「十字架を忘れちゃいけないよ！」

「そのとおりだわ、神父さま」ベネディクタが穏やかに断言した。「この遺骨が誰で、生前はどんな人間だったにせよ、尊敬の印としてここに埋葬され、崇敬の象徴として十字架を持っているんでしょう」

アセルスタンはなすすべもなく、あたりを見まわした。

「認める《コンシード》」とラテン語でつぶやく。「その可能性があることは認めるよ。でも誰で、なぜここに？」

「殉教者だ」マグワートが断言した。「わかるだろう、神父さん、たぶんペルシア人に殺されたんだ」

「ペルシア人に？　イングランドにペルシア人はいなかったぞ！」

「いや、いたよ！」鋳掛け屋のタブが叫んだ。「ほら、神父さん、イエスを殺したのとおなじやつらだ。イエスを殺したあと、やつらはここへ来て、イエスを信じている連中を殺し、修道院を略奪したんだ」自信ありげにあたりを見まわした。少しだけ学校教育を受けたことが自慢で、知識をひけらかす機会があれば、飛びつかずにはいられないのだ。

「ローマ人だよ」アセルスタンは答えた。「ローマ人はイングランドを侵略した。そしてキリスト教がここに広まると、キリストを信じている連中を殺害した。聖アルバヌスのような男たちの神聖な遺体は、ロンドンの北にある教会に埋葬されているよ」タブの目に失望の色が浮かんだ。「でも、たぶんあんたの言うとおりだろう、タブ。ずっとあとに来たバイキングは、実際にロンドンにいた。彼らもキリスト教徒を殺したから、この遺体は彼らの犠牲者かもしれないな」見下ろした。「それにしても、男か女かわからないな。さあ、パイク、ハドル、ワトキン、遺体を丁重にとり出してくれ」身廊を指さした。「そこの翼廊のひとつには、教会区の柩《ひつぎ》——大きな樫の櫃《ひつ》——が置いてある。「遺骨をあれに入れてくれ。何が見つかるか、調べてみよう」

指名された教会区民は、この世でいちばん神聖なものであるかのように、ゆっくりと恭《うやうや》しく遺骨を持ちあげた。ほかの連中は、職人も含め、ひざまずいて十字を切った。突然、ボナベンチャーが教会に忍びこんできて、みなびくっとした。敷石が掘りあげられたためにネズミが騒いでいることに気づいたボナベンチャーは、黒い毛並みをひらめかせて内陣を突っ走り、獲物に跳びかかっていった。

「さあ、早く!」アセルスタンはせきたてた。

遺骨は穴から引きあげられ、キャンバス地のシートに安置された。アセルスタンは、小声で抗議する教会区会議の連中にはとり合わず、遺骨を検分した。骨は細くて白かった。頭蓋骨や肋骨を注意深く調べはじめたが、暴行されたあとは見つからなかった。

「奇妙だな」

「何がですか、神父さん?」

「まあ、わたしは医者ではないが、この骨がそんなに古くないことはわかる。見てごらん、細くてしっかりしている。女性だと思うよ。それに、ローマの殉教史について憶えていることからすると、犠牲者の大半は残酷な殺されかたをした。磔刑とか、絞首刑とか、串刺しの刑とか、斬首とか。それなのに、この遺骨には傷跡がない」

頭蓋骨をもっと綿密に調べたかったが、すでに教会区民が柩をとり巻いていた。彼はタブを指さし、「執行吏のブラッダースニッフさんを連れてきてくれ」と命じた。「どこかのエール酒場にいるだろう」もう一度、遺骨を見下ろす。「それに医師のカルペパー先生も。彼の家はリーキング横丁の角にある。お年寄りだが、腕のいい先生だ」

そのあと全員を教会から追い出し、職人たちに作業をつづけて遅れをとりもどすように言った。教会区民はしばらく日向に立ち、興奮した様子で話に花を咲かせていた。一方アセルスタンは、だんだん憂鬱になった。これからどうなるか、予想がつく。誰も彼もが教会に群がり、奇跡をもとめ、聖遺物を奪い合い、この教会区の穏やかな日々は木っ端みじんになるだろう。そのあとペテン師どもがやってくる。アヴィニヨンやローマの免罪符売りは、人の恐怖心につけこもうとうずうずしている。聖遺物売りは、例によってがらくたでいっぱいの袋を持ってくるだろう。つづいて聖遺物を買う連中が来る——聖人の指関節や頭蓋骨のかけらに大事な銀貨を払おうという男たちだ。そして最後にプロの巡礼や、つねにヒステリー状態の狂信者たちがやってくる。アセルスタンが一同から離れると、ベネディクタがあとを追ってきた。彼は足を止め、振り向いて教会を見た。

「あの建物はいつごろ建てられたんですか？」彼の思いを察してベネディクタは訊いた。

アセルスタンは、風雨にさらされて汚れた灰色の石の塔を見上げた。

「よくわからない。でもスティーヴン王（ヘンリー一世の甥、在位一一三五―五四）の御代《みよ》にここ一帯で大火があり、建物はすべて焼失したから、この教会が建てられたのは、早くてもつぎの国王ヘンリー二世（ヘンリー一世の孫、在位一一五四―八九）の御代だろう」唇を噛み、歴史を思い出そうとした。「となると、二百年ほど前だな」未亡人を見て微笑んだ。「それに、訊かれる前に言っておくけど、設立特許状や帳簿はないよ――すべてなくなっている。わたしが赴任したのは二年前だし、その前はよその教会の助任司祭や寄進めあての司祭たちがこの教会に仕えていたんだ」

「で、その前は？」ベネディクタが訊いた。

アセルスタンは悪い評判を聞いたことがあるのを漠然と思い出し、教会区会議の連中を見やった。

「ワトキン！」大声で呼ぶ。「ちょっと話があるんだが、いいか？」

教会の世話人は興奮で顔を輝かせ、いそいそとやってきた。

「なあ、ワトキン」アセルスタンは鋭く言った。「この件については、冷静でいなくちゃならない。この教会の歴史について、どんなことを知っている？　とくに、この教会区を担当していた最後の司祭について？」

ワトキンは頭を掻き、鼻にできた大きないぼを指でいじり、おどおどとアセルスタンを見た。

「そりゃあ、神父さん、この教会は前からここにあったよ」

「で、教会区担当の最後の司祭は？」

ワトキンは口をへの字に曲げた。「変わり者だったよ」

「どういう意味だ？」

またもやワトキンは頭を掻き、何かを探すかのようにあたりを見まわした。「ええと、名前はウィリアム・フィッツウルフ。よくある流れ者の司祭で、生意気なならず者だった。聖アーコンウォルド教会を賭場として利用したり、夜になると奇妙な会合を開いたり」

「たとえば？」

「そうだな、絞首台が好きな連中とか」

「呪術師たちということか？」

「ああ、そうだよ。だがやつは、教会の記録や帳簿をみんな持ってとんずらした。助祭長法廷がやつを捜しているそうだ、なにせ若いセシリーのような手合いと関係を持ったからな」ワトキンは大きな汚れたブーツをもじもじと動かした。「あいつは悪人だったよ、神父さん。いろんな悪事の黒幕になっていたそうだ。居酒屋の量目をごまかしたり、人魚を雇ったり」横目でちらりとベネディクタを見た。「娼婦とか淫売とかさ……おれたちはそう呼んでいるんだ！」

「どのくらい前のこと？」ベネディクタが訊いた。

「そうだな、五年ほど前かな。訊きたいのはそれだけかい、神父さん？」

アセルスタンはうなずき、教会の世話人がどたどたと去っていくのを見守った。

「さて、ベネディクタ、これで答えがわかったね。記録もない、帳簿もない、歴史もわからない」肩をすくめた。「ことによると、あの白骨死体はフィッツウルフの極悪非道の行為と関係があるのかもしれない」

ベネディクタは鋭く彼を見た。「さあ、どうかしら。フィッツウルフのような、まぎれもないならず者の親玉なら、いくらでも遺体の隠し場所があったでしょう。なんと言っても、ほんの少し歩けば川があるんだし。そう、あの遺体は教会が建てられる前にあそこに置かれたか……」

「あるいは」アセルスタンは口をはさんだ。「再建されるあいだに置かれたのか。コンシード、ベネディクタ、申し分のない論理ですね。つまり、この教会がいつ建ったのか、敷石が剝がされたことがあったのかどうか、探り出す必要があるということだ。それについては、クランストンに手伝ってもらわないと。

ところで」彼は話題を変えて言い添えた。「ご主人のファーストネームを教えてもらえませんか？　それから外見も」

ベネディクタはまばたきをし、目をそらした。「ジェームズという名前でした。背が高く、中肉。ふさふさした長いブロンドの髪。口ひげを生やし、右目の下にナイフの傷跡があります」

アセルスタンは礼を言い、ふたりでしばらくたたずんで、教会区民の反応に思いをめぐらした。やがて鋳掛け屋が、目は悪いが尊大なブラッダースニッフと、白髪で陽気な顔のカルペパーを連れてもどってきた。

「何ごとだ、神父？」執行吏は怒ったガチョウのように頭をそらし、目を細くして唇をとがらせた。

アセルスタンはため息をつき、この男のまわりに香水のようにたっぷりと立ちこめている甘ったるい濃厚なエールのにおいは無視することにした。

「ブラッダースニッフさん、それに先生、ご足労をお願いしたのは、遺体が見つかったからなんです——というか、白骨死体なんですが。いっしょに来てください」

一同は教会にもどった。ブラッダースニッフは少しふらふらしながら遺骨を調べ、においを嗅いで、ひとりごとをつぶやいた。そのあと背筋を伸ばし、太いベルトに親指をつっこんで、宣言した。「死んでいる、これは白骨死体である！」

たちまちセシリーとベネディクタは失笑した。執行吏は疑わしげにパイクを見た。彼のうしろに立っていたパイクは、執行吏の一挙手一投足をそっくりまねていたので、アセルスタンでさえ目をそらさなければならなかった。カルペパー医師のほうがまだ役に立った。しゃがんで丁寧に遺骨を調べた。

「暴行の痕はない。骨はきゃしゃで細く、新しい」

「それじゃ、最近埋葬されたんですね？」アセルスタンは希望を持って訊いた。

「いや、そうじゃない」老医師はしょぼしょぼした目でアセルスタンの目を見た。「ロンドンの土をご存じだろ、神父。土のおかげで骨はいい具合に新鮮なまま保たれるから、この哀れな人間がいつ埋められたのかはわからない。だが、これだけは言える——この遺骨は若い女のものだ」

「どうしてわかるんですか？」

「たんなる推測だよ。でも骨の細さや、肋骨や腕や脚の形からして、間違っていないと思う」

アセルスタンは両人に礼を言い、もう一度みんな教会から出るように主張して、農家の主婦が雌鶏の群れを追うように追い払い、職人には仕事をつづけるよう叫んだ。外に出ると、誰も教会に入れないようワトキンに命じた。教会区民はブラッダースニッフとカルペパーのまわりに集まり、さかんに質問を浴びせかけた。ベネディクタはアセルスタンの手にさわった。

「大丈夫よ、神父さま。きっとこの謎はじきに解けるわ」

アセルスタンは彼女の温かな指を握った。「ありがとう、ベネディクタ。あなたの心も安らぎますように。ブーローニュあてに例の手紙を書きますよ」

彼は家にもどり、なかに入ったあとドアにかんぬきをかけた。ボナベンチャーがあいている窓から飛びこんできた。教会での狩がうまくいったので、どうやら孔雀並みに得意になっているらしい。しばらくアセルスタンはじっと坐り、起きたことについて考えた。心の平和が、これほど唐突にかき乱されたのが残念だった。やがてため息をつき、角のインク入れと巻いた羊皮紙をとってきた。ブーローニュ郊外にあるドミニコ会修道院あての手紙を書き終えようとしていると、ドアをそっとたたく音が聞こえてきた。

「どうぞ！」

大声で言ったあと、かんぬきをかけていたことを思い出し、立ちあがってかんぬきをはずした。ベネディクタだろう、と半ば予想していたのに、驚いたことにクランストンがそこに立ち、悲しげにこちらを見ていた。アセルスタンはびっくりしてうしろに下がり、彼を招き入れた。

クランストンは夢遊病者のように台所を横切った。何か変だ。大柄な太った検死官は、いつも北風のように騒々しく、大騒ぎしてやってくるのに。

「ジョン卿、ご尊顔を拝し恐悦に存じます」

「黙れ！」クランストンはつぶやき、そっとスツールに腰を下ろした。「あの怠け者のリーフから伝言を受けとっただろう？」

アセルスタンは彼の向かい側に坐った。「モード夫人は？」

「ああ、元気だよ」

「ふたりのおちびちゃんは？」アセルスタンは、クランストンが双子の息子のことを言うときよく使う言葉を選んだ。

「ぴんぴんして腹をすかせてる」検死官は汗ばんだ額をぬぐい、太った赤ら顔をアセルスタンの顔に近づけた。その茶色い瞳の奥に怒りが渦巻いているのを見て、托鉢修道士はたじろいだ。

「ジョン卿、いつもの元気がありませんね。ワインでもいかがですか？」

「やめてくれ！」クランストンはがみがみと言った。「わたしに必要なのは、エールの大ジョッキだ。〈まだら馬亭〉に行こう！」

アセルスタンは同意したものの、内心うめいた。

「何を書いている？」クランストンはずんぐりした指でとんとんと手紙をたたいた。

托鉢修道士が説明すると、クランストンはからかうような笑みを浮かべた。

「それじゃ、ベネディクタはもう未亡人ではないかもしれないんだな？」

「ジョン卿、誤解しないでくださいよ」

「よし」クランストンはつぶやき、手紙をポケットに入れた。「この手紙は封印をして発送しよう。そうすれば彼女の夫が帰ってきて、きみは誰かほかの人にうつつを抜かすことになる」

アセルスタンが返事を控えているうちに、ボナベンチャーが窓敷居に跳び乗り、ちらりと検死官を見た。猫が笑えるとしたら、いまのボナベンチャーは絶対に笑っているぞ、とアセルスタンは思った。年老いた雄猫は外に飛び出していき、大きなネズミをくわえてもどってきた。そしてぶらぶらと歩いていき、身の毛のよだつ戦利品をクランストンの足元に、バラか銀のゴブレットであるかのように置いた。検死官は顔をしかめ、足を離した。

「あっちへ行け、ボナベンチャー！」彼はぼやいたが、猫は太った検死官を見てますますうれしくなったらしく、クランストンのがっちりした脚にせっせと身体をこすりつけた。

「よしなさい」

アセルスタンは猫に言って立ちあがり、ネズミのしっぽをつかんで拾いあげ、外に持っていって草むらに投げ捨てた。油断なく行く先を見張っていたボナベンチャーがあとを追う。家にもどった彼はごしごしと手を洗い、まだぶつくさ言っているクランストンの先に立って、教会に行った。

ワトキンの子供がふたり見張りに立ってはいたが、すでに大勢の人間が集まっていた。アセルスタンは心配になった。みな興奮してたがいに話し、教会のドアを指さしている。

「あのひま人連中は何をしてるんだ？」クランストンはぶつぶつ言った。

「じきにお話ししますよ、ジョン卿」

〈まだら馬亭〉はひっそりとしていた。サザークの見苦しい横丁やごみごみした家屋に住んでいる連中は、どうやらこの好天を楽しんでいるらしい。川辺に行くか、自宅のせまい庭にでも出ているのだろう。この居酒屋のオーナーである片腕の元海賊は、長いこと生き別れになっていた兄弟のようにクランストンに挨拶し、クランストンがしかめっ面をして小声で悪態をついても意に介さなかった。

「エールをくれ！」クランストンは怒鳴った。「うまくてこくがあり、きめ細かな泡が立つやつだぞ！　テムズ川の汚水のようなのはお断りだ！」コインをほうると、居酒屋の亭主は器用にキャッチした。

「修道士、きみは水で割ったワインにするか？」

「いいえ、ジョン卿、なんと言っても今日は日曜日ですから。わたしもエールをいただきます。エールが必要になりそうな気がするんですよ」

居酒屋の亭主は彼の言葉を小耳にはさみ、客が増えそうな気配に喜んで目尻にしわを寄せた。

「ああ、神父さん、例の話はみんな聞いてるぜ。聖アーコンウォルド教会は有名になるぞ」

「何の話だ？」そよ風と残照をもとめて窓の下に坐りながら、クランストンが訊いた。

アセルスタンは深呼吸し、数時間前に教会で見つかったもののことを手短に説明した。クランストンは最後まで話を聞いた。

「どう思う、修道士？」

「托鉢修道士ですよ、ジョン卿。忘れないでください、わたしは托鉢修道士なんです」

「どっちだっていいじゃないか」検死官はぶっきらぼうに言い返した。「聖人の遺体だと思うのか？」

アセルスタンは、居酒屋の亭主が給仕を終えるまで待った。

「いいえ、あの教会はそんなに古くありません。でも、記録がないからどうしようもないんです。最後の司祭が洗いざらい持って逃げたんですよ。ご存じかもしれませんね、ウィリアム・フィッツウルフです」

クランストンはジョッキを半分飲み干し、肉付きのいい鼻をこすった。アセルスタンは期待して見守った。ロンドンにクランストンの知らないならず者はいない。検死官はふうっと息を吐いた。

「ああ、あいつのことは憶えている。聖職位を剝奪され、破門されたんだ。五年前から、わたしが面と向かって話したい連中のリストに載っているよ。噂によれば、シティのどこかに身を潜めているそうだ」

「教会の記録も必要なんです」アセルスタンは言い添えた。「教会が建てられる前に、あの場所には何が建っていたかとか、古い内陣はいつ敷石が敷かれたのかとか」

「そのことなら手伝ってやれるよ」クランストンは答えた。「シティには独自の文書館がある。のらくらしている事務員にでも捜させて、何が見つかるか調べてみよう」

「で、フィッツウルフは？」

「そうだな、あいつが聖職位を剝奪された司祭で、聖所侵犯その他、あらゆる罪を犯しているのなら、あいつの首には懸賞金がかけられる。その金額をつりあげて、わたしの情報提供者の軍団に、あのならず者をとっつかまえたら引き立ててやる、と言ってやるよ。きみはよく知らないかもしれないが、ああいう密告者たちはわたしのうしろ盾を必要としているんだ」

「ジョン卿、太っ腹ですねえ」

「よしてくれ！　きみはまだ、わたしがなぜ来たのか訊いてくれないんだな」

「また殺人事件ですか？」

「ああ、イエスでもありノーでもある」クランストンは意地悪くにやっと笑った。「ようやく不思議に思ってくれたな。だが、すべてを教える前に、きみのちっぽけでつまらん教会にもう一度行こう。そろそろ暗くなるし、その前にその謎の白骨死体とやらをちょっと見てみたいんだ」

第三章

アセルスタンとクランストンは、ぶらぶら歩いて聖アーコンウォルド教会にもどった。野次馬はまだ教会にいたが、アセルスタンがぶっきらぼうに二言三言いうとすぐに散っていき、いるのは眠そうな目をしてドアの前に見張りに立つクリムだけになった。

「職人さんたちはもう仕事を切りあげるところだよ、神父さん」

「よかった！　もう帰ってもいいよ、クリム」彼は少年に一ペニーほうってやった。

教会に入ったアセルスタンは、いまや何もかも埃《ほこり》まみれになっているのを見てうめいた。

「城攻めに遭っているような気がしているんだろう」クランストンはくすくす笑ったが、アセルスタンににらまれて、真顔になった。職人たちはせっせと工具を集め、革の取っ手のついた袋に入れていた。

「ほかに骸骨はなかったよ、神父さん」親方が大声で言った。

その軽口で巻き起こった笑い声は、アセルスタンがつかつかと彼のほうに歩いていったため、はたと止んだ。

「ほんの冗談だよ、神父さん」親方は言い添えた。「おれたちのせいにされちゃ、たまらねえな」内陣のほうを指さし、必死に話題を変えようとした。「ほら、敷石はほとんど起こしたよ」

アセルスタンは見まわした。内陣の床はいまや踏みならされた土だけになり、かつて祭壇があったところに例の恐ろしい穴があいているばかりだった。敷石は壁ぎわにきちんと積み重ねられ、古い砂利と砂は山になっている。アセルスタンは親方の肩を握った。

「一日分の作業としては充分だな」そう言って、石を見に行った。「ほら」財布を探り、硬貨を一枚、親方にほうる。「とりあえずエールでも飲んでくれ。仕事が完了したら全額払うよ。石を切ることにかけては、あんたは経験豊富なようだ」敷石の一枚をたたく。「だから教えてくれ、この石は教会が建てられたときに敷かれたのか？」

「いや」親方は答えた。「これはやっつけ仕事だ、しかもそんなに昔じゃねえ」

「どのくらい前だ？」

親方は肩をすくめた。「十年か、もうちょっと前かな。なあ、神父さん」汚いブーツで土間をとんとんと踏む。「この教会は百五十年くらい前に建てられたはずだ。建築当時は、内陣は石敷きじゃなくて土間だった。ロンドンにはいまでもそういう教会があるよ。だがここは川のすぐそばだから、土間だと濡れて水浸しになる。司祭のひとりが誰かを雇い、石を敷かせたんだろう。銘まで残ってるよ」聖母マリア像の前の木箱からろうそくをとってきて、火打ち石で火をつけ、敷石の上にかかげた。「ほら！　これが石工の銘だ」

アセルスタンとクランストンは、そこを見た。A・Q・Dという三つの文字が、雑に彫られている。

「どういうことだ？」アセルスタンは訊いた。

「つまりな、石工はみんな自分の銘を持っているんだ」クランストンが口をはさんだ。「明らかにこの銘は、この内陣に石を敷いた男のものだな」

「それが誰なのか、探り出せますか？」

「無理だろうな」親方が答えた。「サザークだけだって、石工は何十人といる。それに、ことによると司祭は川向こうの人間を雇ったのかもしれないし、ロンドン郊外の村々から雇ったのかもしれない。少なくともおれはこの銘に見覚えがねえな」袋をとりあげ、職人を手招きした。「教えてやれるのはそれだけだよ、神父さん。さあ、みんな、喉を潤しに行こう！」

「出たあとドアを閉めてくれよ！」アセルスタンは大声で言った。

職人たちが出ていくまで待ってから、クランストンを教会区の大きな柩《ひつぎ》のところへ連れていき、ふたりで丁寧に白骨死体を調べた。アセルスタンは、これまでにわかったことを検死官に教えた。

「医者の意見に賛成だな」クランストンの声は、暗い教会のなかでうつろに響いた。「女だと思う」木の十字架を指でつまみ、ぼろぼろになった木を両手でこすった。「肉体はかなり早く腐敗し、骨は土のおかげで保存されるが、木はそうはいかない」十字架は、二本の棒を釘でとめたものでしかなかった。「ひどく粗末だな。木の芯はまだ堅い。まあ、推測だが、この娘さんが埋葬されたのは十五年以上前ではないと思う」

「敷石が敷かれたのとおなじころですか？」

「そのとおり」

クランストンは深々と息を吸った。「神よ、赦したまえ」遺骨を持ちあげ、首の骨が折れる音にはおかまいなしに、頭をうしろに押した。頭蓋骨のなかをのぞき、ろうそくを近づけると、なかの空洞が不気味に輝いた。「ほほう、おもしろい!」

「何がおもしろいんですか、ジョン卿?」

今度はクランストンは、頭蓋骨を首の骨からはずした。教会にこだましたボキッという音が、雷鳴のように思われた。アセルスタンは目を閉じ、祈りを唱えた。

「安らかに眠りたまえ! 神も照覧あれ、わたしたちは非礼を働くつもりはなく、真相を探ろうとしているだけです」

「主はわかってくださるさ」クランストンは大声で言い、頭蓋骨を持ちあげて、ろうそくをますます近づけた。「聖書を忘れちゃいけないよ、アセルスタン。『命を与えるのは〝霊〟であり、肉は何の役にも立たない』と書いてあるじゃないか(ヨハネによる福音書第六章第六十三節)。さて、修道士……」

「托鉢修道士ですよ、ジョン卿」

検死官は意地悪くにやっとした。「そうだったな。それはそうと、観察と推論についてクランストン流の哲学を教えてやろう。この頭蓋骨を見て、何が見えるか言ってごらん」

頭蓋骨とろうそくをアセルスタンのほうに押しやった。アセルスタンは顎の下の開口部に光を当て、頭蓋骨のなかを綿密に調べた。

「空っぽですよ」

「おいおい、修道士! エールを飲みすぎると頭が鈍り、目が曇るようだな」クランストンは彼の腕をぎゅっと握った。「もう一度見てみろ!」

アセルスタンは見て、息を呑んだ。ろうそくをもっと奥に入れた。

「骨を焼かないように気をつけろよ」クランストンは注意した。

アセルスタンは、頭蓋骨のてっぺんの赤っぽい色を調べた。「赤い塗料のようですね。ごくわずかですが」

クランストンは頭蓋骨とろうそくを受けとり、片手で大事に持った。薄暗い明かりのなかで、その姿は黒魔術師のように見えた。

クランストンはろうそくを吹き消し、頭蓋骨を柩にもどした。そして蓋を閉めたあと腰を下ろし、信徒席をたたいて、いっしょに坐るようアセルスタンを促した。

「観察と論理と推理にもとづいたわたしの意見では……」もったいぶって切り出す。「この遺骨は若い女性のもので、その女性は殺害され、祭壇の下の穴に入れられた。誰のしわざなのかはわからない」

「殺害方法は?」

「窒息死もしくは絞殺だろう」

「どんな根拠があるんですか?」

「おなじ状態の骨を前に何回か見たことがある。ジェノヴァ人の医師が、特徴を教えてくれたよ。窒息させられたり首を絞められたりすると、どうやら脳内の血管が破裂して、頭蓋骨にしみができるらしい」

「この場合もおなじだと思っていらっしゃるんですね?」

「ああ、間違いない。だが問題は——誰が、なぜ、ということだ。内陣の床に石を敷いた職人だったとしても、おかしくはないな」

「あるいはここに住んでいた司祭か」

クランストンはぴしゃりと腿をたたいた。「そうそう。あの芳しい思い出のあるフィッツウルフを忘れちゃならん。あいつの罪状のリストに殺人も加えるべきかもしれんな」

アセルスタンは教会を見まわした。もう、さほど親しみが持てず、陽気にも見えなかった。恐ろしい殺人がここでおこなわれたのだ。ゆゆしき罪が鬱陶しい雲のようにこの場にたれこめているように思われた。安全な場所はないのだろうか? 恐ろしい殺人は、人間という存在のありとあらゆる裂け目や割れ目にしみこんでくるのだろうか? 彼は身ぶるいをして立ちあがった。

「ジョン卿、ご自身のご用で会いたいとおっしゃっていましたね?」

クランストンは顔をしかめた。

「ああ、でもここでは話せないよ、修道士。あの上等のワインはまだあるか?」

「一本は今日使いましたが、もう一本は卿のためにとってありますよ」

「よかった、それならここを出よう。ブドウの果汁がほしくて身体がむずむずし、腹まで鳴っているんだ」

アセルスタンは教会にしっかりと鍵をかけ、クランストンを案内して司祭の家に行った。ありがたいことに、ボナベンチャーはふたたび姿を消していた。鎧戸を閉め、ろうそくを灯して、乾いた小枝で暖炉に火を熾《おこ》す。クランストンと自分のため、ふたつのカップにたっぷりとワインを注ぐ。クランストンはろうそくを引き寄せ、小さな羊皮紙の巻物をテーブルに押しやった。

「読んでくれ、修道士」

「なぜですか？」

「とにかく読んでくれ」

アセルスタンは羊皮紙をほどき、書記の書いた筆跡を見つめた。そして一読して驚き、顔を上げた。

「奇妙な話ですね、ジョン卿。これがご用とどんな関係があるんですか？」

クランストンが教えると、アセルスタンはうめき声をもらした。

「ああ、ジョン卿、まんまとはめられたんですね！　こういう謎や、巧妙な論理のパズルをご存じなかったんですか？　何百年も前から存在しているのに、誰も解いたことがないものもあるんですよ」

クランストンは肩をすくめた。「これは実話だと思うよ」

「ジョン卿、千クラウンを失うことになりかねません。それに、ジョン・オブ・ゴーントに手綱を握られたら、清廉潔白でいられなくなるでしょう」

「それなら手伝ってくれ」クランストンはワインを飲み干し、カップをどすんとテーブルに置いた。

いつもは陽気な検死官の顔に、不安の色がかいま見えた。

「できるだけのことはやりましょう」

クランストンは、カップになみなみとおかわりを注ごうとして、考え直した。そんな勇気はない。酔っぱらって家に帰りたくない。この件は、まだアセルスタンにしか話していない。モードはもう噂を聞いただろうか。

「奥さんに話さなくちゃいけませんよ、ジョン卿」アセルスタンが、検死官の思いを読んだかのようにつぶやいた。「モード夫人に話さなければ」

「ああ、それで困っているんだ。わたしはゴーントに支援は頼まない。そのことは家内も知っているが、どこで千クラウンも工面したらいい？　銀行から借りる？　そんなことをしたら、曾孫の代まで利息を払うことになるだろう！」

アセルスタンは身を乗り出し、検死官の太ったこぶしを握った。

「勇気を出してください、ジョン卿。いつだって忘れないでくださいよ、問題が存在するのなら、解答も存在するはずなんです」

クランストンは立ちあがり、ビーバークロスの帽子とマントをとりあげた。

「そうだな、修道士。きみの教会とあの高徳なフィッツウルフの所在については調べてみるよ」足を踏み替え、横目で垂木を見上げた。

「ほかにも何かあるんですね、検死官殿？」

クランストンはどすんと腰を下ろした。「ああ、ある。わたしのところに客が来た」

「どなたですか？」

「きみのところの修道院長だ」

アセルスタンは驚いて見上げた。

「じつは」クランストンは唇をなめ、物欲しそうにワインカップを見た。「きみも知っているとおり、院内総会が開かれており、きみの同胞の著作について討議がおこなわれることになっている」

「ええ、ヘンリー・オブ・ウィンチェスター修道士の著作ですね。なぜですか？」アセルスタンの声は高くなった。「それがわたしにどういう関係があるんですか？」

「関係はないんだが、手短に言えば、ブラックフライアーズで奇妙なことが起きているんだ。托鉢修道士がひとり亡くなり、もうひとりアルクインという修道士が姿を消している」

「アルクインが！」アセルスタンは息をひそめ、同輩の禁欲的な顔を思い浮かべた。「姿を消した？　アルクインは生まれながらの托鉢修道士だったんですよ。彼が修道院の塀を跳び越えて、大喜びで修羅のちまたに行き、かわいい売春婦に会っているところなんて、とても思い描けませんよ！」

「それでも彼は姿を消し、修道院長がわたしに捜査を依頼したんだ」クランストンはぐっと唾を飲んだ。「水曜日にきみを訪ねていらっしゃる。わたしもいっしょに来るよ。院長はきみに手助けを頼むことになるだろう」

アセルスタンは両手に顔を埋めた。「ああ、神さま！　そうなりませんように。ブラックフライアーズにもどって、修道会の政争に巻きこまれるのはごめんです！」

そのあと悪態をつき、クランストン直伝の汚い言葉をひとつ残らずつぶやいた。これまでとても幸せだったのに。クランストンの書記としての仕事はあったものの、一昨年のクリスマス近くにロンドン塔で起きた血なまぐさい殺人以降、深刻な事件はなかった。星の研究や、ボナベンチャーと話すことや、教会区民たちを助けること、そしてとりわけ大好きな教会を改修することに没頭していた。それなのにいま、やっと手に入れた安らぎと静けさが粉々になろうとしている。クランストンがややこしい問題を持ってきたせいで。ベネディクタがご主人を心配しているせいで。教会のなかで白骨死体が見つかったせいで。修道院長が手伝ってもらいたがっているせいで。彼はちらりとクランストンを見上げた。

「殺人はいつまでもわたしを追いかけてくるんですね。地獄から来た獣のように、だらだらとうしろについてくる。たしかにわたしは過ちを犯しましたよ、ジョン卿、でもどんな思いでその償いをしたことか！」

クランストンは腰を上げ、彼の前に立って、そっと肩をたたいた。

「きみは間違ったことなどしていないよ、アセルスタン」穏やかに言う。「きみは若かった。そして戦争に行くとき、弟さんを連れていった。弟さんが亡くなったのは、神の思《おぼ》し召《め》しだ。払うべき代償があったとしても、きみはもうすべて支払った。いまではもうひとりのフランシスがいる――わたしの息子で、きみが洗礼を授けてくれた子供だ。命はつづいていくんだ、修道士。じゃあ、水曜日に会おう」

クランストンはドアをあけ、そっと宵闇のなかに出ていった。

アセルスタンは坐ったまま、彼が去っていく音を聞いていた。そして窓辺に行ってたたずみ、聖アーコンウォルド教会の暗い塔のてっぺんを見つめた。深呼吸をして、心を洗い清めようとした。修道院長には待ってもらわなければならないし、教会のあの白骨死体の件もあとまわしにしなければならない。今夜は星の研究をせずに、クランストンが持ってきた問題を分析することにしよう。

テーブルにもどって腰を下ろし、クランストンが置いていった巻物をじっくりと読んだ。〈緋色の部屋〉で、どうやって男たちはそんなにも巧妙に殺されたのだろう？「食べ物はなし」ひとりごとをつぶやいた。「飲み物もなし、落とし戸も隠れた装置もなし。物音をたてずに暗殺者が来たわけでもない。それなら、その男たちはなぜ死んだんだ？」

アセルスタンはくるくると頭を働かせ、あらゆる可能性を考えた。男たちの死は一見ひどく単純だった――だが糸口もなければ、疑ってみるべき手がかりもなく、こじあけるべきひび割れもない。目を閉じて、しばらくしてははっと目覚めた。ろうそくは燃えて短くなっていた。ともかく、四人の死の謎を解く鍵は最後のふたりにある、という結論に達した。どうして弓の射手はそんなにおびえ、仲間を射てしまったのだろう？

ふたたびうとうとし、深い夢にさまよいこんでいった。彼は緋色の部屋に坐っていた。そこでは髑髏の顔をした死神が奇妙なダンスを踊り、何か無言の力がゆっくりと、恐ろしげな様子で忍び寄ってきて……。

翌朝、目が覚めたときには身体がこわばり、寒かった。まだテーブルに向かって坐り、腕に頭を載せていた。ボナベンチャーがしきりに身体をこすりつけてくる。サザークのごみごみした小屋や家屋のどこかで、雄鶏が太陽に朝の賛歌を捧げている。アセルスタンは立ちあがって伸びをし、顔をこすりながら、ベッドに行けばよかったと思った。クランストンから渡された羊皮紙を丸め、せまいベッドルームの櫃《ひつ》に収める。そのあと服を脱ぎ、濡らした布で身体を拭いて、ひげを剃り、これから挙げるミサに心を集中しようとした。頭のなかにうごめいているもののことを考えて気を散らしてはいけない。塩と酢を混ぜたもので歯を磨き、もう一枚のローブをとりだし、古くなったパンで朝食をとり、上の空でボナベンチャーの餌の用意をした。どうやらこの猫は、教会周辺の小路という自分の小さな王国を見てまわって夜をすごしたらしい。

「なんだか予感がするよ、ボナベンチャー」アセルスタンは、けんかの古傷のある雄猫に餌をやるためにしゃがみながら、そっと言った。「今日は奇妙な一日になりそうだ」

教会に行き、身廊のまんなかにある仮設の祭壇で非公式のミサを挙げるときも、左側に置いてある身の毛のよだつ中味の入った柩はあえて見ないようにした。来たのはフランドル人のパーネルだけで、彼女は何よりも柩に興味があるようだった。アセルスタンはミサを終え、祭壇を片づけて、職人たちがもどってくるのにそなえた。元軍馬のフィロメルに餌をやり、せまい庭をとことこ歩かせて少し運動させ、家にもどった。必要な備品のリストを書き、そのあと新しい内陣をどんなふうにしてもらいたいか、もう一度ざっとスケッチするのに専念することにした。しかし、まだ腹がすいて落ちつかない気分だったので、家に鍵をかけ、ブローブラッダー横丁にある食堂に行った。

ぱりぱりのミートパイと肉汁をかけた野菜料理を買い、外に坐って壁に背中をつけ、熱い肉汁とおいしいにおいを楽しんだ。前科のせいで鼻に傷跡のある物乞いがこっそりとやってきて、哀れっぽい声で施しを乞うた。アセルスタンは二ペニーやった。物乞いは食堂に姿を消し、団子のようにまるまると太ったパン屋からパイを買い、アセルスタンのところにもどってきた。半時間後、物乞いがとりとめもなく語る戦の手柄話にうんざりした彼は散歩に行くことにした。

下水があふれ、ゴミの山が悪臭を放っているにもかかわらず、前々から彼は朝一番のサザークが好きだった。暗黒街の住民はこっそりと屋根裏にもどり、ふたたび夜になるのを待っている。赤毛のかつらがななめにかしいだ売春婦は、壁にもたれ、冷やかしの言葉を浴びせる。行商人は、橋の近くの場所を占領して朝の客を待とうと、ひしゃげたリンゴをいっぱいに載せた手押し車を押していく。職人は始業時刻の前にサザークから出ようと決意して、荷馬をうしろに曳き、てきぱきと歩いていく。スティンキング横丁とピッグ小路が交わる小さな辻に、一団のらい病患者がいた。頭にフードをかぶり、顔には仮面をつけて、身を寄せ合ってうずくまり、頭のおかしなジプシー女が奇妙なダンスをひっそりと踊るのを見守っている。

アセルスタンは足を止め、突き出た家々のあいだから上を見た。空にはもう光が縞模様になっていたので、家にもどった。頭をすっきりさせておこう、という決意はまだ変わらなかった。家のなかを整頓し、カップを洗い、床を掃いた。外ではサザークが目覚め、荷馬車のがらがらいう音や、子供たちのわめき声、それに商人の呼び声でにぎわっていた。教会の外に、何人か集まりはじめていた。職人たちがもどってきたのだ。大きなののしり声や、工具がかたかた鳴る音で、彼らが来たことがわかった。

アセルスタンは何もかもほうっておくことにした。二階に行って小さな祈禱台にひざまずき、聖務日課を唱えはじめた。朝課、賛課、九時課まで。詩篇や聖歌、それにイザヤ書の生き生きとした描写の奥深さに、すっかり心を奪われた。

下から騒ぎが聞こえてきたが、無視することにした。やがて一連の叫び声や感嘆の声が聞こえ、つづいてドアをノックする大きな音が聞こえた。アセルスタンは最後の祈りを唱え、急いで階下に行った。そこにはワトキンとパイクが立ち、興奮で顔を輝かせていた。

「神父さん！　神父さん！　来てもらわないと！　奇跡が起きたんだ！」

「毎日が奇跡だよ」彼はすげなく答えた。

「いや、神父さん、ほんとうの奇跡なんだ」

ふたりは彼を家から引きずり出し、角をまわって教会の前に連れていった。そこには小さな人だかりができ、背の高い白髪の男をとり巻いていた。男は緑色のガウンの袖をまくり、腕を誰彼なしに見せている。

「どうした？」アセルスタンは鋭く言い、人垣を押し分けて進んだ。

男は振り向いた。顔は幅が広く、日に焼けている。目元と口元に笑いじわがあり、着ている衣服は上質だ。そばに女がいて、赤褐色の長い巻き毛が水色の頭巾の下からのぞいていた。白いシフトドレスの上に着ているキンポウゲのような黄色いスモックは、高価そうに見え、仕立てがよくて清潔だ。男はアセルスタンを見て微笑んだ。

「神父さん、奇跡です！」

「そんな馬鹿な！」アセルスタンは一蹴した。

「見てくださいよ！」男は右腕の肘から手首まで、アセルスタンに見せた。「今朝起きたとき、腕は化膿していたんです。五日前に切り傷ができて」腕の中ごろにまだかすかに認められる小さな薄赤い線を指さした。「治療せずにほうっておいたら、黴菌が入って化膿してしまったんだ。カルペパー先生が軟膏を塗って包帯を巻いてくれたんだが、いっこうによくならなかった」

男はあたりを見まわした。大勢の教会区民が、この芝居がかった話に驚いて目を丸くし、口をぽかんとあけて見つめていた。

「昨夜は一睡もできなかったんですよ、神父さん。かゆみがとてもひどくて」男はふっくらした唇をなめた。「昨日、聖人が見つかったことを聞いたんです」目でアセルスタンに訴えた。「藁にもすがる思いで、この教会に来てみました。そして柩にもたれ、助けてくださいと祈ったんです」

「ほんとうです！」男のそばにいる若い女が大声で言い、教会のドアのすぐ外に置いてある汚い包帯の山を指さした。「夫は気分がよくなったと言いました。痛みとかゆみがなくなったって」笑みをたたえた目がアセルスタンに訴えた。「実際に起きたことしかお話しできません。ふたりで包帯をほどいたんです」せかせかと通りを歩いていく水売りを指さした。「わたしが水を買って、腕を洗いました。そしたら化膿していなかったんです。肌は赤ん坊の肌のようにすべすべしていました」

その言葉に、みんな驚いて息を呑んだ。アセルスタンは疑わしげに男の腕を見つめた。

「教会区の柩にもたれ、祈りを唱えたと言ったね？」

男はガウンの袖を下ろした。「ええ、そう言いましたよ。あそこには十分もいなかったな」

「包帯をほどくところを見たよ！」ワトキンが叫んだ。「ほんとうなんだ、神父さん。奇跡だよ！」

みな胸に十字を切り、おそるおそる振り向いて教会を見た。

「神父さん」鋳掛け屋のタブがわめいた。「おれたち、どうすればいい？」

「口をつぐんで、頭を冷静にしておくべきだな、タブ。さあ！」アセルスタンは命じた。「みんな、教会に入るんだ。パイク、カルペパー先生を呼んできてくれないか。すみませんが、重要な件があるのですぐに来ていただきたい、と伝えてくれ」

教会区民たちは、アセルスタンと奇跡的に治った男のあとにつづき、聖アーコンウォルド教会にもどった。アセルスタンはみんなに、ベンチに腰を下ろして静かにするように命じた。そして外に出て、ドアにもたれた。背後に興奮した騒ぎがわき起こった。彼はしゃがみ、汚い包帯の山を調べた。黒っぽいしみがつき、悪臭を放っている。まだくわしく調べているうちに、腹立たしげな顔をしたカルペパーを連れてパイクがもどってきた。

「神父さん、今度は何なんだ？」

「先生、申し訳ありませんが、教会のなかに男がいます、先生の患者のひとりです。腕が化膿したので、先生に手当てをして包帯を巻いてもらったと言っています」

カルペパーは、毛皮の縁取りのついたローブを骨張った肩に引き寄せた。いつもはひょうきんな顔が、いまは苛立たしさでこわばっている。

「神父さん、それだけのことかね？　傷などいちいち憶えていられないよ！」

「とにかく入ってください」アセルスタンは頼んだ。「なかに入ってその男に会い、腕を見て、それからもどってきて具合を教えてください」

カルペパーは首を振り、小声で悪態をつきながらも、言われたとおりにした。アセルスタンは外に残った。背後のがやがやした人声がしばらく静まり、そのあとふたたびわき起こった。カルペパーが不安げな驚きの表情で、教会から出てきた。

「どうだった？」パイクが顔も身体も猟犬のように緊張させて訊いた。

医師はおどおどとアセルスタンを見た。

「ほんとうだ、神父さん。何日か前に、レイモンド・ダークスは皮膚がひどく化膿して、わたしのところに来た。わたしは丁寧に診察し、軟膏をつけて包帯を巻いてやり、料金を請求した」

「腕が化膿していたんですね？」

「そのとおりだよ。カビのようなもののせいで化膿し、それで皮膚が荒れて、ひどいかゆみが起きていた」

「で、それがいまは治っているんですね？」

「見ただろう、神父さん。わたしも見たよ」

「そういう化膿は、先生が塗ってやった軟膏で治るんですか？」

「それはどうかな。あんなに短時間では無理だろう。ああいう化膿は、前にも診たことがあるが、治るのに何週間も何カ月もかかる。あの皮膚はいま、健康できれいだよ」

アセルスタンは包帯の小さな山を足でつついた。「これは先生の包帯ですか？」

医師は考えもせずに包帯をとりあげ、慎重ににおいを嗅いだ。「そうだよ。あんたが必要としないなら、あの男はもちろん必要としていないことだし、持って帰ってもう一度使うことにしよう」アセルスタンに顔を寄せた。「わたしは説明できないし、あんたも説明できない。それはともかく、神が聖アーコンウォルド教会で奇跡を起こしてはいけないという法はないだろう？」きびすを返し、すたすたと通りを去っていった。

アセルスタンはパイクを見た。「あのレイモンド・ダークスについてどんなことを知っている？」

「善良な男だよ、神父さん。彼とかみさんのマーゴットはドッグレッグ小路からちょっと入ったところに住んでいる。スキナーズヤードの近くにでっかい屋敷を構えてな」

アセルスタンは壁にもたれた。ドッグレッグ小路といえば、教会区の境界線のすぐ内側だ。

「教会で会ったことがないな」

「ああ」パイクは答えた。「彼と若いかみさんは裕福で、聖スウィジン教会に通っているからな。信心深い善良な人たちで、貧しい連中によくものをやっている。まっとうな職人で、みんなから好かれて尊敬されているよ。執行吏のブラッダースニッフに訊いてみな。あいつはみんなの商売を知っているから」

アセルスタンはため息をつき、教会のなかにもどった。興奮した教会区民たちはいま、レイモンド・ダークスとその妻をとり巻いていた。ダークスはほかの連中を下がらせ、アセルスタンのほうにやってきた。

「神父さん、すみません。腕の具合が悪かったので、ここへ祈りに来たんです。わたしにできるのは、神とあなたに感謝することだけだ。どうかこれを受けとってください」銀貨を一枚、アセルスタンの手に押しつけた。

司祭はうしろに下がった。「いや、困ります、いただくわけにはいきません」

「神父さん、受けとってもらわないと。これは献金です。教会が受けとれないというのなら、貧しい人たちにやってください」ダークスはアセルスタンの手を握った。「頼みますよ、神父さん、二度とお騒がせしません。マーゴット」振り向いて呼ぶ。「このお気の毒な神父さんを困らせるのは、いいかげんにしよう」

彼は去っていった。妻はアセルスタンを見て微笑み、そっと手にさわり、夫のあとを追ってひっそりとドアから出ていった。

「な、神父さん！」汚穢屋《おわいや》のワトキンが、腕組みをして脚を広げ、司祭と対峙した。「な、神父さん」もう一度言う。「奇跡が起きたんだ。あの腕が治ったのは、聖アーコンウォルド教会に聖人がいるという証拠だよ」

汚穢屋の目は、儲けを期待して輝いた。

「巡礼が来るぞ！」ワトキンは叫んだ。「聖アーコンウォルド教会は有名になる。おれたちを止めることはできないよ」挑戦的に言い添えた。「教会法を知っているだろう。身廊は民衆のものだ。これはおれたちの教会だ！」ずんぐりした指で翼廊のほうを指し示す。「あれはおれたちの柩だ、おれたちの白骨死体だ、おれたちの聖人だ。そうじゃないと思う者は、とっとと失せろ！」

その言葉に、いっせいに賛成の声があがった。アセルスタンは教会区民を見た。ベネディクタがここにいて、事態を静めてくれたらいいのに。みんなの心にわきあがっている熱狂的な信仰心と、たっぷり儲かりそうな見通しとが混ざったら、どんなに危険かわかっている。鋳掛け屋のタブは仕事場にもどり、ハンマーでたたいてみごとな護符や像や十字架を作りあげ、一日もたたないうちに売り出すだろう。毛織物仕上げ工のアマサイアスは、アーコンウォルドの頭文字〈E〉を刺繍した布をかかげ、聖人の遺体に触れた布だと主張するだろう。絵描きのハドルは、羊皮紙に雑な絵を描いて売るだろう。パイクは女房にパンや菓子を焼かせ、ワトキンといかがわしい同盟を組んで、巡礼や見物客から料金を徴収するだろう。アセルスタンは残念な気持ちがわきあがるのを感じたが、いまは冷静な論理やありのままの真理が通用するときではないと気づいた。

「考えさせてくれ」そう言って背筋を伸ばし、教会区民を見まわした。「幼子たちよ」説教を

するときにいつも呼びかける言葉を使い、宣言した。「どうか用心深く、慎重になってくださ
い。神は奇跡を起こされます。今日という日自体がひとつの奇跡です。あなたがたも、ひとり
ひとりが独自の存在で、奇跡なのです。この件はまだ解決していないのですから、拙速な行動
を起こしてはいけません。あなたがたに反対するわけではありませんが、このことでみんなや
教会区が最終的にどうなるか、考えてください。みなさんは善良な人々ですが、目がくらんで
いると思います」

「あの奇跡はどうなんだよ？」マグワートが叫んだ。「おれたちの殉教者はどうなるんだ？」

アセルスタンは微笑んだ。「聖書にも書いてあるように、マグワート、『神の業がわかるわけ
はない』（コヘレトの言葉第十一章第五節）。なるようになるさ」

彼はきびすを返し、その場を離れた。そして家にもどり、まだ早い時間であるにもかかわら
ず、検死官殿も感心しそうな勢いでワインをあおった。

第四章

聖アーコンウォルド教会で偉大な奇跡が起きたのとおなじ月曜日、アセルスタンの上司アンセルム神父は、院内総会のメンバーとともに自分の書斎に坐りながら、このブラックフライアーズ修道院には殺人者が野放しになっているのだろうか、と思った。ブルーノ修道士が地下室の階段から落ち、さらに奇妙なことにアルクイン修道士が失踪したことから、その可能性が生じてきた——まるで頭脳を酷使し、身体を疲れさせることがらが足りないとでも言わんばかりに。

彼は細長い木のテーブルの周囲に集まっている仲間を見まわした。細面で鋭い目をした宗教裁判所の裁判長ウィリアム・ド・コンチェス。つるっとした顔で子供っぽい面はあるが、優秀な神学者であるヘンリー・オブ・ウィンチェスター修道士。カリクスタス修道士は司書で、長い指にはインクのしみができ、写本や書籍を熟読してきたために視力が弱い。やせて骨張ったこの司書は、どうやら悩みがあるらしく、ベンチに坐ってそわそわし、長い指でテーブルをたたいてばかりいて、どこかよそに行きたいと願っているかのようだ。そのとなりに坐っているのはユージェニアス修道士、完全にはげあがって天使のような顔だ。背の低いずんぐりした体つきや、笑みをたたえている目元や口元とは裏腹に、宗教裁判所裁判長の腹心として、たえず異端や分裂を嗅ぎつける狂信者だという恐ろしい評判がある。最後に、ヘンリー修道士のふたりの競争相手。この大義の擁護者たちは、ヘンリー修道士の神学論文に異を唱え、その論理を論駁したり、教会の正統な教義に反していると論ずることになっている。とはいえ、この大義の擁護者たちは好ましい男たちだ！　ピーター・オブ・チンフォードはがっちりしたたくましい男で、黒ひげを生やした顔はいつも微笑んでいる。現実的な態度とかなり無遠慮なユーモア感覚を持っているが、それを熟練した巧妙な質問で隠していた。そのとなりに坐っているのは、赤毛で色白のアイルランド人修道士、ニール・オブ・ハリントンだ。

　アイルランド人はいま横目で修道院長を見て、小声で聖歌を口ずさみ、テーブルをとととんとたたいている。修道院長は弱々しく微笑みを返した。いつもせっかちなニール修道士が当面の問題にもどりたがっていることはわかっていたが、ほかにもっと火急の件があった——ブルーノの死やアルクインの失踪だけでなく、修道院の全般的なことがらだ。とりわけ気になるのは、聖具係補のロジャー修道士がしつこく嘆願していることだ。修道院長はため息をついた。あの哀れな男のために時間を割いてやらなければなるまい。平修士であるロジャーは数年前に、パリ郊外の地域社会に仕えているあいだに厳しい異端審問を受け、精神が破綻して頭が鈍くなり、ウィリアム・ド・コンチェスとその狡猾な腹心であるユージェニアスを恐れている。

　アンセルム修道院長は、そのふたりをしげしげと見た。ふたりは顔を寄せ合い、何ごとかささやき合っている。ローマの総会でこのふたりのことを報告すべきなのだろうか。たしかに聖書には「神の家を思う熱意がわたしを食いつくす」（詩篇第六十九篇第九節）と書いてある。だがこのご立派なふたり組の場合、異端を食いつくそうとする情熱と熱意がみんなを呑みこんでしまうかもしれない。修道院長はふたたびテーブルの上座を見た。そこにはヘンリー修道士が坐り、両手を広げ、討論がつづけられるのを待っていた。

「修道院長殿」ニール修道士が大声で言った。「すでに小休止して九時課を唱え、食事もすんだのですから、討論をつづけるべきではありませんか？」

その提案に、出席者からいっせいに賛成の声があがった。修道院長はうなずき、ヘンリー修道士に手で合図した。若いドミニコ会修道士は笑みを浮かべ、指先でテーブルの表面をなでた。

「修道院長殿」ヘンリー修道士の声は低かったが、きわめて明瞭だった。「わたしの論旨を概略いたします。これまでは、キリストが人間になったのはわたしたちを罪から救うためだ、ということがあまりにも強調されすぎていました」片手を上げた。「ですが、あの尊いトマス・アクィナスが考察した神の本質が正しいとすれば、神は〈ソマム・ボウナム〉、つまり至高善であります。だとすれば、どうして至高善が、神々しい美しさが、罪によって左右されることがありましょう？　さらに」振り向いて、ウィリアム・ド・コンチェスを正面切って見る。

「神が全能であるなら、なぜたんなる神意によってわたしたちを罪から救うことができなかったのでしょう？」

修道院長はテーブルをたたいた。「ピーター修道士、ニール修道士、その質問にはどう答える？」

ピーター修道士はくすくす笑い、修道院長に笑顔を向けた。

「答えるつもりはありません、ヘンリー修道士が言っていることは真実ですから。神は至高善であり、神々しい美しさであり、全能であります。そのような論旨には、異議はありません」

宗教裁判所のふたりの裁判官はタカのように身を乗り出し、ヘンリー修道士が先をつづけるのを待った。修道院長は急に疲れを覚えた。

「もう、やめよう」彼が告げると、一同は驚いた。

「どういう意味だ？」ウィリアム・ド・コンチェスはきつい声で言った。「修道院長、われわれがここに集まったのは、あることがらを討論し、論争するためだ。純粋な教会の教義が目下の論点なのだ」

「いや、ウィリアム修道士！」修道院長はきっぱりと言った。「いま論ずべきは、生死の問題だ。ブルーノ修道士が不可解な状況で亡くなった。殺されたのかもしれない」

彼がそう断言すると、誰もが驚いて息を呑んだ。

「アルクインが犯人で、罰を逃れるために脱走したのかもしれないとお思いなんですね？」ユージェニアスがもの柔らかに訊いた。

「いや、アルクインは殺人犯ではないだろうが、彼のことでは驚いている。きみは彼が人を殺して逃走したと非難しているんだね、ユージェニアス。そもそも彼がまだ生きていると、どうしてわかる？」

「ばかばかしい！」ユージェニアスは言い返した。「なぜ誰かがブルーノを殺さなければならないんですか、それにあなたはどうしてアルクインが生きてはいないかもしれないとお思いなんですか？」

「わからないが、この院内総会が招集されて以来、わたしは陰謀と悪意の雰囲気を感じている。この神聖な壁のなかにはふさわしくないものだ」

「それじゃ、どうしようとおっしゃるのですか？」ヘンリー修道士が訊いた。

「シティの検死官ジョン・クランストン卿に協力を依頼したよ」

「彼は俗人で、国王の役人だ！　この修道院のなかでは何の権限も持っていないぞ！」ウィリアム・ド・コンチェスが大声をあげた。

「彼には国王に授けられた権限がありますよ！」カリクスタスが鋭く口をはさみ、よく見えない目を修道院長のほうに向けた。「彼はひとりで来るわけではないでしょう？」

すると修道院長は、うれしそうににっこり笑った。「カリクスタス、わたしの思いを読んだんだね。たしかにジョン卿はひとりではない。わたしは彼の書記にも、手伝ってくれるよう依頼するつもりだ。書記のアセルスタン修道士は、この修道会の一員であり、サザークにある聖アーコンウォルド教会の教区司祭でもある」

カリクスタスは椅子にもたれ、乾いた笑い声をあげた。ウィリアム・ド・コンチェスは、どんとテーブルをたたいた。

「アセルスタンは恥さらしだ！　誓いを破り、修練院から逃げたんだぞ！」

「神は憐れみ深くていらっしゃいます」ヘンリー修道士が口をはさんだ。「ですから、わたしたちも憐れみ深くなろうじゃありませんか。アセルスタン修道士の尋問の腕前は、あなたがたにも負けないくらい巧みで器用です。わたしは修道院長に賛成です。わたしたちがここに集まったのは、ある論文を討議するためですが、ここには神学や哲学とは何の関係もない悪意や敵意があるような気がします」

「ほんとうに？」カリクスタスがひどく小馬鹿にしたように訊いたので、修道院長はたじろいだ。年老いた司書がこの若い神学者を嫌っているのは歴然とした事実だ。

「ああ、ほんとうだ！」ヘンリー修道士は言い返した。

「それなら」修道院長は割って入った。「これらの件は、アセルスタンとジョン・クランストン卿が到着するまで延期しよう」腰を上げた。「それじゃ、またそのときに、諸君」会釈して空中にさっと十字を切り、会議は終わった。

院内総会の面々はぞろぞろと外に出たが、ウィリアム・ド・コンチェスとユージェニアスはあとに残り、ドアが閉まるまで待って、それから修道院長に食ってかかった。

「どういうつもりだ？」ウィリアムは怒鳴った。「われわれは、修道院のつまらない作業をして時間をつぶすためにはるばる旅をしてきたんじゃないぞ」

「わたしは修道院長で」アンセルムはさえぎった。「この修道院の正式な守護者だ。あなたたを招いたのはわたしだ――わたしの命令に従えないのなら、帰ってもらおう。だが、帰ったりしたら、ローマの総会長に報告するぞ！」

「そのアセルスタンとやらは」ユージェニアスが訊いた。「貧者のあいだで働いているんだな？」両手を組む。「人間はみな平等だなどという過激な説に染まっているという噂があるが、それはほんとうなのか、修道院長?」この話題に興奮したようだ。「わたしが言っているのは、地上の楽園を追求すると称し、教会や国家を打倒しようとしている煽動者たちのことだが」アンセルムは、この下心に満ちた聖職者をにらんだ。異端について他人を罠にかけることに、なんと慣れているのだろう。唇を嚙み、そのあと身を乗り出した。「ユージェニアス修道士」愛想よく答える。「あなたのほうこそ異端の考えを口にしている。聖書に公然と反抗している。われらが主キリストは、たがいに威張り、他人が自分の前にひざまずくのを見るのが好きな異教徒のようであってはいけない、と弟子たちに語ったのではなかったか?」

ユージェニアスのまなざしは冷ややかになり、論争はますます白熱する気配を帯びたが、ドアをノックする音に中断された。

「お入り!」アンセルムは命じた。

聖具係補のロジャーが入ってきた。やつれた顔はおびえ、あいだのせまい目には警戒の色が見える。背を丸め、足を引きずって入ってきて、宗教裁判所の裁判長をひと目見て逃げていきそうになったが、アンセルムが彼の手首をしっかりと握った。

「ロジャー修道士、どうした?」

聖具係補はまばらな髪を搔き、ちらりと横を見た。「修道院長」とつぶやき、頭をこすった。「言うことがあったんだ。十三だけど、十三じゃいけないものについてね」不安に満ちた目が、アンセルムの目をとらえた。「でも、もう思い出せないよ、修道院長。大事なことなのに、思い出せないんだ!」

アンセルムは哀れな男の手首を放した。「しばらく考えて、そのあともう一度おいで」

聖具係補は、おびえたウサギのように逃げていった。

「馬鹿な男だ」宗教裁判所の裁判長は吐き捨てるように言った。

「いや、ウィリアム殿、彼は神の子だ。怖くて正気を失っているんだ。それに、真実は神さまだけがご存じだが、この修道院には何か恐ろしいものが、暗くて不吉なものがある」そう言って同輩に会釈し、アンセルムはゆっくりと部屋を出た。

アンセルム修道院長の予言は当たった。その日、晩課を終え、修道士たちがそれぞれ自分の部屋に引きあげたり、回廊に囲まれた涼しい庭を散歩したりしているあいだに、カリクスタス修道士は図書室兼筆写室にもどった。

規則に反し、長いろうそくにふたたび火を灯して、捜し物がつづけられるようにした。カリクスタスはドミニコ修道会のなかでも博学なほうで、並はずれた記憶力を誇りに思っていた。院内総会の討論に興味があり、自分も名を上げたいと願っている。筆写室のドアが閉まっているのを確認したあと、天井までとどく本棚を一心に調べた。本棚には革装の書物が並び、この教会の神父たちが書いた論文や著作が丁寧に綴じこまれている。昼のあいだに下のほうの棚は調べてあり、いまから最後まで作業をやるつもりだった。どうせ、必要な情報が入っている写本を捜すだけのことでしかない。見つけられるぞ、とアルクインに自慢したものの、もっとくわしいことを訊かれたときは、まかせておけ、と言わんばかりに骨張った長い鼻をたたいたものだ。あの神学者たちに、「太陽の下、新しいものは何ひとつない」（コヘレトの言葉第一章第九節）ことを、そして偉大な研究者というのは書物が大好きなものだということを、教えてやろう。

さらに何本かろうそくを灯し、目の前にそびえている本棚を見つめた。そのあと望みどおりの場所まで長いはしごを押してきて、ろうそくをしっかりと握り、用心深く上った。ある書物の背に書かれている金色の文字を見た。『十二使徒時代の書簡、書籍および書類』という題名が、以前の司書の手で丁寧に記入されている。カリクスタスは得意げな笑みを浮かべ、首を振った。そしてほかの書物も入念に調べた。下から物音が聞こえ、おそるおそる見下ろした。

「誰だ？」そっと呼ぶ。

もちろん、誰も入ってきていないはずだ。筆写室で働く修道士たちはこの時間になると疲れ、目がずきずきし、指が痙攣している。夕日を楽しむほうが、よほど歓迎されるだろう。カリクスタスは熱心に捜しつづけた。あの大きな本を見つけなければ。アセルスタンが到着する前に。どんなこともいつまでも秘密にはしておけない。夕食のあと、噂は燎原の火のように修道院に広まった。家族のなかの黒い羊、一家の厄介者とも言うべきアセルスタンが、この羊の群れにもどってくる！

アセルスタンに反感を抱いているわけではない。カリクスタスのような男でも、あの禁欲的でありながら冷笑的な、貧しい教会区の司祭がそれなりには好きで、尊敬さえしていた。だが、アセルスタンに手柄をひとり占めされたくはない。一冊の本がカリクスタスの目をとらえた。ろうそくを持ち、その本をとろうと手を伸ばしたとき、はしごがぐらっと回転した。司書は足をすべらせ、恐ろしくて悲鳴をあげることもできないうちに、礫のように図書室の石の床に落下した。激痛が全身に走った。カリクスタスはあえぎ、息を吸おうとした。墜落した衝撃で、息が詰まっていたのだ。幸い、左腕を下にして落ちたので、それほど重傷を負わずにすんだ。物音が聞こえた。老司書は痛みでふるえながら、自分の上にかがみこんでいる暗いぼんやりした人影のほうを向いた。

「助けてくれ！」彼はうめいた。

「あの世へ行け！」押し殺した返事が聞こえてきた。

カリクスタスは口をあけた。「やめてくれ。ああ、違うんだ、そんなつもりじゃなかった！」這って逃げようとしたが、そのあいだにカウルをかぶった人影は重たい真鍮の燭台を彼のこめかみにたたきつけた。カリクスタスの頭は木の実のように割れ、血と脳味噌が流れ出た。

〈偉大な奇跡〉の翌日、アセルスタンの危惧はより深刻になった。骨が病気を治したという知らせは、サザークの悪臭ふんぷんたる小路に一気に広がった。病人や足の不自由な連中がぞろぞろと教会に来て、有頂天のワトキンとパイクに迎えられた。ふたりは聖アーコンウォルド教会の入口を小さな市場に変えていた。

「みんなじきに飽きるだろう」アセルスタンは家の外に立ち、ボナベンチャーにつぶやいた。見守っていると、希望を抱いた巡礼が長い列をなし、教会に入り、白骨死体をひと目見て、大きな木の柩《ひつぎ》の前にろうそくを灯し、祈りを唱えた。アセルスタンは、この件では晴れやかな顔をしていよう、と決心していた。職人たちは内陣で仕事をつづけてもいいことになっているし、クランストンがもっと情報を持ってきてくれれば、きっぱりと解決するはずだ。

だが昼下がりには、アセルスタンの希望的観測は砕け散った。ほかにも病気が治ったという例がぞくぞくと報告されたのだ。いわく、子供のいぼがとれた。いわく、胃の不快感がおさまった。いわく、鼠蹊部《そけいぶ》の痛みが消えた。あの、腕が化膿していた男が柩の前で祈ったあと、病気が治った者のリストはどんどん長くなっていた。執行吏のブラッダースニッフをはじめ、区の役人たちが文句を言いに来たが、アセルスタンにできるのは、自分だって不愉快なんだと怒鳴り、この件は手に負えないと言って、安全な自分の家に閉じこもることだけだった。

聖アーコンウォルド教会で奇跡をもたらすものが見つかったという知らせは、サザークに潜んでいるタカやトビのような人間をみな引きつけた。偽造者、自称清廉の士、鋳掛け屋、宗教がらみの行商人。そうした連中が、ゴミの山に群がる蝿のように集まってきた。あるならず者は、片目に眼帯をつけ、足が悪いふりをして聖アーコンウォルド教会に入っていき、しばらくして出てきて松葉杖をほうり投げ、もう治ったからこの松葉杖を神聖な品として売ってやる、と主張した。その男はアセルスタンの家の外に立ち、ぽかんと口をあけている見物人のグループに、この神聖な杖をついてエルサレムまで往復したんだ、ほしければシリング銀貨一枚で売ってやる、と叫んだ。家のなかにいるアセルスタンは、うんざりした。やがてまた別の、もっと耳障りな声が教会から聞こえてきた。

「ローマからの免罪符を持ってきたぞ！　アヴィニヨンで教皇手ずからくださったんだ。この羊皮紙に使用しているインクは、みどりごイエスの飼い葉桶の材木で作ったインク壺に入っていたものだ。高価なものではあるが、この羊皮紙を買えば、罪はすべて赦され、一千日と一千夜、煉獄から解放され、快楽にふけることができるぞ！」

両手で頭を抱えて坐っていたアセルスタンは、もう我慢できなかった。かんぬきをはずし、ドアをさっとあけて、つかつかと外に出た。そして五体満足のならず者が持つ松葉杖をつかみ、あたりに響きわたるような音で男の背中を殴った。

「神の名において命じる、失せろ！『これは神の家である。これは天の門だ』という聖書の一節（創世記第二十八章第十七節）を聞いたことがないのか？　ここはチープサイドのみすぼらしい屋台じゃないんだぞ！」

男はよろめき、ベルトにさしたナイフに手をやった。アセルスタンは松葉杖を握ったまま、脅すように男に迫った。

「やってみろ、このくそったれ野郎め！」クランストン直伝の言葉を怒鳴った。「そのナイフを抜いたら、おまえのどたまを肩からたたき落としてやる！」怒った司祭は、見物人の小さなグループに指を向けた。「あそこにいるのは律儀な人たちで、額に汗して小銭を稼いでいるんだ！」

男は悪意のあるまなざしをさっとアセルスタンに向け、そそくさと退却した。司祭は松葉杖にもたれ、荒い息をついた。

「申し訳ないが」と、いまやおびえている見物人につぶやく。「家に帰ってくれ。奥さんやご主人や子供たちの面倒を見てやるんだ。お金は大事にしろ。　周囲の人たちを愛すれば、神はあなたがたのそばにいらっしゃる。この安っぽいごまかしの、うんざりする茶番劇のなかにではなく！」

「さあさあ、免罪符だよ！」突然、耳障りな声が叫んだ。「罪を赦す免罪符だ！　天の門が招いているぞ！」

アセルスタンは背筋を伸ばし、免罪符売りをにらんだ。男は教会の階段に立ち、背中をこちらに向けている。男はよろめいて階段から落ち、アセルスタンは歩いていき、松葉杖の先を使い、男の腰をぐっと突いた。考えもせずにアセルスタンは階段から落ち、両手をついて振り向いた。黄色い顔に苦々しげな憎悪の表情を浮かべ、黒ずんだ歯をむき、激しい怒りで目を細くしている。司祭は階段のてっぺんにしゃがんだ。

「わたしはこれから目をつむり」穏やかに言った。「天使祝詞を暗誦する。そして『いまも臨終のときも』のところまできたら、目をあける。そのときまだおまえがここにいたら、青あざができるまでぶちのめし、肥やしの山に投げ捨ててやる！」

アセルスタンは、「天主の御母」という言葉までたどり着かないうちに、片目を少しあけた。免罪符売りが脱兎のごとく、あわてて教会から逃げていくのが見えた。立ちあがり、教会のドアのすぐ内側にいるワトキンとパイクを見つめた。

「今度あんなことが起きるのをほうっておいたら、おまえたちは教会区民ではあるが、わたしの友達ではなくなるぞ！」

そのあと憤然と家にもどり、ドアに鍵をかけ、二階のベッドに行って横になった。「もし天に神がいらっしゃるなら、かならず真実が姿をあらわすのではないか？」

翌朝の聖アーコンウォルド教会は、前の日にアセルスタンが荒々しい反応をしたあとだけに、いくらか静かだった。真実は姿をあらわさなかったが、クランストンと修道院長があらわれた。アセルスタンは仮設の祭壇でミサを挙げ終えたところだった。職人たちの仕事がはかどっているかどうか調べ、フィロメルに餌をやり、最後のひと皿のスープと水で割ったワインの朝食をとっていると、クランストンがドアをたたき、聖霊のように堂々と入ってきた。

「おはよう、修道士！」クランストンは怒鳴った。片手には奇跡のワイン袋をしっかり握っている。勧められもしないのにアセルスタンのカップを満たし、ひと息でたっぷり飲んでげっぷをし、笑顔の修道院長を家に呼び入れた。アセルスタンは立ちあがった。

「おはようございます、神父さま。ジョン卿やわたしといっしょにワインを召しあがりますか、まだ早い時間ですが」

アンセルム修道院長は、クランストンを見て賛同するように微笑んだ。

「いけないわけはないね。実際、詩篇の作者は『ぶどう酒は人の心を喜ばせ』（詩篇第百四篇第十五節）と言っているし、聖パウロはテモテへの手紙のなかで『胃のため、少量のぶどう酒を用いなさい』（テモテへの手紙一第五章第二十三節）と書いているよ」

クランストンはげっぷをし、修道院長を見てにっこり笑った。

「ほんとうですか？」

「もちろんだよ、ジョン卿」

「それなら」クランストンは宣言した。「聖パウロをひいきにしてやるぞ。モードに教えてやらなくちゃ。聖母マリアへの手紙でしたっけ？」

「いいえ、ジョン卿」アセルスタンは口をはさんだ。「テモテへの手紙ですよ。修道院長、どうぞおかけください。ジョン卿、ワイン貯蔵室からカップを持ってきてくれませんか？」

みんなで腰を落ちつけると、クランストンはにこにこ笑い、修道院長は錫合金のカップから静かにワインを飲み、アセルスタンは顔をこすった。

「疲れているようだな、修道士」クランストンはコメントした。

アセルスタンはドアのほうへ片手を振った。「理由はご存じでしょう。あのいまいましい白骨死体のせいですよ。もっと悪いことに、教会区民のせいでもあります。みんなひどく愚かでだまされやすく、ツボにはまった甘い言葉を使われると、黒いものでも白いと言いくるめられてしまうんです」

「ああ、話は聞いたよ」修道院長はさえぎった。

クランストンはスツールの上でもじもじした。

「できるだけのことはしているんだ！　事務員たちに記録を捜させているし、紋章官補たちには掃き溜めのようなホワイトチャペルを捜索して、フィッツウルフくんの居所をつきとめろと言ってあるんだが、これまでのところ――何も見つかっていない」ワイン袋からがぶ飲みした。

「ところで、〈緋色の部屋〉はどうだ？」目を細くして訊く。

「何も思いつきません、まったく何も」

「緋色の部屋？」修道院長がたずねた。

クランストンは無理やり笑い声をあげた。「ちょっとしたジョークですよ。この司祭とわたしとで、ある謎を解こうとしているんです」

「わたしがここに来たのも謎のせいだ」修道院長は言い、まっすぐアセルスタンを見た。「ブラックフライアーズで何が起きているか、ジョン卿から聞いているかもしれないね。事態はますます悪化している」カップを下に置いた。「ブルーノ修道士は謎の死を遂げた。聖具係のアルクインはいまだに行方不明だ。聖具係補のロジャーは……彼を憶えているかな？」

アセルスタンはうなずいた。

「あの彼が、わけのわからないことをつぶやいているんだ。そして宗教裁判所の裁判官たちはヘンリー修道士の論文が異端の説であると信じている。そのうえ今度は」指でワインカップを動かした。「司書のカリクスタス修道士が、一昨日の夕方、図書室で働いていて——なぜなのかはわからない——本棚の最上段で本を捜していて、足をすべらせ、転落した。図書室の床にぶつかって脳が砕けたよ」

「神よ、彼を安らかに眠らせたまえ！」アセルスタンはつぶやき、急いで胸に十字を切った。アンセルム神父が挙げた名前はみな知っていたが、顔はぼんやりとしか憶えていない者もいた。ブラックフライアーズにいたころ、遠くから見知った者もいる。ヘンリー・オブ・ウィンチェスターや宗教裁判所の裁判官たちのように、ほかの修道院から来ている者もいる。アセルスタンはテーブルにもたれ、すばやく考えた。修道院長が一週間前に来ていたら、自分はひどく動転していただろう。だが、神は不可解な方法で御業をおこなうのではないだろうか？　いまは聖アーコンウォルド教会からしばらく離れているのがいちばんなのかもしれない。彼は修道院長を見た。

「ブラックフライアーズで何が起きているとお思いですか？」

アンセルムはカップのなかを見つめた。「誓って言うが、わたしたちのなかにカインの息子が、人殺しがいるのだと思う。きみとジョン卿に調べてもらいたい。すぐに来てもらいたいんだが」

「聖アーコンウォルド教会はどうしましょう？」アセルスタンは訊いた。

クランストンは身を乗り出し、彼の手をぽんとたたいた。

「そのことで頭を悩ませてはいかんよ。あそこで起きていることは、治安の侵害と見なすことができる。たくましい下士官を何人か送りこみ、自治体からの令状を持たせて、職人以外誰もあの教会に入れないようにしよう」

アセルスタンはすぐにうなずいた。「ええ、そうですね。それがいちばんでしょう。さて、修道院長、ブラックフライアーズでどんなことが起きているのか、くわしく教えてください」

アセルスタンは目を閉じ、一心に耳を傾ける用意をした。アンセルム神父は過去数日間のできごとを明快に語った。

「そうしますと」とアセルスタンはまとめた。「ブラックフライアーズでは院内総会が開かれていて、そのなかでヘンリー・オブ・ウィンチェスターが自分の書いた神学の論文を論じ、それに対してピーター修道士とニール修道士が反論し、その一方で宗教裁判所から来たわれわれの友人が異端の説ではないかと目を光らせているわけですね」

「そうだ」

「そしてそのあいだに、ブルーノ修道士とカリクスタス修道士が亡くなり、アルクインが行方不明になっている。それなのに院長がひどく心配されているのは、あのロジャーがぶつぶつとつぶやいていることのようだ」

修道院長は目をこすった。「わたしが心配しているのは、ロジャー修道士がとりとめもなく話すようになったのがアルクインの失踪直後だったからなのだよ。いいかね、みんなの報告のなかで共通しているのは、アルクインがブルーノ修道士の遺体の前で祈るために教会に行った、ということだ。ひとりになりたかったから、教会に入ったあとドアに鍵をかけたんだな。よくそうしていたよ。ロジャー修道士はドアをノックしたが、返事がなかったので、別の鍵を使わなければならなかった。なかに入ると、そこにアルクインの姿はなかった」指を組んだ。「何はともあれ、アルクインが失踪したことで、ロジャー修道士の知性はますます闇の奥に押しやられたようだ」修道院長は立ちあがった。「きみに来てもらわないとな、アセルスタン。この教会の面倒は、ジョン卿が見てくださるさ。無粋なまねはしたくないが、必要とあらば上司として、来るよう命令することになる」

「まいります」アセルスタンは答え、立ちあがって伸びをした。「聖アーコンウォルド教会かさい。ジョン卿とわたしはしばらくしたら伺います。それまでに、院内総会のメンバーを招集しておいていただきたいのですが。全員いっしょに質問する必要があるんです」

修道院長はうなずき、ローブに帯を巻いて、あいているドアから出ていった。そして教会の階段のそばの、馬をつないでおいたところへ行った。

「そうそう、ジョン卿?」修道院長を見守っていたアセルスタンは振り向いた。「ベネディクタのご主人についての手紙ですが。もう出していただけましたか?」

「弓から放たれた矢のようにな」

「よかった!」

アセルスタンは庭に出て、階段で遊んでいる子供たちを見た。

「クリム! クリム! できるだけ早くベネディクタさんの家に行って、ここに来てくださいと伝えてくれ!」

台所にもどると、クランストンがワインのおかわりを注いでいた。「気をつけてくださいよ、ジョン卿。今日の午後は頭を働かせる必要があるんですからね」

「わたしには酒が必要なんだ!」クランストンは不機嫌そうにがみがみと言った。「とくに、かび臭い修道士たちといっしょに一日すごすことになるのならな」

「より正確には、恐ろしい托鉢修道士たち、ですよ!」アセルスタンは冗談を言った。

クランストンはげっぷをした。

「モード夫人とお子さんたちはお元気なんでしょうね？」

「ああ、でもわたしはブラックフライアーズに泊まることにする」検死官は答えた。「モードのやつ、愚かな賭の噂を嗅ぎつけたらしい。彼女がどんなふうか知っているだろう、アセルスタン」頬を膨らませる。「小言は言われないが、あの悲しげな目で長々と見つめられるとたまらないんだよ」アセルスタンに目で懇願した。「あの問題を解かないとな」

アセルスタンは背を向け、絶望の表情を見られないようにした。

「白骨死体、死の部屋の謎、そして修道院に野放しになっている暗殺者！」アセルスタンは目を閉じた。「おお、神よ、われらを助けたまえ！」

台所でせわしなく立ち働くうちに、ドアをノックする音が聞こえた。

「どうぞ！」

ベネディクタが入ってきた。美しい顔もいまはやつれ、心配そうだ。彼女はクランストンに会釈した。

「どうなさったんですか？どんなご用でしょう？」

アセルスタンは彼女をスツールに案内し、そのとなりに腰を下ろした。

「ベネディクタ、例の手紙は発送しましたが、返事を待たなければなりません。わたしはしばらくこの教会区を離れ、ブラックフライアーズに行かなければならないんです」彼女の手首にそっと触れた。クランストンはどぎまぎし、咳払いをして視線をそらした。「ですから、ベネディクタ」アセルスタンはつづけた。「わたしが出かけたらすぐに、教会区会議の面々を招集し、今夜、会議を開いてください」ベルトから鍵の束をはずした。「ここに集まってもかまいません。少しは分別をわきまえるよう、みんなに言ってやってください。教会の面倒も見て、職人たちに気を配っていてくださいね、あと数日で作業が終わるはずなんです。ボナベンチャーの餌も頼みます。それと、どうかセシリーから目を離さないでくださいね」にっこり笑う。「ワトキンとパイクにとって、あの白骨死体より重要なのは彼女だけなんですから！」

ベネディクタは鍵束を受けとった。「どうぞお気をつけて。神父さまがいらっしゃらないと、わたしたち、寂しくなりますわ」彼女は来たときと同様、ひっそりと帰っていった。

「善良な女性だな、あれは」クランストンはからかうような声で言った。「じつにできた女性だ」ふらふらと立ちあがり、巨体を揺らしながら酔った頭で精神集中し、ワイン袋に栓をはめようとした。「ぐっすり眠れば、わたしも元気を回復するよ」

アセルスタンは急いでカップを片づけた。ローブを着替え、顔を洗い、使い古した鞍と、書き物用トレイや羊皮紙、羽根ペン、角製のインク壺を入れるための革の荷かごをとってきた。そのあと、いやがるフィロメルに鞍を置いた。餌の時間以外は眠っている、というフィロメルの理想的な一日は、こうしていきなり終わった。一時間もしないうちにクランストンは、鞍の上でいびきをかき、げっぷやおならをし、〝最愛の書記〟――アセルスタンのことを彼はそう呼んでいる――を引きつれて、ロンドン橋に向かっていた。

第五章

ふたりは苦労して進まなければならなかった。市場で農産物を荷下ろしした荷馬車が、晩鐘の鳴る前にシティを出ようとしていたのだ。ブリッジ通りの魚市場は、油やけしたニシンのように臭かった。アセルスタンは、露天商が古くなった魚をさばこうとしているのをちらりと見て、食堂や居酒屋で出されるフィッシュパイには用心しよう、と心に誓った。こういう晴れた日には、ロンドンの住民はみな外に出ていた。サテンや暗紅色の服を着た金持ちが、汚れたぼろぼろの服でやせた身体を隠しきれていないわんぱく小僧と肩を並べている。髪を剃られたばかりの売春婦の一団が、バグパイプの演奏者に先導されて、チープサイドの〝大樽〟と呼ばれる丸い家に立たされるために連行されている。左折してロープ横丁に入ると、立ち並ぶ屋台にはあらゆる種類の紐やロープや糸や撚糸が並んでいた――あざやかな色に染められているものもあれば、石工や建築業者が買っていく色あせた束もある。丁稚《でっち》たちが走り出て客寄せをし、馬の轡《くつわ》すれすれのところまで来ているが、赤ら顔のクランストンと黒いカウルをかぶった聖職者をひと目見て、みんな逃げていった。

建築業者のロープを見て、アセルスタンは教会の敷石と、見慣れない石工の銘のことを考えた。教会区民たちにはすでに、似たような銘がないかどうか気を配るように依頼してあるが、誰もそういうものに気づいていなかった。最初にあの石を敷いた男は、その下から見つかった白骨死体について、何かしら知っていたに違いない、とアセルスタンは結論づけた。

クランストンが身じろぎをした。「おい、あれを見ろ」

ふたりが馬を止めたワイン横丁の角では、代官の部下が刑罰を実施していた。裸にされた男が、馬の小便の入った樽に顎まで浸けられている。樽に鋲でとめられた粗末な告知書によると、男はエール製造業者で、エールに混ぜものをしてぼろ儲けをしていた。だが、いちばん大きな人だかりができていたのは、醜い老婆の周囲だった。ぼろぼろのスカートを頭の上までめくりあげられ、たるんだ灰色の尻を執行吏に棒でたたかれている。子供たちを虐待した罰なのだ。遠巻きにした群衆は大声で野次を飛ばし、目隠しをされた哀れな女に動物の内臓などのゴミを投げつけた。騒ぎがおさまったのは、葬式の行列が強引に通ったときだった。先導している聖職者は十字架を持ち、鎮魂歌を歌っている。会葬者の大半は酔っぱらっていて、柩《ひつぎ》は担ぎ手の肩の上で水に浮いたコルクのように上下に揺れた。その揺れかたがひどいので、柩の蓋がゆるみ、死体の灰色っぽい腕が外に出て、上下にばたばたと揺れた。まるで当の死んだ人間が、周囲の人すべてに手を振って別れを告げているかのようだった。

アセルスタンとクランストンは下馬し、馬を曳いて、石畳の道を波止場に向かう荷馬車とすれ違った。ベック通りに曲がったが、奇妙な行列に道をゆずるために、家の軒下に入らざるを得なかった。フードをかぶり、仮面をつけた一団の男が、首から腰まで裸になり、のろのろと道を進んでいた。詩篇五十一篇の『ミゼレーレ』を歌うように唱えながら、皮膚が青や赤に変色して裂けるほど、ほかの者に背中をむち打たれている。

「むち打ち苦行者だ！」アセルスタンはささやいた。「パリやケルンやマドリードで見かけられているそうですが、いまではロンドンにもいるんですね。彼らは町から町へ歩き、詩篇を唱えながら、罪滅ぼしのためにたがいをたたいているんです」

クランストンは大きなげっぷをもらした。

「いったいどうしてあんなことが、お優しいキリストを喜ばせることになるのかね？」

アセルスタンは首を振るしかなかった。

むち打ち苦行者たちは角を曲がり、鞭の音や宗教的な詠唱は遠くへ消えていった。

ブラックフライアーズの近くまで来ると、赤い瓦葺きの家々の上に修道院の尖塔や小塔がかいま見えた。ある横丁を、兵士たちが通行止めにしていた。シティのお仕着せを着て、完全武装した兵士たちは、口や顔に海綿を当てている。アセルスタンはその横丁を見て、身ぶるいした。人っ子ひとりいない。どの家のドアもかんぬきや横木で閉ざされ、窓の鎧戸にはしっかりと鍵がかけられている。居酒屋の派手な看板が不気味にかたかたと鳴り、まるで店に客がいないことにため息をついているかのようだった。

「ペストだ！」クランストンは言い、騎乗した。「あの病気がまた流行りだしたのなら、神よ、われらを助けたまえ！」

アセルスタンはその横丁の入口でざっと十字を切り、クランストンを追ってブラックフライアーズ周辺の開けた場所に入った。前方には巨大な門と、大きな修道院をとり巻く高い塀がそびえている。クランストンがせかせかと鐘の紐を引くと、平修士が出てきて、ふたりを石畳の中庭に案内した。その中庭で、目のしょぼしょぼした歯のない馬丁――顔にはアセルスタンが見たこともないほど汚い潰瘍ができている――が何ごとかつぶやき、ふたりの馬を曳いていった。そのあと平修士は、ふたりを涼しい開放的な廊下に連れていった。アセルスタンはひとり微笑んだ。ふたたびこの場所に来るのは、奇妙な気分だった。ここで修練期をすごしたのだ。敷石が敷かれた廊下を見て、足を止めた。まるで若いころの自分の亡霊が、夜中にこっそりと廊下を歩いていくのが見えるようだった。あいている窓から出て、月光に照らされた庭を横切り、塀を乗り越えると、そこには弟が待っていて、いっしょに国王の戦争に行く。かわいそうなフランシス、フランスの戦場のどこかに埋葬されて！

「残念だ」アセルスタンは、窓から流れこむ明るい陽射しのなかで躍っている埃《ほこり》にささやいた。「とても残念だ！」

平修士は不思議そうにアセルスタンを見た。

「大丈夫ですか？」

クランストンは目を細め、アセルスタンの心を読んだかのように首を振った。

「なんでもない。わたしの友達は幽霊を見たんだ」

煙に巻かれた平修士は案内をつづけ、木漏れ日の落ちる回廊つきの庭を横切った。その先の青く塗られた大きな部屋で、アンセルム修道院長がふたりを待っていた。

「案外早かったな」修道院長は言い、平修士に指を鳴らして耳元で指示をささやいた。「まあ、かけてくれ」小さなベルをとりあげて鳴らす。「喉が渇いているんじゃないかな？」

クランストンはにっこり笑った。かって自分の罪と対峙した部屋にいることで落ちつけないアセルスタンは、上の空でうなずいた。

雑用係がハチミツ酒の入った大きな水差しと、カップを三つ持ってあらわれた。彼がアンセルムとアセルスタンのカップを満たしもしないうちに、クランストンは自分のカップを飲み干し、雑用係をつついておかわりを催促した。

「遠慮は無用だ」とささやき、唇を鳴らす。「すばらしい！　じつにすばらしい！　なみなみと注いで、水差しはわたしのそばの床に置いていってくれ」

不運な雑用係は言われたとおりにし、目を丸くして、あとずさりで部屋から出ていった。

「ここのハチミツ酒がお気に召したかな、ジョン卿？　われわれのミツバチの巣箱からは、口当たりのいい甘いハチミツがふんだんにとれる。モード夫人のために、ハチミツをひと瓶と、ハチミツ酒の小さな樽をさしあげなければならないな」

「それはいい！」クランストンはつぶやき、酔眼でアセルスタンを見つめ、スツールの上で危なっかしく揺れた。「ここはすばらしい。なぜきみがここを出たのか、わからんな」

アセルスタンはにらみ返した。いまにもクランストンは船を漕ぎ、昼寝をしてしまいそうだ。スツールから転げ落ちなければいいが。なにしろ酔っぱらって正体をなくしたクランストンときたら、驚異的に重いのだから。

「修道院長」彼はすばやく言った。「そのヘンリー・オブ・ウィンチェスターの件ですが、なぜそれほどまでに議論の的になっているんですか？」

アンセルム修道院長はクランストンに魅せられたようで、大きな赤ん坊のようにスツールに坐ってげっぷをしている陽気な検死官から、なかなか目をそらすことができなかった。

「ヘンリーは論文のなかで」おもむろに答える。「神が人間になったのはわたしたちを罪から救うためではなく、わたしたちをかつてのようにもう一度美しくするためだと論じているんだ」

アセルスタンは眉を上げた。「修道院長、それのどこが異端の説なんでしょうか？」

「最初、わたしもそう思ったよ。だが、わたしたちを以前の恵まれた状態にもどすためにキリストが到来したというヘンリー修道士の論文を認めるとしたら、罪の重要性はどうなる？　神の正義や天罰という考えはどうなる？」

クランストンはげっぷをした。「いまいましい罪が多すぎる！　あなたがた聖職者たちは、罪のことばかり話しているじゃないか。飲みすぎるからといって、どうして優しい神が人間を地獄に送ることができるんだ？」

唇を鳴らし、独自の説を展開しそうになったそのとき、ドアをノックする音がして、平修士が入ってきた。

「修道院長、院内総会のみなさんがお待ちです」

アセルスタンは、にわか神学者と化したクランストンを信じられない思いで見つめていたが、立ちあがって急いで言った。「修道院長、すぐに彼らと会わなくてはいけません」

アンセルムはアセルスタンにウィンクし、ふたりの先に立って迷路のような廊下を通った。

クランストンは、嵐にもまれる胴の太い船のように、ふらふらずしずしとふたりのうしろを歩いた。院内総会のメンバーは、混乱した様子のロジャー修道士とともに、すでにテーブルを囲んで席に着いていた。みんな腰を浮かせたが、アンセルムは坐るように身振りで指示した。手早く紹介がおこなわれ、アセルスタンはクランストンがいっしょでよかったと思った。自分が修道会の厄介者と見なされていることは、わかっていた。自分がここにいるのをいやがる者や、退席をもとめる者までいるかもしれない。いまは全員がクランストンに注意を引かれて、ただ坐っていた。クランストンは失礼とも言わずにアンセルム修道院長の椅子にどさりと腰を下ろし、陽気な酒の神バッカスのように、にこにこ笑いながらテーブルの周囲を見まわした。忍び笑いとささやきがわき起こった。〝飲んだくれ〟とか〝大酒のみ〟という言葉が聞こえ、見下したような表情が彼に向けられた。

修道院長が当惑したように話すあいだ、アセルスタンはキリストの兄弟とも言うべき修道士たちをじっくりと見た。ウィリアム・ド・コンチェスと陽気な顔のユージェニアスは噂で聞いて知っている。鋭い目とネズミ捕りのような精神を持つ危険な男たちだ。人間が油の入った樽のなかで揚げられるのを、慈悲深い主はほんとうに見たがっている、と信じているのだ。快活なピーター修道士とアイルランド人のニール修道士は、ほかの修道院から来た客だ。ふたりとも気だてがよさそうで、ピーター修道士のほうなどはクランストンが酔眼でテーブルにもたれているのを見て、噴き出しそうになっている。ヘンリー・オブ・ウィンチェスター修道士は彫像のように坐り、浅黒い顔に穏やかな表情を浮かべている。アセルスタンを見て恥ずかしそうに微笑み、会釈した。アセルスタンもおなじようにした。この若く優秀な神学者については聞いたことがある。かみそりのように鋭い知性を持つ、説教の名手だそうだ。そのとなりにいるロジャー修道士は、気の毒なことにその正反対だった。顔はいかにも愚かそうで、髪は奇妙な具合につんつんと立っている。アセルスタンはその呆けた目や、唇から垂れているよだれを見て、殺人を犯すほどおかしくなってしまったのだろうか、と思った。

アンセルムは紹介を終え、振り向いてクランストンを見た。クランストンはいまや、のどかな笑みを浮かべながら居眠りをしていた。アセルスタンは注意をそらすために咳払いをし、角製のインク入れや羊皮紙や羽根ペンをテーブルに並べ、そわそわといじった。そしてそれらを見下ろし、羽根ペンをとりあげて、一同を見まわした。

「修道院長のご依頼で」おもむろに切り出す。「院内総会にかかわるある謎を解明するために、こちらにまいりました。みなさんが集まったのは、五月三十日の月曜日。始まってから一週間もたたないうちに、ブルーノ修道士が地下室に下りる階段からすべり落ちました。その翌日の土曜日、つまり先週の土曜日ですが、聖具係のアルクイン修道士が修道院の教会に行き、入ったあとドアに鍵をかけました。高い祭壇のうしろの柩におさめられている死んだ修道士の魂が安らかに眠るよう、静けさのなかで祈るためです。間違いありませんね、修道院長？」

アンセルムはうなずいた。「そうだよ。アルクインはあの教会に行った。ドアには鍵がかかったままだったが、ロジャー修道士が入ったときには、アルクインの姿はなかった」アンセルムは間を置き、ロジャーはうつろに笑った。「月曜日の夕方」とアンセルムはつづけた。「カリクスタス修道士はこの修道院の規則を破り、内緒の目的のために図書室に行った。そこでどうやらはしごから足をすべらせたらしく、即死した」

「偶然の一致だ！」ウィリアム・ド・コンチェスは鋭く言い返し、腕組みをしてテーブルにもたれた。「ブルーノは年寄りだったし、あの階段は急だ」肩をすくめる。「アルクインは教会に行き、たぶん感情に押し流されたのだろう、修道院から逃げることにした。外に出たあと教会に鍵をかけ、夜の泥棒のようにこっそりと去っていったのだ」じろりとアセルスタンをにらむ。「そういうことをした托鉢修道士は彼がはじめてではないし、もちろん最後でもないだろう！」

アセルスタンは冷ややかに見つめ返し、わきあがる激怒を隠そうとした。あんたが下手人ならいいんだが、なにしろここでは人が殺されているんだから、と思った。まばたきをして、悪意のある見かたを自分の心から追い払った。

「では、カリクスタス修道士は？」アセルスタンは訊いた。「彼も自分ではしごから落ちたんですね？」

「ああ、そうだよ」ユージェニアスはぴしゃりと言い、そっぽを向いて、アセルスタンを見ようともしなかった。

アセルスタンはテーブルに肘をつき、指を尖塔の形に組んで、右側は見ないぞ、と誓った。そちらにはクランストンが坐り、赤ん坊のようにいびきをかいている。「ヘンリー修道士、ニール修道士、ピーター修道士」三人の神学者を見て微笑んだ。「みなさんは論理学を学びましたね？」

三人ともうなずいた。

「では蓋然性の理論や、偶然の一致の可能性についても学びましたね？」

またもや三人はうなずき、同意した。

「それでは、修道院長におたずねします」アセルスタンはつづけた。「この修道院で、過去三年間に非業の死が何回ありましたか？　自然死ではない、思いがけない非業の死が？」

「一度もなかったよ」

「それなら」アセルスタンは締めくくった。「院内総会が開かれる前の三年間には、ひょっとしたら六年間にも、非業の死は一度もなかった。なのにこの院内総会が開かれてから一週間ほどのあいだに、ふたりの修道士が不可解な状況で亡くなり、もうひとりが失踪した。さて、みなさん、それはありそうなことですか？　論理的ですか？」

ヘンリー・オブ・ウィンチェスターは微笑み、首を振った。

「ニール修道士とピーター修道士は？」

ふたりとも、ヘンリー修道士と同意見だ、と顔に書いてあった。

「それに、ほかの証拠もあるんです」アセルスタンはつづけた。「修道院長が教えてくださらなかったことです」

アンセルムは驚いて見つめ返した。

「ほかにもまだあるんじゃないですか、修道院長？」

アンセルムは乾いた薄い唇をなめた。つかのま、この若いドミニコ会修道士を連れてきたのは正しいことだったのだろうか、との思いがよぎった。アセルスタンは頭の回転が速すぎ、鋭すぎる。わたしが提案した治療法は、病気よりきついのだろうか？ ウィリアム・ド・コンチエスの言うとおり、ほうっておくのがいちばんなのだろうか？ アセルスタンの黒い目が彼の目をとらえた。

「ああ、そうだ、ある」修道院長は答えた。「アルクインは絶対にこの修道院から逃げたのではない。彼の部屋は、彼が出たときのままになっていた。書類も札入れも、食べ物もお金もブーツも持っていっていないし、厩《うまや》から馬も連れていっていない。それに、逃げたとしたら、きっと誰かが目撃しているのではないか？ 第二に、アルクインは総会から軽んじられていると感じていた。彼と親友のカリクスタス修道士は」弱々しく微笑む。「いつも自分たちを神学者だと見なしていた。ふたりが話しているのを、ほかの修道士たちが小耳にはさんでいる。ふたりは院内総会など猿芝居だと一蹴していた。アルクインは友達のカリクスタスに、裁判長が時間を無駄にしていることを証明してみせると言っていたんだ」

「それはどういう意味だ？」ウィリアム・ド・コンチェスが吠えた。

「それはだな、修道士――」クランストンが唇を鳴らし、目をあけた。

ドミニコ会修道士たちは、はっとした。検死官はすっかりたるんだところがなくなり、背筋を伸ばし、部屋じゅうを鋭く見まわして、自分を笑っている人間を探している。

「それはだ」検死官はもう一度言った。「ふたりの修道士が――」にっこり笑う。「――いや、失礼、ふたりの托鉢修道士が院内総会など時間の無駄だと信じていた、ということだ。ひとりはいまや亡くなり、もうひとりは失踪している。それで間違いありませんな、修道院長?」

アンセルムはすばやくうなずいた。クランストンはずんぐりした指を立てた。

「わたしは論理学を学んだことはないが、『犬が目を閉じているからといって、かならずしも眠っているわけではない』という古いことわざをいつも肝に銘じている。わたしはジョン・クランストン卿、国王勅任のシティの検死官だ。眠っているときでさえ、油断してはおらん」

アセルスタンは内心うめいた。クランストンめ、酔っぱらった大酒のみのふりをするなどというたずらはしないでくれればいいのに。

「修道院長」アセルスタンはすばやく訊いた。「宗教裁判所の裁判長がここで時間を無駄にしていらっしゃるなどと、アルクインとカリクスタスはどういうつもりで言っていたのだとお思いですか?」

「それが、よくわからないんだ。ふたりはいつも片隅でささやき合い、カリクスタスは図書室で何かの写本を捜していた」

「もうひとりは?」クランストンが不作法に割りこみ、アセルスタンをにらんだ。「ほら、あの年寄り、最初に死んだのは――ブルーノだっけ。彼は院内総会と関係があったのかな?」

「いや、ありませんでした」ユージェニアスが答えた。「だがアルクインは、何か理由があったのか、ちょうどブルーノが転落した時刻に地下室に行くと前々から言っていた」顔をしかめる。「それがどういう意味だったのか、結論を出すのはきみにまかせるよ、アセルスタン」

アセルスタンはすでに確認されていることをいくつかメモし、そのあとペンを置いて腰を上げ、ロジャー修道士のそばに立った。ロジャーはおびえたウサギのようにうずくまり、宗教裁判所の裁判長に目を釘付けにしている。アセルスタンは頭の鈍いロジャーの手をとった。

「ロジャー修道士、修道院長に何を言いたいんだ？」

ロジャーは必死にまばたきをし、唇をなめた。口のわりに舌が大きいように見える。ひげを剃っていない顎によだれが流れた。汚い指で頭を掻く。

「教会のなかで見たんだが、何を見たのか思い出せないんだ。ただ、十二のはずだった。それとも十三だっけ？」うつろにアセルスタンを見て微笑む。「わからない。すぐに忘れちまうんだ」

アセルスタンは首を振った。

「修道院長、わたしたちが知っておく必要のあることが、ほかに何かありますか？ここにいらっしゃるどなたか、この不思議なできごとについてもっと情報をお持ちのかたはいらっしゃいますか？」

沈黙の壁が立ちはだかった。

「それでは、修道院長、ジョン卿とわたしはこれにて失礼します。こちらに部屋をとっていただけるんですね？」

「ああ、係が案内するよ。ジョン卿ときみには、宿坊に泊まってもらう」

アセルスタンは唇を噛んだ。クランストンがモード夫人の鋭い舌鋒から逃れるために、ブラックフライアーズに泊まりたがっていることはわかっていたが、相部屋になると思うとぞっとする。何回かいっしょに旅をしたことがあり、検死官が宿ではうるさいことはわかっていた。とくに、おいしい食事をとり、白ワインを何杯か飲んだあとはことさら騒々しくなる。

「よろしければ、修道院をひとまわりして、好きなように見てみたいのですが?」

「もちろん、かまわないよ!」

散会になった。ロジャー修道士は小走りに部屋から出ていった。ニール修道士とピーター修道士はにこやかにアセルスタンに会釈した。ヘンリー修道士はここでお目にかかれてうれしいと言ったが、宗教裁判所の裁判官たちはまったく彼を無視した。アンセルム修道院長はアセルスタンとクランストンを若い修道士に引き渡し、その修道士がふたりを修道院の本館から連れ出して、教会の角をまわり、果樹園を見下ろす小さな宿坊に案内した。一階には台所とワイン貯蔵室があり、二階には広々とした大きな部屋があって、脚輪つきの寝台が二台と、櫃《ひつ》と祈禱台がある。ガラスをはめた窓の下にはテーブルと椅子が一脚、スツールが数脚あって、壁には木釘が打ってあり、そこに衣類をかけるようになっていた。清潔で、掃除が行き届いている。台所の床には藺草《いぐさ》が敷いてあり、さまざまなハーブが散らしてあった。寝室の壁には毛織物がかけてあり、床には粗い裏地を縫いつけた純毛のラグが置いてある。

「修道院長がおっしゃっていましたが、お望みなら大食堂でわたしたちといっしょにお食事を召しあがってもよろしいそうです」雑用係の若い修道士は告げた。「あるいはご自分でお料理なさってもいいですし、厨房から何かお届けするようにしてもかまいません」

「誰が食事を運んでくるんだ？」アセルスタンは訊いた。

「わたしです」若者は答えた。「ノーバートと申します。まだ未熟者で、修行中です」

アセルスタンは、ノーバートのすべすべした顔と澄んだ茶色い目をじっと見た。信頼するに足る男のように見えた。

「院内総会とは何の関係もないんだね？」アセルスタンは訊いた。

「めっそうもない。重大な会議ですから、わたしなどとてもとても」

「それなら」とアセルスタンは答え、若者の肩をたたいた。「大食堂から食事を運んできてくれ。それから、厩にいるわたしたちの馬の様子を調べてくれないかな。フィロメルは老いぼれた軍馬なんだが、食べっぷりはすごいんだ！」いたずらっぽくクランストンを見る。「フィロメルだけじゃないけどね！　検死官殿は驚異的な食欲の持ち主だ。彼の皿はかならず大盛りにしてくれよ」

ノーバートはすきっ歯を見せて笑った。

「それに、あのハチミツ酒もな」クランストンは口をはさみ、親指をベルトにつっこんだ。

「あれは喉にとてもよいそうだ」

「修道院長はすでに、ジョン卿のためにひと樽とりわけておられますよ。ワイン貯蔵室には、ワインの入った水差しと、エールの小さな樽もあります」

「けっこう、けっこう！」クランストンはつぶやいた。

アセルスタンは、若い雑用係が出ていくのを見守り、そのあと台所のテーブルに向かってどさりと腰を下ろした。

「ジョン卿、これまでどんなことがわかっているでしょう?」羊皮紙とペンをテーブルに並べた。「まず、神学に関することがらを討議するため、院内総会が招集された。ヘンリー修道士が、ピーター修道士やニール修道士とそういうことがらを討議している。宗教裁判所の裁判官たちが、異端を嗅ぎつけるために出席している。ほかのふたりのドミニコ会修道士、アルクインとカリクスタスが、院内総会は時間の無駄だなどと、謎めいた意見を言っている。カリクスタスは図書室ではしごから落ち、アルクインは姿を消している。ブルーノ修道士は院内総会とは何の関係もないが、アルクインが地下室に行くことになっていた時刻に、地下室への階段から落ちた。頭の鈍いロジャー修道士は、教会のなかの何かがおかしいと言い張り、十二とか十三という数字を口にしている。ねえ、ジョン卿、どう思います?」

その言葉に、大きないびきが応えた。アセルスタンは振り向いた。クランストンは小さな暖炉の前で、この部屋に一脚しかないハイバックチェアに坐り、眠りこけていた。笑みを浮かべ、唇を鳴らしている。アセルスタンはため息をつき、そばに行ってもっと寝心地をよくしてやり、暖炉の火をかきたてて、自分のメモにもどった。一時間ほど坐り、みんなが言ったことの意味を理解しようとするあいだ、クランストンはいびきをかいていた。遠くで修道院の鐘が鳴り、修道士たちを礼拝に呼ぶのが聞こえてきた。日は傾いている。クランストンははっと目を覚まし、腹をなでて、まず厠《かわや》に行き、そのあとワイン貯蔵室に行って自分のために水差しからハチミツ酒を注いだ。

「いまはだめですよ、ジョン卿」アセルスタンは彼のあとから入っていった。「仕事があるんですから」

クランストンの顔は、自己憐憫じみていた。「喉が渇いているんだ」

「仕事をしなくちゃ」

「たとえばどんな仕事を？」

「ジョン卿、検死官でしょう。この事件の犯行現場に足を運んで、早く解決すればするほど」望みをこめて言い添えた。「それだけ早く緋色の部屋の謎を解くことができるんです」

クランストンは大ジョッキを下に置き、にっこり笑った。「よし、全身全霊を傾けて話を聞こう」

ふたりは回廊にもどった。地下室が教会の北側から少し離れたせまい通路にあることを、アセルスタンは漠然と憶えていた。回廊に囲まれた中庭はひっそりとして、さらさらと音をたてる噴水のそばに花々が咲き乱れ、その周囲を飛んでいるハチの羽音が聞こえるばかりだった。修道士たちが筆写や執筆に使っている小さな机は、わきに押しやられていた。アセルスタンは、そこですごした長い時間を思い出した。日中の明るい陽射しを利用して、学問の本を筆写したものだ。彼は足を止めた。カリクスタス修道士は彼の師だったし、アルクインはいつも神学の書物が好きだった。彼らは何か院内総会に関係したものを目撃したり、関連した本を研究したりしたのだろうか？　アセルスタンは小さな噴水を見つめた。ブラックフライアーズの図書室は有名で、西ヨーロッパ各地から集めた写本があり、この修道会の書物だけでなく、古代の哲学者やその他の神学者が書いた本もある。

「おい、アセルスタン！」クランストンがせきたて、鉄のかんぬきのついた大きなドアのほうを目顔で示した。「地下室の秘密がわたしたちを待っているぞ！」

アセルスタンはうなずき、ドアを押しあけた。

「急な階段が闇のなかへ下っているんです。以前は、地獄の入口だと思っていたものですよ」ドアのすぐ内側の、突き出し燭台に置かれたたいまつを指さした。「火打ち石をお持ちですね、ジョン卿、火をつけてください！」

検死官が言われたとおりにすると、樹脂をしみこませたたいまつはプツプツと音をたてて燃えた。

「もう一度やってください」アセルスタンは頼み、背後の地下室のドアを閉めた。

クランストンは当惑したようだった。「おいおい、修道士、たいまつならもう灯っているじゃないか！」

「いいえ、もう一度やってください！　いまの行動をくり返してください！」

クランストンはしぶしぶ従った。「どういうことなんだ？」

「では、ブルーノ修道士がどんなことをしたか、思い描いてみましょう。ごらんのとおり、いちばん上の段は広くて安全です。たいまつは壁にとりつけてあります。ブルーノ修道士は、入ったあとドアを閉めると、卿とおなじように振り向き、たいまつを灯そうとしたのでしょう。いま言ったようにいちばん上の段は広いから、たっぷりスペースがあり、誰かがドアの陰で待っていることができます。そこへブルーノが入ってきて、振り向く。卿のように彼も、たいまつに火をつけようと手を伸ばしたとき、ちょっとバランスを崩したのかもしれません」

「それじゃ、きみは」クランストンは口をはさんだ。「誰かがこの暗闇のなかに潜んでいて、老修道士をアルクインと間違え、手荒に押したと言っているのか？」

「ええ、そうです」

アセルスタンは鉄の腕木から慎重にたいまつをとり、闇にかかげた。足元から下っている急な階段に、影が躍った。アセルスタンは鉄の手すりを指さした。

「わたしがここの修練士だったころ、この角の鋭い急な階段をみんな怖がっていました。だから、手すりがとりつけられたんです。アルクインのような者でさえ、ここから落ちたら生きてはいられませんよ。年老いた者ならなおさらです」

「哀れなブルーノではなく、アルクインを押すつもりだった。人違いだったことは認めるとしても、まだ疑問が残っている――なぜ誰かがアルクインを待っていたんだ？　それに、なぜアルクインはここに来ることになっていた？　ブラックフライアーズで学んだきみならわかるのか？」

アセルスタンは笑みを浮かべてたいまつを鉄の腕木にもどし、ドアをあけた。「とてもいい点を突きますね、ジョン卿。この地下室は、秘密の会合によく使われていたんです。ほら、どんな社会にもつまらない口論や派閥はつきものでしょう。それに言うまでもなく、独身を誓った男たちのあいだでは禁断の関係が生じることがありますし」

「そういうことがここで起きていたのか？」クランストンはつぶやき、うしろ手に地下室のドアを閉めた。

アセルスタンはそっと彼の肘をとり、回廊に囲まれた庭の薄れゆく陽射しのなかに導いた。

「それよりもっと奇妙なことも起きていますよ。でもいまは、殺人犯を捜しましょう」

「それでもあれは、事故だった可能性がある」クランストンは意見を述べた。

「それはふたつのことによりけりでしょう。第一に、アルクインと地下室の関係を見つけることができるかどうか。彼はあそこで誰と会うことになっていたんでしょう？ 第二に、ブルーノの遺体が発見されたとき、あのたいまつが灯っていたかどうか。灯っていなかったら、彼は火打ち石を打っているあいだに押されたことになります。殺人犯はすばやく行動しなければならなかった、さもないと見つかってしまいますからね。見ることができたのは、ぼんやりした人影だけ。手荒にひと押しして、すぐに姿を消すのは簡単だったでしょう」

クランストンは首の凝りをほぐし、ぶるっと身をふるわせた。とても静かで平和だ。ブラックフライアーズはシティとは大違いだ。白色塗料を塗った壁、清潔な通路、花が咲き乱れる庭、さらさらと流れる噴水、神をたたえる美しい旋律の歌声。それなのに、ここにもチープサイドから入った横丁と変わらぬ感情が渦巻いている。性欲、ねたみ、そねみ、欲、そして殺人までも。ふたりがわきに立っていると、教会の扉があき、修道士たちがぞろぞろと出てきた。ガウンのゆったりした袖に両手を隠し、カウルを目深にかぶって、みな一様に押し黙り、大食堂に向かっていく。クランストンは猟犬のように頭をもたげ、微風のにおいを嗅いだ。そして腹をぽんとたたき、唇をなめた。

「うまそうだ！　鹿肉だな。新鮮でやわらかく、ローズマリーのスパイスがきいている」

「あとでですよ、ジョン卿」

アセルスタンは彼の手首をつかみ、修道士たちが通りすぎるまで待ち、それからクランストンを香の立ちこめる教会に案内した。陽射しがまだ色ガラスの窓に躍り、闇をかすかな光の筋で満たしていた。香の煙が内陣から身廊に、香水の香りのように流れてくる。空気そのものが修道士たちの歌声で清められたかのようで、アセルスタンは神聖な静けさを感じた。

ふたりは身廊を進み、精巧な彫刻の入った内陣障壁を通り、内陣に入った。アセルスタンはあたりを見まわし、その美しさの極みに驚嘆した。多色使いの大理石の床、雪花石膏の階段、もっとも高価な大理石から切り出された巨大な高い祭壇、それを支えている柱の上部は金色の木の葉でびっしりと覆われている。どっしりした銀の燭台が、白い絹布のかけられた祭壇の上に立っている。壁の高いところにはみごとなバラ窓があり、薄れゆく陽射しのなかでまだ輝いている。内陣の両側には、重々しい彫刻の入った聖歌隊席がある。そこに修道士たちが集まり、聖務日課を歌うのだ。アセルスタンは、自分がここですごした日々のことを思い出した。朝課のときは寝ぼけたまま立ち、詩篇を唱えたものだ。祭壇の上には、ずっしりとした黒い十字架が純金の鎖で梁《はり》から吊されている。祭壇のうしろの後陣には、バラ窓の下に彫刻の入った壁龕《へきがん》があり、そのいくつかには等身大の使徒の像が置かれていた。

「聖アーコンウォルド教会とは大違いだな」クランストンはつぶやき、驚嘆の面もちで静かな美しい内陣を見つめた。「大理石に刻まれた詩だ」そして言い添えた。「アルクインはここで死んだのか？」

アセルスタンは、教会が静穏なせいでここに来た理由を忘れていたとでもいうように、まばたきをした。

「入口は何カ所ある？」クランストンは厳しく訊いた。

「二カ所だけです」アセルスタンは答えた。「一カ所は、わたしたちが通ってきたところ」正面の扉を指さした。「そしてもう一カ所は、内陣にあります」

「落とし戸や秘密の通路はないんだな？」

「まったくありません。修道院長が言っていましたが、扉は二カ所とも鍵がかかっていたそうです。どうやらアルクインは、ひとりになりたいと思ったようですね」

「で、彼はどこへ行った？」

アセルスタンは手招きし、彼を高い祭壇の裏に連れていった。そこには赤いカーペットが敷いてあり、それぞれの隅に丈夫な木の柱が立っていた。

「何のための柱だ？」クランストンは訊いた。

「修道士が亡くなると、柩は赤いカーペットの上のこの柱に載せられるんです」アセルスタンは答えた。「遺体は祭壇の裏に、まるまる一昼夜置かれなければなりません。そして鎮魂のミサが挙げられます」後陣の床を足でたたいた。「そのあと柩は、巨大な地下納骨所に下ろされるんです」

「アルクインが地下納骨所に投げこまれたということはあり得るだろうか？」

「まさか。だって、ブルーノの柩がそこに下ろされたんですよ。ここの平修士たちはあまり頭がよくないかもしれませんが、仲間の遺体がそばに横たわっていれば、当然気づいたでしょう」アセルスタンは祈禱台を指さし、周囲を見まわして、壁龕のなかに立っている等身大の像に目を留めた。「ここが、アルクインが最後に目撃された場所です。修道院長は、彼が教会に入ったことを確信しています。でも、そのあと何が起きたんでしょう？」

ささやきに近い彼の声は、静けさのなかで不気味に響いた。クランストンは、教会の美しさにもかかわらず、脅威を感じて身ぶるいをした。

「わからんな、修道士。まったくわからん。だが、死の谷の入口に立っているような気がするよ」

第六章

アセルスタンとクランストンは、しばらく立ったままアルクインの失踪の陰にある可能性について話し合い、そのあと内陣の中央にもどった。

「腹が減ったな」クランストンはぶつぶつ言った。

「いつものことでしょう。食事の前に、見てもらわなければならないものがほかにもあるんです」

クランストンは顔をしかめ、おやつを断られた子供のようにすねた。

「検死官殿は」アセルスタンは辛抱強くつづけた。「捜査をするためにここに呼ばれたんですよ。で、検死官の仕事とはなんですか？」

クランストンは壁にもたれた。

「そりゃ、死体を見ることさ」口をゆがめる。「何が言いたいんだ、ブルーノ修道士を掘り起こせとでも？」

「いいえ、でもカリクスタスは埋葬されるのを待っているところです」

「行こう、アセルスタン。まず仕事、それから食事だ！」

ふたりは教会を出て回廊を通り、大食堂に行った。そこには年老いた平修士が当直で立っていた。アセルスタンはその男を手招きした。

「すみませんが、修道院長のところに行って、ジョン・クランストン卿がカリクスタス修道士の遺体を見る必要がある、と伝えていただけませんか？」

平修士は驚いた顔をしたが、アセルスタンにせきたてられて、大食堂に入っていった。アセルスタンは半開きのドアのそばに立ち、ろうそくの光がものの影をちらつかせるのを見守った。朗読係が聖人の人生の一節を読みあげ、ほかの修道士たちは無言で食事をしている。その静寂を破るのは、鉢がかたかた鳴る音と、サンダルのぱたぱたという足音だけだった。

平修士がもどってきた。

「修道院長は、ご依頼に同意なさいました。カリクスタス修道士は施療所に安置してありますので、わたくしがご案内いたします」

施療所は、ほかの建物から少し離れたところに建っていた。ローブに白いエプロンをつけた修道士が出迎え、建物の奥に連れていった。そこには石灰塗料を塗った小さな部屋があり、霊安室になっていた。

「できるだけのことはしました」施療所の看護人は小声で言った。「カリクスタス修道士は土曜日に埋葬されます」

看護人は、ぽつんと置かれた台のほうを指し示した。紫色の縁取りのついた白い布が柩《ひつぎ》にかけてある。アセルスタンはその布をめくった。カリクスタスの遺体は洗われ、ドミニコ会修道士の正式なローブを着せられていたが、死因は一目瞭然だった。やせた気難しい顔は紫色がかった黒い打撲傷だらけになっている。アセルスタンはそのやつれた顔をじっと見た。鼻はとがり、頬はますますこけ、目は眼窩に落ちくぼんでいる。同情の気持ちがわきあがった。生前のカリクスタスは頭脳明晰で、冷笑的なユーモア感覚の持ち主だった。こめかみに残っている深い傷を、丁寧に調べた。死体処理人ができるだけごまかしてはいたが、傷は深く、鋭くて幅も広く、畑の畝《うね》のようだった。

「修道士！」アセルスタンは呼んだ。「あなたが図書室からカリクスタスの遺体を運んできたのか？」

「ええ、そうです」

「彼は石か何か、鋭いものに頭をぶつけていたか？」

「床に倒れていただけです」

「何が見つかった？」クランストンが近づいてきた。少し吐き気を催しているらしい。空きっ腹に部屋の酸っぱいにおいを嗅いだため、鼻にしわを寄せている。

「ほら、ジョン卿。カリクスタス修道士は落ちたために顔と頭に打撲傷ができていますが、それが死因ではないと思います」こめかみの深い傷を指さした。

遺体に元どおりに布をかぶせ、「わたしが言いたいのは」と声をひそめた。「カリクスタスは転落したあと何か鋭いもので殴られた、ということです。そうそう」看護人のほうに振り向いた。「ブルーノ修道士の遺体を地下室から運んできたとき、たいまつは灯っていたか？」

「もちろんです。あそこは夜のように真っ暗ですよ。アルクインが遺体を発見しました。そうだ！」看護人はさっと指を唇に当てた。「ええ、奇妙だと思ったんです」

「何が？」

「アルクインが遺体を発見したのは、自分でたいまつに火をつけたあとだったんです。彼がそう言っていましたっけ」看護人は当惑して顔をくしゃくしゃにした。「ブルーノは何をしていたんでしょうね、あの暗い穴のなかでふらふらしていたなんて」

「その質問に答えられるのはアルクインだけだな」クランストンはそっけなく答え、アセルスタンを見つめた。「となると、ブルーノの死の謎を解く鍵は、いまもって行方の知れない男にある、ということになるな！」

ふたりは看護人に礼を述べた。アセルスタンは待っていた平修士に図書室まで案内させ、その男が抗議するのもかまわず、すべてのろうそくを灯すよう命じた。そして暗い本棚に立てかけてある長くて細いはしごのところに行った。クランストンが感嘆の言葉をつぶやくのは気にしないようにした。アセルスタンにとって、この部屋は甘い思い出でいっぱいだった。この王国屈指のすばらしい図書室でテーブルに向かい、若い修練士として勉強していたのだ。革の豊かなにおいや、保存処理されたばかりの写本の甘いにおいはとてもなつかしく、胸がいっぱいになった。それに、修道院を出て、弟を連れ、フランスでの国王の戦争に行く決心をしたのもここだった。彼はすばやくあたりを見まわした。ここには幽霊がいるのだろうか？　弟の幽霊と、弟の死後、悲しみで胸が張り裂けて亡くなった両親の幽霊が？　ぎゅっとまばたきをして、はしごをつかんだ。

「ほら、ジョン卿、カリクスタスはここを上ったんですよ。そして足をすべらせ、転落した」床を指さした。「敷石は平らで、鋭いものなどありません。ジョン卿、平修士を手伝って、燭台をすべて集めてくれませんか？」

「なぜだ？」クランストンはたずねた。「いったい何をしようというんだ？」

アセルスタンは指を立てた。「よく考えてください。これは、教えていただいたことの応用なんですよ。カリクスタスの頭は、鋭いもので砕かれていました。テーブルやスツールがある一角を別にすれば、この図書室にある鋭くて重たいものは、燭台だけです」

クランストンは肩をすくめ、困惑した平修士に手を貸して、燭台をみな細長い勉強用テーブルの中央に持ってきた。

「彼はテーブルの角にぶつかったのかもしれないぞ」クランストンは抗議した。

アセルスタンははしごのそばに立ち、首を振った。

「そんな馬鹿な。本棚は図書室の片側にあり、テーブルは反対側にあります。このはしごのてっぺんから落ちても、床にぶつかるだけです」にっこり笑った。「いつでも試してみられますよ」

「そのはしごじゃ、わたしの体重を支えきれないだろう」クランストンはぶつくさ言い、燭台をどすんと置いた。

やがてクランストンが作業を終えると、アセルスタンは図書室のドアのすぐ内側にある大きな樫の戸棚に行った。そして棚をくまなく探し、角製のインク壺や巻いた羊皮紙を動かして、ついに小さな木箱を見つけ、大きな円いガラスをとりだした。

「なんだ、それは?」アセルスタンがテーブルにもどると、クランストンは訊いた。

「見るものを拡大するガラスですよ。写本を研究するとき、文字がかすれていたり、読みにくかったり、小さかったりすると、よく使うんです。アラブ人が利用した巧妙な装置です。ほら!」

アセルスタンがそのガラスをとある燭台の台座のそばに当てると、厚い金属の縁が拡大された。

それを見たクランストンは、うれしそうに感嘆の声をあげた。「さて」とアセルスタンは言い、燭台を順番に手にとり、集めた光を利用して、一本ずつ丁寧に調べた。

平修士は心配そうにそわそわした。

「蠟がずいぶん床に垂れていますよ」と文句を言う。

「それじゃ、掃除しろ!」クランストンは怒鳴った。

あわてて逃げていく平修士をしりめに、アセルスタンは調べつづけた。

「あっ!」一本の燭台をとりだし、ガラスをクランストンにさしだした。「見てください、殺人があったことがはっきりわかりますよ」

クランストンは言われたとおりにした。

「すごい!」とつぶやき、もっとそばに寄ってしゃがむ。「血液が点々とついている。それに髪の毛も」

アセルスタンはガラスと燭台を受けとった。「カリクスタスの血と、カリクスタスの髪です。かわいそうに、あの托鉢修道士は誤ってはしごから落ちたんじゃありません。落とされたあと、この燭台でとどめを刺されたんです。明かりを消してくれ！」アセルスタンは平修士に命じた。「そして燭台をみな、元の場所にもどしてくれ。手伝ってくれてありがとう。修道院長に報告しておくよ」

その燭台を持ち、アセルスタンとクランストンが宿坊にもどると、ノーバート修道士がせっせとテーブルの用意をしていた。彼は燭台を見て驚き、質問しようと口をあけたが、クランストンがしっかりと彼の肩をつかんだ。

「修道士、わたしの腹は売春婦の財布並みに空っぽだ！　食べ物がいる。うまい肉とパン、それにあのハチミツ酒もな」

白い頬ひげの生えた顔を近々と寄せたので、ノーバートはクランストンに食われるとでも思ったに違いない。小走りに宿坊から出ていき、アセルスタンが二階の部屋から下りてきたときには、湯気の立つ肉の鉢を持ってもどってきていた。オーブンから出したてのパンもナプキンに包んであり、錫合金の大きなジョッキもふたつある。ノーバートはそれらをテーブルに並べ、そそくさと出ていった。

「さあ、アセルスタン」クランストンは腰を下ろし、皿を手渡しながら言った。「食うぞ。きみより先に食べ終わったら、きみの分まで食ってやる！」

ふたりは黙々と食べて飲んだ。やがてクランストンは椅子にもたれ、そっとげっぷをして、書記を見てにっこり笑った。アセルスタンはテーブルを見下ろし、物思いにふけっていた。

「なあ、アセルスタン、あの酒はたまらんな」クランストンはハチミツ酒の小さな樽を身振り

で示した。「ジョッキにもう一杯飲んだら、きみのアドバイスをありがたく拝聴するよ」

アセルスタンは内心微笑み、ジョッキに三杯めを注いでやった。少なくとも今夜は、クランストンはぐっすり眠ってくれるだろう。

「どうだ?」クランストンは訊いた。

「まず、ブルーノの死は事故だったと思います――階段から突き落とされるのはアルクインの役割だった、という意味でね。第二に、アルクインは死んでいると思いますが、遺体がどこに隠されているか、なぜ、どんなふうに殺されたのかは、神のみぞ知る、です。第三に、カリクスタスの死は間違いなく殺人です。第四に、これらの死や失踪はみな、院内総会でいま検討されていることがらと関係しています。最後に、カリクスタスは図書室で何かを捜していたんでしょう。何を捜していたのかは、またしても神のみぞ知る、ですが!」

「それだけでは、どうにもならんな」クランストンはぼやき、手の甲で唇をぬぐった。「となると、ほかに何ができる?」

「そうですね、もう遅い時間だから、みんなにどこにいたか訊くことはできませんが、アルクイン修道士とカリクスタス修道士の私室を徹底的に調査するよう、修道院長にお願いすることはできます。何か見つかるかもしれません。それにしても、まだほかに殺人事件が起きるかもしれませんね」間を置き、視線をそむけた。「わたしは絶対に殺人事件から逃れられないんでしょうか?」

クランストンは同情をこめて彼を見た。「アセルスタン、人間の心を知っているだろう。き

みは聖職者だ。告解を聴き、他人が自分たちの罪を滔々《とうとう》としゃべるのに耳を傾けている。カインが弟を殺そうと決意したときから、身分や状況がどうであれ、男や女たちがつき合ったり、権力闘争をしたりしているところでは、殺人がつきものなんだ。さて」椅子を押して立ちあがる。「修道院長から頼まれた件については、もうやれるだけやった。なあ、クレモナの領主の謎を解くのに一週間あまりしかないぞ」

アセルスタンは目をこすった。「ジョン卿、もう疲れましたよ。まだ聖務日課を終えなければならないし、聖アーコンウォルド教会の件も考えないと」

「くだらん！」クランストンは腿をぴしゃりとたたいた。「あの件は悪いようにはならんさ。さあ、寝室にもどろう」

アセルスタンはため息をつき、オイルランプを消して、暖炉の火に丁寧に灰がかぶせてあるのを確かめたあと、ろうそくを持ち、クランストンのあとにつづいて二階に行き、暗い部屋に入った。

「さあ、修道士、もっとろうそくに火をつけろ！」

アセルスタンが言われたとおりにすると、部屋はさっと明るくなった。

「さて」クランストンはつづけた。「この部屋が〈緋色の部屋〉だとしよう」謎の概略を書いた書類が置いてあるところに行き、すばやく目を通した。「ベッド、椅子、テーブル、窓。この部屋とそっくりだ」ドアを閉めた。「秘密の通路はないと言われている。誰も入ってこず、食べ物も飲み物も供されていない。それなら彼らはどうやって死んだんだ？」

クランストンは窓辺に足を運んだ。「最初の男は、窓にもたれて死んでいた。ひどく怖がって、爪を木の窓枠に食いこませていた」

アセルスタンはベッドに腰を下ろし、疲れているにもかかわらず、クランストンと調子を合わせようとした。

「遺体に暴行された痕跡はないんですね」

「そのとおり！」

「ふたりめの犠牲者は」アセルスタンはつづけた。「ベッドのそばの床に倒れていた。さあ、ジョン卿、その役をやってください」

言われるままにクランストンは、床に大の字になった。

「今度も暴行された痕跡はなく、誰も部屋に入ってきてはおらず、毒を盛った食べ物も飲み物も供されていない」アセルスタンは立ちあがり、椅子をクランストンのベッドのそばに持っていった。「今度は、最後のふたりの死です。わたしが椅子に坐っている男の役をやりますから、卿はベッドに横になり、矢をつがえた弓を持っているまねをしてください」

クランストンは言われたとおりにした。

「さあ、ジョン卿、すばやく飛び起きて、わたしの胸めがけてまっすぐ矢を放ってください。そちらがベッドから起きるとき、わたしは椅子から立ちあがります」

ふたりは役者のように演じ、そのあと苛立たしくなってたがいに顔を見合わせた。

「こんなことをしても、なんにもならん」クランストンは不平を言った。

「暖炉やろうそくに何かくべた可能性はありませんか？」アセルスタンはたずねた。

「わたしもそのことは考えたよ」クランストンは答えた。「だが忘れちゃいけない、ふたりめの人間、村から来た司祭が死んだとき、ろうそくは灯されておらず、暖炉の火は消えていたんだ」

「最後のふたりの死が気になりますね」クランストンの嘆願の表情を見て、アセルスタンは言った。「その部分をもう一度やってみましょう。ジョン卿、ベッドに横になってください」

クランストンは従った。アセルスタンは椅子に坐り、壁にもたれた。

「弓の射手はどうして目が覚めたんでしょう？　何がそんなに怖くて、殺される前に同僚を殺してしまったんでしょう？　たいていの弓の名手は、一瞬のきっかけで矢を射ます。それで同僚は死んでしまったんですね。数学者の言う〝公分母〟があるはずです。両方の死に共通する何かが。論点をごっちゃにしてはいけません。そう思いませんか、ジョン卿？」

その言葉に応えたのは大きないびきだった。アセルスタンは信じられずに立ちあがった。クランストンはあおむけに大の字になり、赤い顔に笑みを浮かべている。子供のように横たわり、前後不覚に寝入っていた。アセルスタンはブーツを脱がせ、ベルトをはずし、できるだけ寝心地がいいようにしてやった。ろうそくを吹き消し、自分のベッドのそばに行ってひざまずき、胸に十字を切って、教会の夕べの祈りを唱えようとしたが、ほぼ不可能だった。問題から問題へ、心がさまよった。無邪気な顔のロジャー修道士。死んで冷たくなったカリクスタス修道士。悪意を含んだ非難がましい目をした宗教裁判所の裁判官たち。解くことのできないクランストンの問題。聖アーコンウォルド教会の外の騒ぎ。そして寂しげながらも美しいベネディクタ。アセルスタンは首を振り、もう一度十字を切って、ベッドに横になり、眠りが訪れますようにと祈った。

翌朝は早く目が覚めた。クランストンはまだ、もうひとつのベッドで豚のようにいびきをかいている。アセルスタンは物音をたてないようにひげを剃り、顔を洗い、清潔なローブを着て、革ひものついたサンダルをはいた。そっと宿坊を出て、朝靄《あさもや》に包まれた構内を通り、早暁祈禱を呼びかけるくぐもった鐘の音に応えた。みんなにまじり、聖歌隊席に着く。修道士たちは詩篇を唱え、聖書の朗読に耳を傾けながら腕組みをして頭を垂れているが、アセルスタンはみんなが自分の存在を奇異に思っているのを感じた。小さな特別礼拝堂でミサを挙げ、パンとワインをキリストの肉と血に変える秘跡に心を集中しようとした。

ノーバート修道士が侍者の役を務め、ミサが終わったあとは祭服や祭具を片づけるのを手伝ってくれた。そのあとアセルスタンは大食堂に行き、カラスムギのお粥と牛乳とハチミツ、それに焼きたてのまっ白なロールパンをふたつ食べることにした。戸口のすぐ内側の、訪問客や招待客専用のテーブルに着いて、聖アーコンウォルド教会の粗末な朝食を思い出し、微笑みながら、水で割ったエールを飲んだ。大食堂の正面の演壇では、眠そうな朗読係が聖ドミニクスの生涯を物憂げに語っている。やがて修道院長がベルを鳴らすと、一同は腰を上げ、それぞれの作業をするために散っていった。アセルスタンは目を伏せつづけた。

「大丈夫ですか、修道士？」

彼は顔を上げた。ヘンリー・オブ・ウィンチェスターがかたわらに立っていた。

「まあまあですね。どうぞおかけください」

若い神学者は、彼のとなりにするりと腰を下ろした。しなやかですばやい動作だ。ヘンリーの立ち居ふるまいは優雅かつ軽やかで、それが抜き身の鋭い知性を巧妙に補っていた。

「捜査ははかどっていますか?」

アセルスタンは顔をしかめた。「あとでお話ししますよ、修道院長に報告したあとで。ところで、あなたの論文はどういうものなのですか?」

「『クール・デウス・ホモ――なぜ神は人間になったか』というタイトルです」

「院内総会で認められれば、あなたの著作はヨーロッパのすべての大学で学ばれることになりますね」アセルスタンは彼をつついてからかった。「で、そのあとはどうなるのかな? 司教職? 枢機卿の帽子? 教皇庁のなかのひと部屋?」

ヘンリー・オブ・ウィンチェスターはそっと笑い、顔をそむけ、テーブルの上のパンくずをもてあそんだ。

「宗教裁判所の裁判長に認めてもらうだけで満足ですよ。わたしの著作がこんなに物議をかもすとわかっていたら、考え直していたかもしれません。もうお読みになりましたか?」

アセルスタンは首を振った。

ヘンリー修道士は大食堂の上座を見て顔をしかめた。修道院長がこちらに来るところだった。

「それじゃ、写しを宿坊にとどけさせますよ。読んでご意見をお聞かせいただけたら、ありがたいです」

ヘンリーは腰を上げて会釈し、大股に去っていった。入れ替わりに修道院長が、ガウンの袖をまくりあげ、アセルスタンに合流した。

「ぐっすり眠れたかね？」

アセルスタンはほっとして、ヘンリー修道士のために顔に張りつけておいた笑みを消した。

「修道院長」声をひそめ、テーブルに身を乗り出した。「カリクスタス修道士とアルクイン修道士の所持品を調べていただきたいんです。そうなさる権力と権限をお持ちでしょう。何か変わったものが見つかったら、教えてください」

修道院長は鋭く彼を見た。「なぜだ？」

「わたしをここに呼ばれたのは正解でしたよ。カリクスタスは殺されたんです、燭台で頭を殴られて。ブルーノも殺されましたし、かわいそうに、アルクインの遺体はきっとどこかに隠されているんでしょう！」

修道院長は顔面蒼白になった。頭を抱え、目をこする。

「たしかなのか？」

「神がわたしの証人です。修道院長はこのブラックフライアーズに暗殺者をかくまっているんですよ。いまお願いした所持品の調査をやっていただいて、午後には院内総会のメンバーに集まってもらわなければなりません、わたしの結論をみなさんにご披露できるように」

「男がひとり、餓死せねばならんのか？」クランストンが戸口に立ち、大食堂に響きわたるような大声で言ったので、年配の修道士のひとりは跳びあがるほど驚いた。「やれやれ！」クランストンはアセルスタンをにらんだ。「目が覚めたら寒くて腹ぺこ、きみはいなくなっているし、食べるものもない！」

修道院長が手を上げて指を鳴らすと、雑用係がトレイを持ってやってきた。おいしそうなにおいのする子羊のスープが入った深皿と、ひと山の白いロールパンと、エールの大瓶が載っている。クランストンは哀れな男からひったくるようにトレイを受けとり、アセルスタンのとなりにどさりと腰を下ろした。大食堂を見まわして、でっぷりとした腹をたたく。アセルスタンはにっこり笑い、修道院長は驚き、ほかの修道士たちは仰天して目を丸くした。

「ああ、なるほど」クランストンはつぶやいた。「きみたちの沈黙の誓いを忘れていたよ！」

肉のにおいを嗅ぎ、破顔一笑した。

「ああ、そうそう、みなさんにお詫びする。おはよう、修道院長、アセルスタン修道士」角製の大きなスプーンをとりあげ、いかにもうれしそうに深皿に入った肉を攻撃した。そしてパンを覆っていたナプキンで口を拭き、げっぷをもらした。「おいしい食事は」と、少なくとも修道院の半分に聞こえるほどの大声で言う。「聖体拝領を祝っているようなものだな。優しい主は、食べさせるつもりがなかったなら――われわれに腹と、それを満たすおいしい食べ物をくださらなかっただろう！　なにしろ、詩篇の作者も『ぶどう酒は人の心を喜ばす』と言っているんだ」

「彼が知っている詩篇は、あの一節だけなんですよ」アセルスタンは修道院長にささやいた。

しかしクランストンは楽しそうに食べつづけ、スープとパンとエールはまたたく間に消えた。彼はすばやく十字を切り、立ちあがってアセルスタンをつついた。

「行こう、修道士、すばらしい朝だぞ。修道院長、果樹園を拝見しましたよ。リンゴとプラムですな？　それにミツバチの巣箱も置いてあるんですな？」

修道院長はクランストンに圧倒され、またもやうなずくばかりだった。アセルスタンは肩をすくめて天を仰ぐしかなく、急いでクランストンのあとを追った。クランストンはのっしのっしと大食堂を出て、修道院の庭につづく石ころまじりの道を歩いていく。途中で立ち止まると、ビーバークロスの帽子をかぶり、靄《もや》のかかった空を横目で見上げた。

「きっと天気のいい一日になるぞ。ところで、わたしの謎は解いてくれたか？」

「解こうとしているうちに、検死官殿が眠ってしまったんですよ」

クランストンは唇で不作法な音をたてた。「ここのかなり手ごわそうなごたごたにも、何の進展もないんだろうな？」

「ええ、ジョン卿」

ふたりは薬草園を歩き、宿坊を通りすぎ、ブラックフライアーズの塀まで下っている大きな果樹園に入った。クランストンが昨夜の眠りについてせっせと釈明していると、アセルスタンがいきなり足を止め、クランストンの腕をつかんだ。

「あっ、検死官殿！」

靄がまだ木々のまわりに渦巻いていたので、クランストンは瞳を凝らした。

「むむ！」検死官はつぶやき、一歩前に出た。「あれはなんだ？」

だがアセルスタンは、もう木々のあいだを走っていた。

「おお、なんということだ！」彼はうめき、へなへなと膝をついて、ロジャー修道士のグロテスクな白い顔を見上げた。頭の鈍い哀れな男は、張り出した枝からぶら下がっていた。首は片側にねじれ、手足はもの悲しい人形のように垂れている。

「神よ、憐れみたまえ！」クランストンは背後から叫んだ。そして大きなナイフをつかみ、背伸びをして縄を切り、死んだ男の身体を子供でも抱くように軽々と受けとめ、露に濡れた草の上にそっと横たえた。アセルスタンは遺体のそばにひざまずき、死んだ男の耳にすばやくささやきながら、ざっと十字を切った。「アブソールヴ・テ・ア・ペッカティス……あなたを罪から解放します」手早く罪の赦しをつづけるあいだ、クランストンは木にもたれ、まだ垂れ下がって恐ろしい悲劇を思い出させる縄を見つめていた。

「何の役に立つ？」検死官はつぶやいた。「その男は何時間も前に死んでいるんだ。魂はとっくに抜けているよ」

アセルスタンはロジャーの首から縄をはずした。「わかりませんよ、ジョン卿」振り向いて答える。「教会の教えによると、魂は死後何時間もたってから、ひょっとしたら何日もたってから、ようやく身体から抜けるんです。だから、望みがあるあいだは、かならず救済がありますよ」膝をついたまま、かかとに体重をかけて身を起こした。「この気の毒な男には、きっとキリストのお慈悲があるでしょう。悲劇的な人生の悲しい最期だ」

「こいつは首を吊ったんだぞ！」クランストンは意見を述べた。「自殺したんだ」

アセルスタンは、死んだ男の首をぐるりととり巻く太いみみず腫れを見つめた。

「そうじゃありません、ジョン卿」縄でこすれてできた赤黒い痕をもっとよく見、そっと遺体をひっくり返した。「ああ、思ったとおりだ。ほら、ジョン卿」縄の痕を指でなぞった。顎関節のすぐ下、両耳の下に、それぞれ細いすり傷があり、小さな赤いみみず腫れになっていた。

「なんだ？」クランストンは訊いた。

「よしてくださいよ、ジョン卿、前にもごらんになったことがあるでしょう」

検死官はしげしげと見て、遺体をひっくり返した。飛び出た目や、膨れて黒ずんだ舌、しっかりと食いしばっている黄色い歯は見ないようにした。

「この哀れな男は首をくくったんじゃない！　絞め殺されたんだ！　この赤い痕は、背後から紐で絞められたときできるものだ」

アセルスタンはすでに木によじ登り、そこに残っている縄をはずそうとしていたが、大声で同意した。

「そのとおりです。ここにも縄の痕がついていますが、遺体の重みでついたものしかありません。ロジャーが自殺したとしたら、この枝はもっと深くこすれていたでしょう。人間は、首を吊って自殺するときでさえ、生きながらえようと苦闘しますからね。枝にはもっと深い傷ができていたはずです」アセルスタンは用心深く枝に立ち、縄がぶら下がっている枝を押した。

「何をするんだ？」まだ熟していない堅いリンゴがばらばらと降り注ぎ、クランストンはわめいた。

「いまにわかりますよ」

驚いた検死官が見守るなか、アセルスタンは両手で枝をつかみ、じりじりと進んで、ついに全体重をかけた。腕を曲げたまま、枝をしならせる。突然、ピシッという音がして枝が折れ、アセルスタンは転げ落ちた。驚いているクランストンにあやうくぶつかるところだった。起きあがってにっこり笑い、両手を拭いて、ローブの泥を払い落とす。

「こんなことをしたのは何年ぶりかですよ」厳しい顔で折れた枝を見上げ、つづいて草むらのロジャーの遺体を見た。「これで殺人だったと証明できますね。第一に、首を絞めた紐の痕がある。暗殺者は、縄の痕で紐の痕が隠れると思っていたんでしょう。第二に、枝にはあまり深い傷がついていません。つまり、ロジャーはあそこに吊されたとき、すでに死んでいたはずだということです。最後に、もしロジャーが自分で首を吊ったとしたら、もだえ苦しんだとき、枝は傷ができただけでなく、たぶん折れていたでしょう。彼はわたしより体重があるし、首を吊った男は場合によっては半時間も躍ることがあると言われています」頭を掻いた。「ええ、ジョン卿、こう言えるでしょうね。この哀れな男はおそらく昨夜、もしくは今朝早く、夜明け前にここに呼び出され、首を絞められたんだ、と」間を置いた。「そう考えたときの問題点がわかりますか?」

クランストンは目をぱちくりさせた。「いや」

「たしかにロジャーは殺されましたが、暗殺者はどうやって遺体を持って木に登り、縄を枝に結んだのでしょう?」

クランストンはあたりを見まわし、地面を丁寧に調べた。

「そうだな、暗殺者はあらかじめ輪にした縄を用意しておいた。ロジャーの首を絞め、遺体をその輪にかけると、首のまわりで輪が締まった」

「暗殺者はとても背が高くなければなりませんね」

「いや」クランストンは木々のあいだを歩いていき、高さ一フィート、幅一ヤードほどの頑丈な木箱を持ってもどってきた。その箱を、ロジャーの遺体がぶら下がっていた真下に置いた。

アセルスタンは微笑んだ。「なるほど! こういう箱は果樹園のあちこちに散らばっていますね。修道士たちが、秋に果物を収穫するとき使うんです。箱の上に立って、ロジャーの遺体を引きずりあげ、縄の輪を締め、箱をとり去れば、たちまち一丁あがり。ロジャーは自分で首を吊ったように見えてしまいますね」

「それに、きみがうまく証明したように、あの枝はロジャーの断末魔の苦しみで間違いなく折れただろうしな」検死官は死んだ男の遺体のそばに行き、たたずんだ。「殺人だ」と宣言する。

「犯人はわからない。だが神は正義を望んでおられるし、国王も正義を望んでおられる! 誰がやったのか、ふたりで捜し出そう。それに、なぜこんなまねをしたのか、理由も知りたい!」

「ロジャー修道士があの教会で何かを目撃したからですよ」アセルスタンは答えた。「だから、『十二のはずだった』と言っていたのでしょう。どういう意味なんでしょうね?」

第七章

アセルスタンとクランストンは修道院にもどった。そして修道院長を捜し出し、発見したことと、たどり着いた結論を簡潔に教えた。

アンセルムは青ざめた。いまにも卒倒しそうだ。

「なぜなんだ？」修道院長はかすれた声で言った。「なぜこんなに大勢死ぬんだ？」

「ところで、修道院長」クランストンが訊いた。「ロジャー修道士は果樹園で何をしていたんだろう？」

「彼はよくあそこへ行っていた。あそこがお気に入りの場所でね。木々と話すのが好きだと言っていたよ」アンセルムはまばたきをして、目に浮かんだ涙をこらえた。「ロジャーは頭が鈍かった。聖具室のアルクインは厳しい上司だったが、彼にはとても優しかったよ。じつはロジャーは、たいしたことはしていなかった。ちょっと器具を磨いたり、掃除をしたり、教会のために花を摘んできたり。囲いのある場所をいやがり、戸外を好んでいたから、わたしは彼を止めなかった。ほかの修道士たちが教会に集まり、早暁祈禱や朝課や晩禱を唱えているとき、ロジャーはよく果樹園に行っていたものだ。どこよりもあそこにいるときのほうが、神を身近に感じると言ってね」こぶしで机をどんとたたく。「いまやあの哀れな魂が神とともにいるというのに、殺人犯のほうは雄鶏のように威張って歩きまわり、何の心配もしていない。アセルスタン、きみに何ができる?」

「修道院長、できるだけのことはいたしますが、おいとまを願わなければなりません。聖アーコンウォルド教会に帰らなければならないんです」目で懇願した。「今日じゅうにこちらにもどります。万事順調かどうか、見てみないと」

「ああ、そうか、あの有名な聖遺物だな!」アンセルム修道院長は苦々しげに答えた。「なぜそんなに心配するんだ、アセルスタン! きみの教会区民は、きみのことなど気にもしていないよ」顔をしかめる。「そう、噂は聞いている。謎の殉教者の噂はシティに広がっているんだ。用心しないと、司教がみずから介入することになる。そうなったら、どんなことが起きるかわかるだろう」

アセルスタンは目を閉じ、祈りをつぶやいた。ええ、わかっていますとも。司教の部下が白骨死体をとりに来て、どこか裕福な教会に移送するだろう。あるいはばらばらにして、聖遺物として売るだろう。その一方で聖アーコンウォルド教会のドアは封印され、調査を待つことになる。何カ月にもわたることになりかねない。

「その最初の奇跡は」アンセルムは訊いた。「ほんとうに本物だったのかな?」

アセルスタンは顔をしかめた。「医師が皮膚の手当てをしましたし、その男は評判のいい正市民で、腕はもう治ったと主張しているんです」

アセルスタンは上の空でアンセルム修道院長に別れを告げ、宿坊にもどった。クランストンはうしろからついてきた。アセルスタンは鞍袋に荷物を詰めながら、まだ修道院長の言ったことを考えていた。検死官は食べすぎた雌鶏のように、そのまわりをばたばたした。

「どうして帰るんだ？　なぜあそこにもどるんだ？」

「ここでは当面、何もすることがないし、あっちで仕事があるからですよ！」鋭くクランストンを見た。「それに、ジョン卿だってモード夫人のところに帰ったほうがいいですよ。きっと首を長くして待っていらっしゃるでしょう」

　クランストンは、いたずらをしているところを見つかった子供のようにうめいた。「とんでもない！　賭のことがモード夫人《ドミナ・マウド》にばれたら、耳をちょんぎられてしまうよ！」

アセルスタンはまっすぐ彼を見た。「遅かれ早かれ、彼女の怒りに直面しなければならないんです。遅いよりは早いほうがいい。さあ！」

　ふたりはノーバートを呼んで宿坊に鍵をかけてもらい、馬でシティに行くのではなく、小舟でイースト水門からロンドン橋まで行くことにした。ナイトライダー通りと、そこからわきへ入る小路は、まだがらんとしていた。眠そうな目をした丁稚《でっち》が屋台の準備をしているものの、シティはまだ目覚めておらず、一日のにぎわいは始まっていない。しかしイースト水門では代官の部下たちが、川で狼藉を働いた四人の海賊をせわしなく処刑していた。白髪まじりのやつれた男たちが、用意された縄の輪のところまで、あわただしくはしごを上らされている。アセルスタンとクランストンは、顔をそむけた。馬に乗った紋章官が、はしごをはずせ、と命令を下す。海賊たちの身体がぶら下がって躍るにつれ、縄の輪が締まり、呼吸ができなくなっていく。アセルスタンは目を閉じ、彼らの魂のために祈った。処刑を見たために、ブラックフライアーズの果樹園で目撃した恐ろしい光景が思い出された。振り向いて黒い絞首台の列を見ると、腕木が川の上に突き出ている。叫び声が聞こえた。海賊の親族が走り出て、まだぴくぴくとひきつっている身体に跳びつき、手荒に引っぱっている。やがてボキッという鋭い音がして、首の骨が折れたことがわかり、遺体はようやく静かに垂れ下がった。代官の部下たちは、抗議はしても、この慈悲の行為を止めようとはしなかった。紋章官たちは、正義が貫かれたと宣言し、去っていった。

「やれやれ」クランストンはうめいた。「やっと舟に乗れるな」

河川交通を仕切っている船乗りやボート屋たちは、三々五々集まって、自分たちの商いを襲った男たちが処刑されるのを見守っていた。いまや彼らは、波止場に下りる階段にぶらぶらともどっていく。クランストンは四人漕ぎのいちばん速い舟を雇い、じきに川のまんなかに出て、朝靄《あさもや》のなか、サザーク河岸に向かった。途中で停止し、鼻と口を覆わなければならなかった。ゴミ処理の大きな平底荷船が、生ゴミや死んだ動物や人間の排泄物の山を、流れの速い川のまんなかにあけているところに出くわしたのだ。ほかの舟ともすれ違った。兵士たちを満載した艀《はしけ》が、囚人をロンドン塔まで連行していく。ガスコーニュからワインを積んできた船が、ゆっくりとロザーハイスのほうへ進んでいく。ダウゲート水門の近くでは、道楽者でいっぱいの大きな金色の船を見かけた。絹の服を着た若い廷臣たちが、大声でしゃべりまくる売春婦を連れて、シティにもどっていくのだ。サザークの売春宿でひと晩、馬鹿騒ぎをしたあとなのだろう。

ようやくアセルスタンとクランストンは、小さな波止場で舟を下りた。聖メアリ・オヴァリー修道院や、〈ウィンチェスターの司教亭〉の狭間のついた塔や塀がそびえている。クランストンはついにアセルスタンのアドバイスに従い、モード夫人のもとへ帰ることにしたが、いっしょに来てもらわなければ、と決意していた。

「なあ、きみがいてくれれば、ドミナの怒りも抑えられるかもしれないだろう」

アセルスタンは賢明にもうなずいた。さぞ見ものだろうな。モード夫人は背が低く、とても小柄でおとなしいのに、激しい気性の持ち主だという評判がある。ふたりは悪臭のただよう迷路のような小路を通り、〈ハイドの大修道院長亭〉の前を通って、小さな水路に出た。そこではやせてあばら骨の浮いた黄色い犬が、物乞いの脚にできたただれをせっせとなめていた。やがてふたりは聖アーコンウォルド教会の前に出た。アセルスタンは家が無事かどうか調べ、アーシュラの雌豚がさらにキャベツを食べてしまったことを知ってがっかりし、予備の鍵束を櫃《ひつ》からとりだして、教会の鍵をあけた。職人はまだ来ていなかった。身廊はまだ埃《ほこり》まみれだったが、職人たちはせっせと仕事をしていたらしく、内陣は平らに敷かれた白い敷石で輝いていた。アセルスタンはうれしくなって手をたたき、声をあげた。

「美しい！　内陣障壁を元にもどしたら、そのあとは祭壇だ。すばらしくなると思いませんか、ジョン卿？」

クランストンは柱の土台に腰を下ろし、上の空でうなずいた。「まぎれもなく宝石のようになる。だが、何がなくなっているか気づいたか？」

アセルスタンはやってきて、翼廊のなかを見た。

「あの柩《ひつぎ》だ！」大声になった。「あのいまいましい柩がなくなっている！」

「心配しなくていいよ、神父さん」クリムが、しっぽを立てたボナベンチャーをあとに従え、そっと教会に入ってきた。このわんぱく小僧が踊りながら彼のほうにやってくるあいだに、猫は太った友である検死官を見つけ、うれしそうにニャーと鳴いた。クランストンは足を踏み鳴らして小声で猫に悪態をつき、クリムは父親が柩と神聖な遺骨を教会区の墓地にある小さな遺体安置所に移したことを説明した。

「だってね、神父さん、検死官さんがよこした兵隊さんが怖くて、みんな逃げちまったんだ。そいでね、溝掘り人のパイクが、教会が封鎖されても遺体安置所は封鎖されないぞ、って言ったから、みんなで柩をあっちに移したんだよ」

アセルスタンは悪態をつきたいのをぐっとこらえ、つかつかと教会を出て、雑草の茂った墓地を通り、正面の塀のそばにある遺体安置所に行った。小さな四角い建物で、屋根は草葺き、小さな窓には鎧戸がついている。溝掘り人のパイクがドアの外でぐっすり眠っていた。巡礼がぞろぞろと来たために、墓地を通って小さな小屋まで小径が踏み固められている。

「よし、楽しんでやるぞ」アセルスタンはつぶやいた。

眠っているパイクのところに行き、サンダルをはいた足を片方うしろに引いて、パイクの重たいブーツの靴底を蹴った。溝掘り人ははっとして目を覚ました。アセルスタンは、パイクのとろんとした目、ひげを剃っていない顔、片手にしっかり握っている空っぽのワイン袋をしげしげと見た。

「ああ、神父さん、おはようございます」

アセルスタンはしゃがみ、「ここで何をしている？」と愛想よく訊いた。

パイクは目をこすり、用心してうしろに下がった。「聖遺物を見張ってるんだよ」

「で、誰が柩を教会から移せと言った？」

「ワトキンだ。やつが考えたことだよ！」

「そうだよ、神父さん」くたびれた墓石の陰から、声が呼びかけた。「ワトキンが考えたんだ！」

売春婦のセシリーだ。髪は乱れ、顔は寝ぼけてくしゃくしゃになって、汚れた真っ赤なドレスの上に厚いマントを巻き、幽霊のように立っている。

アセルスタンは彼女を見、つづいてパイクを見て、身の内にふつふつとわきあがる激しい怒りをこらえようとした。

「ひと晩じゅうここにいたのか？　いっしょに？　ここは墓地だ！　神の土地だぞ！」彼は立ちあがった。「聖書を読んだことはないのか、パイク？　ここは神の家なんだ、酒場でも売春宿でもないんだぞ！」

アセルスタンは遺体安置所の戸口に行った。

「おれがドアをあけるよ、神父さん」

「失せろ！」彼は怒鳴り、掛け金のすぐ下を乱暴に蹴った。

「ああ、神父さん、やめてよ！」セシリーが泣きわめいた。

もう一度蹴ると、ドアはさっとあいた。ちょうどそのとき、つきまとうボナベンチャーから逃れたクランストンが、急ぎ足で墓地をやってきて、何ごとかと訊いた。

アセルスタンは、遺体安置所のなかを見まわした。柩は台に載せてあり、色あせた花で囲まれている。誰かが粗末な十字架を作り、壁にかけていた。柩が冒瀆されているのを見て、アセルスタンの怒りはますますつのった。

「柩の破片まで売っている！」押し殺した声で言った。

猛然と外に出て、あやうくクランストンを突き飛ばしそうになった。セシリーはけばけばしい蝶のように墓地の屋根つき門のほうに逃げていったが、パイクはまだ自分の持ち場を守っていた。アセルスタンは彼の胴着をつかみ、引き寄せた。

「おい、パイク、なんということをしてくれたんだ。おまえの父さんも、そのまた父さんも、さらにそのまた父さんもここに埋葬されているし、この教会区のほかのご先祖さまもここに埋葬されている。みな善良な男たち、清らかな女たちで、貧しいながら働き者だった」振り向いて、遺体安置所のほうへ勢いよく顎をしゃくる。「みんなであの柩を作ったんだ。自分たちの力で材木を買い、大工を雇った。それなのにおまえやワトキンたちは、あの柩をお粗末な無言劇のように見世物にしている！」

めずらしく怒り狂っている司祭に恐れをなし、パイクはぽかんと口をあけて見つめるばかりだった。アセルスタンは彼を放した。

「いいか、パイク、わたしはまた何日かしたらもどってくる。あの柩を教会にもどし、遺体安置所には鍵をかけ、こんな馬鹿げたことは終わりにしておいてもらいたい！」雑草の茂った墓地を見まわした。「そしてワトキンにわたしからの伝言を伝えておけ。ここを掃除して、雑草を刈り、墓の手入れをしろと――さもないと、あいつが死ぬまで忘れられないようなことを手ずからしてやるぞ、と！　わかったか？」

パイクは戦々恐々としてうなずき、あとずさりして、よろよろと墓地から出ていった。

クランストンはアセルスタンの肩をたたいた。「でかしたぞ、修道士。あいつのケツを蹴飛ばしてやるべきだったよ！」

アセルスタンは倒れた墓石のあいだにぐったりと腰を下ろした。「みんな悪気はないんですよ、ジョン卿。ただ貧しくて単純な連中だから、手っとり早く儲かりそうだと思ったんですね。わたしは癇癪《かんしゃく》を起こすべきではありませんでした」

クランストンは答えるかわりにげっぷをしただけだった。

「クリム！」アセルスタンは大声で呼んだ。「そこに隠れていることはわかっているんだぞ！」

わんぱく小僧は猟犬のように立ち、ふるえながら目をアセルスタンに釘付けにした。

「心配しなくてもいい」托鉢修道士は微笑んだ。「いい子だな、クリム。さあ、道路が込まないうちに、ひとっ走りベネディクタさんのところに行って、ジョン卿とわたしに会うために〈まだら馬亭〉まで来てくれと伝えておくれ」

少年は猟犬のように軽やかに、長い草のあいだを駆けていった。クランストンはアセルスタンの腕をつかんで優しく立たせ、熊のような腕を托鉢修道士の肩にまわした。息にワインのにおいが混じっていることから、ゆったりとしたマントの下で奇跡のワイン袋を使っていたことが、アセルスタンにもわかった。

「きみは、聖職者にしてはいいやつだ、アセルスタン。火の玉のような熱血漢で、心は鋼鉄、舌はかみそりだ！」いたずらっぽく笑い、万力で締めつけるようにアセルスタンを抱いた。

「修道士でなかったら、とても優秀な検死官の弟子になれるのに」

「ご機嫌ですね、ジョン卿」

「とっくにいい気分になっているよ」検死官は宣言した。「エールのジョッキと美しいベネディクタ。それ以上、何が望める？」

「モード夫人は？」アセルスタンはたずねた。

クランストンは顔を伏せた。「おいおい、脅かさないでくれよ！」

ふたりは居酒屋にたどり着き、テーブルに腰を落ちつけた。クランストンが二杯めのエールを飲みながら、太い指で小さなウズラのしっとりとした白い肉を裂いていると、ベネディクタがやってきた。検死官は大声で香料入りのワインを注文し、自分の膝に坐るよう彼女を誘った。そして彼女が手厳しい返事をすると、からからと笑い、横目でアセルスタンを見てにやっと笑った。この聖職者が気高い善良な人間でありながら彼女に弱いことはわかっていて、そのことにクランストンは魅力を感じていた。ベネディクタに会った最初の数分間、アセルスタンがそわそわするのはいつものことだが、このときも例外ではなかった。恋に悩む優男のように彼女のまわりでやきもきし、居心地がいいようにしてやっている。一方ベネディクタは、そんな心遣いをされて気恥ずかしくなり、大丈夫よ、とつぶやいた。たしかに大丈夫だろう、とアセルスタンはひそかに判断した。彼女の顔からは緊張した心配そうな表情が消え、つややかな黒髪は白いガーゼのベールの下でいい香りがしている。彼が感心したのは、ぴったりしたカットのピンクのサテンのガウンだった。喉元はハート形のブローチでとめてある。ベネディクタはクランストンにウィンクし、横目でアセルスタンを見た。

「教会にいらしたんでしょ、神父さま?」

「ああ、パイクを叱りつけてやったよ。セシリーは逃げてしまったので、痛烈なことを言ってやるひまもなかったけどね。ベネディクタ、あなたに管理をまかせていたのに!」

彼女は優美に肩をすくめた。「ワトキンがどんな人間か、ご存じでしょ。ラッパのように大音声でしゃべり散らすのよ。少なくともわたし、彼らを教会には寄せつけずにおいたわ。それ以上、どうしろとおっしゃるの?」無邪気に訊き、目を輝かせた。「セシリーといっしょに墓地に横になれとでも?」

クランストンはけたたましく笑い、アセルスタンは微笑んだ。

「ところで、あの手紙にお返事はありました?」彼女は望みをこめて訊いた。

クランストンは彼女の繊細な手を、自分の大きな手で覆った。

「心配無用だ」そっとげっぷをもらす合間にうち明けた。「いちばん速い使者を送ったよ。ドーバーからブーローニュに行き、返事をもらうまで待っているよう命じてある」

ベネディクタは彼の指を一本、ぎゅっと握った。

「ジョン卿、ほんとうに紳士でいらっしゃるのね」

クランストンは革製の大ジョッキをつかみ、深々と顔をつっこんで、照れくささを隠した。

「ブラックフライアーズの件はどうなっています？」彼女は訊いた。

「殺人だよ、奥さん」クランストンは陰気に答えた。「ひどい殺人だ！　表立たず人が殺されている！　でも、いくつか推測はあるよ、あとでわたしの書記が話してあげるだろう」ちらりと目を向けると、ベネディクタは下唇を嚙んで笑いをこらえていた。一方アセルスタンは、急に自分のワインカップに興味を持ったようだった。

「ブラックフライアーズにもどる前にお目にかかりたかったんです、ベネディクタ」アセルスタンは巧みに割って入った。「あの柩は教会にもどし、もう動かしてはなりません。今日は木曜日。わたしは来週の火曜日にもどってきて、聖体祝日の前に告解を聴きます。ワトキンに、何も不都合なことがないようにしておいてもらいたい、と伝えてください」

「ほかには？」

アセルスタンは壁にもたれた。「ブラックフライアーズを出る直前に、修道院長がおっしゃったことを考えているんです。最初の奇跡について。ねえ、そろそろレイモンド・ダークスを訪ねてもいいころじゃないでしょうか。さあ、行きましょう」彼が立ちあがると、クランストンは大ジョッキをつかみ、澱《おり》まで飲み干した。アセルスタンはドアのほうに顎をしゃくった。

「たぶん靄《もや》は晴れはじめていますよ、いろんな意味でね」

ダークスの家は二階建てで、間口がせまく、小路の角にあった。ハーフティンバー（木造の骨組みを外に露出させ、そのあいだを煉瓦や石やモルタルなどで埋めた建築様式）で屋根は赤瓦、両方の階に小さな窓があり、わきに通路が通っていた。アセルスタンはその通路を進み、突き当たりの小さな門から向こうを見た。広々とした庭がちらりと見えた。何人かの物乞いがうずくまっている以外、誰もいない。驚いて彼は家の正面にもどり、ドアをノックした。クランストンとベネディクタは彼のうしろに立った。愛想のいい顔をしたダークスの妻が戸口に出てきて、にこやかに三人を迎えた。

「アセルスタン神父さま」すばやくクランストンとベネディクタに一瞥をくれる。

「友達です」彼は答えた。「シティの検死官ジョン・クランストン卿と、わたしの教会区会議の議員ベネディクタさんです」

　ダークスの妻は背を向け、家の薄暗がりのなかにもどった。

「お入りください」優しい口調だ。「夫は仕事中なんです。聖アーコンウォルド教会で起きた奇跡の件で、夫に会いにいらしたんでしょう？」

「ええ」托鉢修道士は答えた。「噂はサザークじゅうに広まっていますよ、川向こうにまでも」

　ダークスは石を敷いた涼しい台所に坐っていた。テーブルに散らばっている硬貨、羊皮紙や角製のインク壺、羽根ペン、小さな黒い玉のついたそろばんを見れば、勘定をしている最中だとわかった。一同が入っていくと、ダークスはスツールを押して立ちあがり、テーブルの両側に坐るよう勧めた。

「アセルスタン修道士、よくいらっしゃいました」

紹介がおこなわれた。ダークスはクランストンと握手し、ベネディクタには礼儀正しく会釈した。アセルスタンは腰を下ろし、あたりを見まわした。台所はこざっぱりとして、きちんと整頓されていた。大きな鍋が薪の火にかかり、おいしそうなにおいを放っている。ダークスは彼の視線をとらえた。

「ビーフシチューです。でも、家内の料理に興味がおありなわけじゃないでしょう」ガウンのゆるい袖をまくり、健康的な腕を見せた。「ほら、神父さん、化膿は再発していませんよ」

クランストンとベネディクタは健康そうな皮膚を見つめ、傷跡を捜したが、ひとつも見つからなかった。ダークスの妻はテーブルの反対側の端に坐り、三人を一心に見守った。

「ダークスさん」アセルスタンはそわそわと身じろぎをした。この幸せな家庭に侵入しているような気がしたのだ。「ずっとサザークにお住まいでしたか?」

「生まれも育ちもサザークです」

「で、大工さんですね?」

「さまざまな商売をやりましたよ。どうしてそんなことを?」

「前に結婚していらしたことは?」

ダークスは顔をのけぞらせて笑い、そのあと妻にウィンクした。「一度でたくさんですよ! マーゴット・トワイフォードは」と、妻を目顔で示す。「最初で唯一の妻です。初恋の人であり、唯一の恋人でもある」そっと言い添えた。

彼の妻は、恥ずかしそうに顔をそむけた。

「トワイフォード？」クランストンが口をはさんだ。「あの一族のご出身なのか？」

「はい、ジョン卿。貿易商の大立者がそろっている、あの有名なトワイフォード家です。わたし、その親族のひとりなんです。父は、わたしが一門以外の人、トワイフォード家が仕切っている大きな貿易商ギルドに属していない人と結婚するのをとてもいやがりましたわ」

アセルスタンは、それ以上訊く勇気がなかった。会話をもっとありふれた話題に変えようとしたとき、突然、裏口のドアをノックする音が聞こえた。

「ちょっと失礼」ダークスはつぶやいた。「ほかの作業もしなければならないんで」

彼の妻は腰を上げた。そしてサイドテーブルから大きなトレイをとり、暖炉の前に行って膝をつき、小さな陶器の深皿にシチューをよそった。

「召しあがります？」顔をめぐらして訊く。「何かお飲み物でも？」

「いいえ、けっこうです」アセルスタンはすばやく答え、クランストンをちらりと見た。「お子さんがいらっしゃるんですか、ダークスさん？」

またもやダークスは笑い、立ちあがって戸口に行き、ドアをあけた。アセルスタンがさっき見た物乞いたちが、期待をこめて台所をのぞいているのがちらりと見えた。

「あっちへ行って坐ってなさい」ダークスは穏やかに彼らに言った。「壁ぎわに坐っていれば、家内が食べ物を持っていくよ」

物乞いたちはおとなしく従った。ダークスの妻は深皿を並べ直し、切ったパンを載せた大きな皿が深皿のあいだに入るようにした。そのあとアセルスタンたちを見て微笑み、ドアの向こうに姿を消して、感謝の叫び声に迎えられた。

「貧しい人たちに食事を出していらっしゃるの？」ベネディクタは賞賛の面もちで瞳を輝かせた。

「聖スウィジン教会がわたしたちの教会区なんですよ、ベネディクタさん。われわれはみな、作業を受け持っています。うちでは毎日正午に、教会区内の貧しい人たちに食事を出しています。せめてそれくらいのことはしないと」

アセルスタンはうなずいて立ちあがり、戸口に行った。すばやく見まわすと、美しい彫刻の入った小さな戸棚が見えた。

「あなたがこれを作ったんですか、ダークスさん？」

「もちろんですよ、わたしの銘が入っています」ダークスはアセルスタンのそばに行き、蝶番のすぐ上にある小さな紋章を指さした。凝った十字架の両側に、ふたつの王冠がみごとに刻まれている。

「神父さん、なぜここにいらしたんですか？」

アセルスタンは微笑んだ。「奇跡などめったに起きるものではありませんからね。効果が長つづきしているかどうか、確かめに来たんですよ」連れを手招きした。「ジョン卿、ベネディクタ、すっかりお邪魔してしまいましたね。ダークスさん、奥さんによろしくお伝えください」

ダークスに案内され、三人は外に出た。クランストンは少なくとも角を曲がるまで待ち、それから感情を表に出した。

「アセルスタン、何のためにあそこに行ったんだ?」

「ひょっとしたら、と思ったんですよ。ダークスは聖アーコンウォルド教会で大きな謎を巻き起こした。あるまじき疑念ですが、ワトキンが彼をそそのかしてあんなことをさせたのではないかと思ったんです」

「そんなことを信じていらっしゃるの?」ベネディクタが訊いた。

「ワトキンや、いまは味方だがかつては敵だった溝掘り人パイクについてなら、どんなことだって信じられるよ!」アセルスタンはぴしゃりと言った。「でも、さあ、最後にもう一カ所訪ねよう」

三人は医師のカルペパーを訪ね、リーキング横丁にあるかび臭いみすぼらしい家に行ったが、老医師はあまり役に立たなかった。

「ダークスさんはあの教会区の立派な教会区民だ」医師は確認した。「まっとうな商売人で、腕の皮膚がぞっとするほどただれていたよ。そう」三人をドアまで案内しながら告げた。「ダークスさんのような人が、汚穢屋《おわいや》ワトキンや溝掘り人パイクと怪しげな取引をするなどとは、考えられないね」

三人はのろのろと歩いて聖アーコンウォルド教会にもどった。アセルスタンはベネディクタに別れを告げ、気乗りのしないクランストンの腕をとり、ロンドン橋のほうへさっさと歩いた。

「家庭とは愛情のあるところでしょう」アセルスタンはからかい、実りのなかった訪問に落胆していることを隠そうとした。「もう、モード夫人に立ち向かうべきときですよ」

チープサイドから少し入ったクランストンの家にたどり着くころには、ふたりとも疲れきっていた。この日は暑くなり、道路は埃っぽくて商人がひしめいていた。チープサイドでは雑踏がひどかったので、進むのがひと苦労だった。商人、丁稚、市場にいるおせっかいな教区吏員、哀れな声で施しをせがむ物乞い、大送水溝のそばの檻に立たされるために連行されていく犯罪者の列。事態をますます悪くしているのは、無言劇の役者の一団だった。大きな市場の辻の近くに仮設の舞台を作り、イゼベルの転落（列王紀下第九章第三十三―三十七節）についての奇跡劇をせっせと演じていたのだ。運悪く、クランストンとアセルスタンがやってきたのは劇が山場にさしかかったときだった。化粧した放埒な妃が、犬の群れの餌食になる、と預言者エリヤに糾弾されている（列王紀上第二十一章第二十三節）。群衆は劇に引きこまれ、感嘆の声をあげながら、預言者を〝助け〟ようと、あらんかぎりのゴミを舞台に投げていた。クランストンは群衆のなかにスリを見つけ、横面を張り飛ばして、地面にたたきつけなければならなかった。

「失せろ、この屁っこき野郎め！」検死官は怒鳴った。

不運なことに、そのラッパのような大音声は舞台にまでとどき、預言者の役を演じていた男はクランストンが自分に話しかけているものと思った。アセルスタンが仲裁しなければ、もっと壮絶な劇が演じられることになっただろう。クランストンが背筋をいっぱいに伸ばし、舞台に向かって侮辱的な言葉をわめいたのだ――おまえたちは地獄から来た悪霊だ、上演許可証を持っていないだろう。ほかの連中も騒ぎに加わった。アセルスタンはなんとかクランストンを人込みから押し出した。検死官のお気に入りの居酒屋〈神の聖なる子羊亭〉の前を通りすぎ、検死官の自宅の玄関にたどり着いたときは、ありがたく思った。

「ジョン卿」アセルスタンは息切れしながら言った。「あなたといっしょにロンドンを歩くのは、忘れられない経験になりますよ――もちろん、二度とごめんこうむります！」

クランストンは猛然と人込みをにらんだ。

「この街の統治に関するわたしの論文では」高らかに告げる。「無言劇の役者は一定の場所で上演するよう指定され、許可証を取得しなければならないことにしよう。それに……」

これ以上聞くのはもうたくさんだった。アセルスタンは背を向け、どんどんと玄関ドアをたたいた。

「好きなようにしろ」クランストンはぶつぶつ言った。「もっと時間と忍耐力があったら、あの役者連中の件を解決してやるのに！」

やせてやつれた顔をした小間使いが、戸口に出てきた。クランストンはにやっと笑い、彼女を押しのけて通った。

「ジョン卿！」彼女は息を呑んだ。「お帰りになるなんて、思ってもいませんでした！」

「わたしは夜中の泥棒のようにやってくるんだ！」クランストンはわめいた。「さあ、モードに、ご主人さまのご帰還だと伝えてくれ」

「奥さまはシャンブルズの肉市場にお出かけです。じきにもどられるでしょう」

「で、ちびっ子王子たちは？」

「二階の日光浴室に、乳母といっしょにいます」

クランストンは、つんのめりそうな勢いで階段を上がった。有無を言わせず手招きされ、アセルスタンは急いであとを追った。日光浴室は陽射しのあふれた気持ちのいい部屋で、壁にはタペストリーがかかり、床にはカーペットが敷かれていた。窓ぎわのクッションのついた席に乳母が坐り、木製の大きなゆりかごをそっとゆすっている。クランストンが入っていくと、乳母は立ちあがり、膝を曲げて深々とお辞儀をした。

「席をはずしてくれ」検死官は陽気に言った。

「でも奥さまが」端正な顔立ちの娘は懇願するように答えた。「坊ちゃんたちのそばを離れないようにとおっしゃったんです！」

クランストンは眉を寄せた。「わたしはちびちゃんたちの父親だ。わたしがいっしょにいれば大丈夫だ」

乳母は何度も振り向いて心配そうなまなざしを投げかけつつ、部屋から出ていった。クランストンはアセルスタンを手招きして部屋に入れた。

「ほら！」検死官はささやき、大きな木製のゆりかごに身をかがめ、純毛の毛布をめくった。その下には、彼の言うおちびちゃんがふたり、ぐっすりと眠っていた。クランストンは麻の天蓋にますます頭をつっこみ、ワイン臭い息を最愛の息子たちに浴びせかけた。「かわいいだろう！　すばらしい息子たちだ！」

アセルスタンは検死官の白髪のわきからのぞきこみ、真顔を保とう、とあらためて誓った。

ふたりの〝すばらしい息子たち〟、〝ちびっ子王子たち〟は、じつに元気な赤ん坊だった。まるまると太り、肌はつるつるで、頬にはえくぼがあり、顔は赤く、髪はわずかばかり。どこから見てもクランストンにそっくりだったので、チープサイドで出会っても、どこの家の子かすぐにわかっただろう。クランストンはアセルスタンを押しのけた。

「すっかり満足しているんだな。眠っているときでさえ微笑んでいるよ。見てごらん！」身をかがめ、ふたりのうちの片方――フランシスだ、とアセルスタンは思った――の口角をなでた。そして不器用に立ちあがりざま、ぎゅっと押したので、赤ん坊は目を覚まし、潤んだ青い瞳でふたりを見上げた。「よしよし、坊や！」クランストンはささやいた。「もう一度ねんねしな」

彼はよろめき、ゆりかごをぐっと押した。もうひとりの赤ん坊も目を覚まし、兄弟そろってクランストンを見た。

「ほら、笑ってるよ」クランストンは言った。「パパに会えて、ご機嫌なんだ」

合図でもされたかのように、ふたりの赤ん坊は口をあけ、目をいっぱいに見開いて、怒りをあらわにした。思いがけず唐突に起こされて、激怒しているのだ。検死官は毛布を元どおりにかけ、勢いよくゆりかごをゆすった。アセルスタンは笑わずにはいられなかった。検死官がゆすればゆするほど、泣き声は大きくなる。クランストンはぐっと彼をにらんだ。

「笑うのはやめろ、この馬鹿な修道士め！　祝福して聖歌でも歌ってやれ！」

「あなた！　何をしているの？」

クランストンは、胴の太い船が風のなかで向きを変えるように、ゆっくりと振り向いた。日光浴室の入口に、モード夫人が立っていた。身長は五フィート二インチ、髪はくすんだ色で、顔も身体も小作りだが、彼女のなかには激しい怒りが感じられた。普段は穏やかなかわいい顔に、偽りの優しい笑みを浮かべているだけに、なおのこと恐ろしかった。

「あなた、何をしているの?」彼女はもう一度言い、ゆっくりと部屋を横切ってきた。「大きなイノシシみたいに騒々しく家に入ってきて、わたしの指示をないがしろにして、子供たちを怖がらせるなんて! 賭を受けて立っただけじゃ足りないの?」芝居がかったしぐさで天井を指さす。「あの賭のせいで、この子たちの頭の上の屋根まであやうくなっているのよ!」

彼女は振り向き、乳母を呼んだ。結局、娘は両腕にひとりずつ、もがいてまだ泣きわめいている真っ赤な顔の赤ん坊を抱き、階段を下りて姿を消した。赤ん坊の泣き声が遠くに消えていった。クランストンは目で天を仰ぎ、こそこそと部屋を横切って、暖炉のそばにあるお気に入りの椅子に腰を下ろした。炉端のベンチの隅に、空っぽの深皿が押しやられているのが見えた。

「あのぐうたらなリーフがここに来たのか?」

「ええ、庭仕事をしてくれましたよ、あなたがよそで忙しくしているから! その口振りだと、下水のなかにでもいたんでしょうね!」

クランストンはますます深く椅子に腰かけ、口をあけたので、テムズ川北部担当の国王勅任の検死官というより、赤ん坊のように見えた。モード夫人は板のように身体をこわばらせ、彼の前まで足を運んで立ちはだかり、腕組みをした。

「あなたって大口ばかりたたいて、大食らいで——取り柄は、心が大きいことだけだわ。ときどき誰よりも賢くなることがあるけれど、それ以外のときは」ため息をつく。「物乞いのリーフのほうが、よっぽど分別があるわ。どうしてあんな賭を受けて立つことができたの？　千クラウンだなんて！」

「アセルスタンが手伝ってくれるよ」クランストンはしおしおと答えた。

モード夫人はひるませるような視線をちらりと托鉢修道士に向けた。彼は嵐を避け、窓ぎわの席に引っこんでいることにした。

アセルスタンが困惑して坐っているあいだに、モード夫人は夫に鋭い舌鋒を浴びせ、常識と沈黙がいかに大切か、短いながら痛烈なお説教をした。この世に恐れる相手などひとりもいないはずのクランストンは、ひたすら坐って縮こまり、目を半眼にしていた。とうとうモード夫人は口をつぐみ、深く息を吸って、夫の肩をぽんとたたき、身を乗り出してそっと頬にキスをした。

「さあ、言いたいだけ言ったわ」彼女は両手を握りしめ、ちらりとアセルスタンを見た。「いらっしゃい、修道士さん。あなたがジョンのそばにいてくれるのを、いつも神に感謝しているんですよ。そうそう」彼女の声のなかのきつい威嚇を感じ、アセルスタンは弱々しく微笑んだ。

「夫がこの難局を切り抜けるのを、きっと手伝ってくださるでしょうね。さあ、ジョン、クラレットを飲んで、ドーセット（甘い料理、カスタードの一種）でも召しあがれ。いかがですか、修道士さん？　ほら、酸っぱい味を消すのにハチミツに勝るものはありませんものね。そうでしょ、あなた？」

クランストンはうつむきかげんのまま大きくうなずき、モード夫人が出ていくと、唇をすぼった。

めて長々とため息をつき、椅子のなかでぐったりとした。膀胱でできた袋を針で突いたようだ
「わかっただろう、修道士」かすれた声でささやく。「完全武装したモードより恐ろしいものはない、何ひとつない。騒いでいるごろつきの一隊なら、いつかかってこられてもいいんだが！」

モード夫人は、ワインとドーセットを載せたトレイを持ってもどってきた。そしてどんな従者にも負けないくらいおとなしく従順に、クランストンに給仕をした。検死官は風向きが変わったことを見てとり、身体を起こしてふたたび家長風を吹かせた。自分が留守のあいだにどんなことがあったか、どら声で訊き、じれったげにうなずきながらモード夫人のおしゃべりに耳を傾ける。近所の人たちのこと、パンの値段のこと、シティで起きた商売上のけんかの数。

「ああ、そうそう！」モード夫人はさっと指を唇に当てた。「忘れていたわ。あなたにお手紙が何通かとどいているの」小さな櫃のところに行き、細く巻いた羊皮紙を二本持ってきた。クランストンはそれを広げ、内容をすばやく読んで、うれしそうに舌を鳴らした。

「ツキがまわってきたぞ、修道士。まず、わたしの事務員たちが調べたところによると、きみの教会は築百三十年しかたっていない。その前は、あの敷地には民家が建っていた。第二に、そしてもっと重要なことに、サザークにある聖アーコンウォルド教会の元司祭、ウィリアム・フィッツウルフくんの居所を、わたしの間諜がつきとめた。ホワイトフライアーズからちょっと入った横丁にある〈ベルベットの陣羽織亭〉にいるそうだ」

アセルスタンは立ちあがり、興奮してその羊皮紙をつかんだ。

「どうしてあっさり部下にフィッツウルフを逮捕させないんですか？」

「法律では」クランストンはもったいぶって答えた。「犯罪行為の要件が定められている。忘れちゃいけない、教会から逃げただけでは犯罪にならないんだ」

「財産の大半を持って逃げたら、犯罪になりますよ！」

「おいおい、法律を知っているだろう。われわれは、やつが持ち逃げしたことを証明できないよ」

「それじゃ、何ができますか？」

クランストンは立ちあがり、ベルトをはずした。「剣と短剣を持ってきてくれ、モード。そしてアセルスタンには、頑丈な六尺棒を貸してやれ。フィッツウルフくんを脅しに行くぞ」

数分後、クランストンは堂々と家を出て、妻を優しく抱きしめながら、万事うまくいくさ、とささやいた。ふたりのちびっ子王子の額にキスすると、ふたりともまたもやわっと泣きだした。

「あの人、自分に口ひげと頰ひげがあることを忘れないでくれればいいのに」モード夫人はアセルスタンにささやいた。「それに、そのひげがイボタノキの生け垣並みにごわごわしていることもね！」

第八章

　クランストンとアセルスタンはチープサイドの人込みをかきわけて進み、迷路のような小路を通り、ホワイトフライアーズのカルメル会修道院をとり巻くごみごみした貧民街に入った。物乞いが情けない声で施しを乞うている。下水を詰まらせているゴミの山に蝿がたかり、ところどころ、汚れた臭い家屋の外に腰の高さまでゴミが積み重なっている。ふたりの少年が小さな犬をつかまえ、直腸に棒を押しこもうとしていたが、クランストンがすばやく蹴りを入れると、少年たちは逃げていった。呼び売り商人や行商人が、安物の装身具を載せたトレイを持ったり、蝿のたかった食べ物を満載した小さな手押し車を押したりして街角に立ち、大声で客寄せしながら、一帯を巡回している教区吏員を用心深く見張っている。市場の役人の一団が、ふたりの男をとらえていた。ひとりはシティで商売するための上納金か税金を払っていないようだ。もうひとりは、シティに商品を持ちこむ権利のないフランドル人ではないかと疑われ、「チーズとパン」と言わされようとしている。

「うまく発音できないと」クランストンはふんぞり返って歩きながら、皮肉っぽくつぶやいた。「あの男は手のひらを灼熱した火かき棒で焼かれてしまうぞ」

　黒っぽい人影が、せまい水路に面した戸口をすいすいと出入りしていた。あたりには黒い煙が立ちこめている。にかわ作りが、むさ苦しい小さな家の裏で、シャンブルズの肉市場から出た骨やくず肉を金属の大きな桶に入れ、煮て溶かしている煙だ。クランストンは道をよく知っているようだった。アセルスタンは六尺棒を握り、彼の少しうしろを歩きながら、誰かに尾行されていないかどうか、用心深く目を配っていた。子供たちがわめき、言い争っている。犬がゴミの山の上でけんかをしている。あるゴミの山のなかに、人間の手がちらりと見えたような気がした。広がった指は腐敗し、悪臭を放っている。

「神よ、われらを救いたまえ！」アセルスタンはつぶやいた。

「まさに地獄の入口だな」クランストンは答えた。「祈りを唱えて、よく目を配ってろ。誰かが突進してきたら、酔っぱらいだろうと女子供だろうと、その六尺棒で殴りつけるんだ」

ふたりはある横丁を歩いた。暗闇のなかから一団の物乞いがあらわれ、道をふさいだ。クランストンは剣と短剣を抜いた。

「失せろ！」

人影は闇のなかに退却した。ある辻に、女と三人の子供が立っていた。身体は寄せ集めた汚いぼろで半分しか覆われておらず、ひどいただれや打撲傷がある。アセルスタンがすぐに財布に手をやると、骨張った顔の女はつぶれていないほうの目をきらめかせ、鳥の脚のような手をさしだした。クランストンはその手を払いのけ、アセルスタンを引っぱって進みつづけた。

「金はとっておけ、修道士。あの女がパリアードだということがわからないのか？」

「え？」

「プロの物乞いということさ」

アセルスタンはさっと振り向いた。「でも、あの子供たちはひどい打撲傷を負っていましたよ！」

検死官はくすくす笑った。「塩と塗料と灰汁《あく》と豚の血を混ぜたらどんなことができるか、驚きだよな」

「本物そっくりですね」

「あの子供たちの身体を見てみろ。まるまると太って、たっぷり食べている——飢えた子供たちじゃないんだ。たぶん、わたしよりたっぷり食べているぞ」

「そんなことがあったら」アセルスタンはひとりごとをつぶやいた。「奇跡だろう！」物乞いたちのとんでもない狡猾さを考えて首を振りながら、クランストンのあとにつづき、別の横丁に入った。「まだ遠いんですか？」

クランストンは立ち止まり、軒下から突き出ている棒にぶら下がって物憂げに揺れているエール酒場の汚れた看板を指さした。高い三階建ての居酒屋だ。クランストンがドアを蹴ってあけ、ふたりはかび臭い暗闇に入った。明かりは、オイルランプがいくつかちらついているばかりだ。数少ない窓は壁の高いところにあり、きっちりと鎧戸が閉めてある。ざわついた会話が途絶えた。アセルスタンは、そこに坐っている男たちのがさつな顔、意地の悪い目、やつれた面立ちを見て、ふいに怖くなった。眠っている男がふたりいるが、そのほかは三々五々群がり、酒を飲んだりさいころ賭博に興じたりしている。

「ひどい！」クランストンはつぶやいた。

彼が剣と短剣を抜くと同時に、ドアのそばのテーブルからひとりの男が立ちあがった。手のなかに、ナイフがきらめいている。

「さあ、どうした、野郎ども！」クランストンは堂々と告げた。「おまえたちのなかには、わたしを知っている者もいるだろう。知らなければ、きっと遅かれ早かれ知ることになる。わたしはジョン・クランストン卿、シティの検死官であり、国王の法務官である。こちらはわたしの書記で秘書官のアセルスタン修道士、以前はブラックフライアーズに所属していた」ずんぐりした手を、ナイフを持っているネズミ顔の男に突き出した。「おい、おまえは坐って黙ってろ！」

男はのろのろと言われたとおりにした。

「いったい何がほしいんだ、クランストン」誰かが叫んだ。

クランストンは柄を握って剣を立てた。「誓っておまえたちに危害は加えない。だが下士官を連れてもどってきて、このしゃれた店に何があるか調べることはできるんだぞ」

脂ぎった顔をした居酒屋の亭主が、汚い布で手を拭きながらいそいそと暗闇からあらわれ、卑屈に頭を下げた。

「ジョン卿、ようこそいらっしゃいました」

クランストンは亭主の肩をつかんだ。「いや、心にもないことを言うのはやめろ、このでぶめ！　わたしはある人物と話したい、話すだけだ。そいつがここにいることはわかっているんだから、嘘をつくんじゃないぞ。ウィリアム・フィッツウルフと名乗っている男で、以前は聖アーコンウォルド教会の教会区にいた」

彼の言葉に応えて、みな死んだように静まり返った。

「ほう、なるほど、そういうつもりなら……」クランストンはドアのほうに半分振り向いた。

ささやき声が聞こえ、男が暗闇から出てきた。

「おれがフィッツウルフだ。罪など犯してねえぞ」

クランストンはその男を手招きした。「いや、犯しているが、その件はいまは不問に付そう。ほんの数分間、話したいだけだ」

男は明かりのなかに足を踏み出した。見つめているアセルスタンは、嫌悪を感じた。一見、立派な男のように見える。黒髪は肩まで垂れ、ひげはきれいに剃ってあり、手や顔は白くてやわらかそうだ。だがゆがんだ唇には馬鹿にしたような冷笑が浮かび、目は冷たく、生気がなくて打算的だ。頭から爪先まで、黒ずくめの革の服装だった。片方のブーツには短剣がさしこんであり、わき腹には大きなナイフが革ひもで吊されている。こんなに凶悪な感じがする人間に、アセルスタンは久しく会ったことがなかった。フィッツウルフは彼に一瞥をくれ、唇を少しあけた。笑みのつもりなのだろう。

「あんたがアセルスタンだな、聖アーコンウォルド教会の新しい司祭だろう。おれのいとしい教会区民たちは元気かな？　五年と言やあ、長い時間だ。汚穢屋《おわいや》のワトキンは、ああしろこうしろとおれに指図したものだが、あんたにもそうしてるのか？」親指を剣帯につっこんだ。

「それに、売春婦のセシリーは？　かわいいケツをしていたが、やってる最中はひどくうるさかった」

アセルスタンは一歩前に出た。「この盗人め！」

聖職を剝奪された司祭は、両手を広げた。「どこに証拠がある？　おれが聖アーコンウォルド教会を去ったあと、教会区民たちが教会を略奪したんだろう」

アセルスタンは深呼吸し、身の内にわき返る激しい怒りを静めようとした。

「おい！」クランストンが唐突に言った。「居酒屋の亭主、奥に部屋はあるか？　ワイン貯蔵室とか、厨房とか。この友達とは、その手の部屋で話すことにしよう」

居酒屋の亭主は、くすぶる暖炉のある汚い部屋へ三人を連れていった。脂まみれのテーブルに汚れた木皿や大皿が散らばっていて、ふたりの下働きが深鍋や平鍋をかすの浮いた水につっこんで洗おうとしている。

クランストンは指を鳴らした。「みんな出ていってくれ。あんたもだ、亭主」亭主や下働きを戸口から押し出し、ドアを閉めてそこにもたれ、厨房の反対側に顎をしゃくった。「そっちのドアをあけてくれ、アセルスタン。急いで出なければならなくなったときのためにな。フィッツウルフくんもおなじように思うといけないから、そこに立っていてくれ」

だが元司祭は上品にスツールに腰を下ろし、女のように優雅に脚を組んで、片方の膝を両手で抱いた。

馬鹿にしている、とアセルスタンは思った。

「おれは自由意思でここにいるんだ、ジョン卿、出ていきたくなったら出ていけるさ。どうせ逮捕状なんかないんだろ」フィッツウルフはにやにや笑った。「まあな、有効な逮捕状などあるわけがない。おれが聖アーコンウォルド教会を去ったのは、五年も前の話だ」

クランストンは微笑み、剣を抜いて、その平たい面をまっすぐフィッツウルフの肩に置いた。フィッツウルフはびくっとし、いくらか落ちつきを失った。

「殺してやる、フィッツウルフ！」

元司祭は立ちあがろうとした。クランストンは剣で彼を押しもどした。

「なあ、わたしは法務官で、おまえに質問をするためにここに来た。そのブーツから短剣を抜いたら、殺してやる。そうなったところで、誰が悼んでくれる？　いやなら」クランストンは剣を離した。「いくつか質問に答えればいい。さあ、どうする？」

「質問に？」

「おまえが聖アーコンウォルド教会の司祭だったとき、内陣に敷石を敷いたか？」

「ああ、よしてくれ、ジョン卿」フィッツウルフはあざ笑った。「おれはあの神に見捨てられた教会の手入れなどより、もっとましなことをしていたよ！」

「それじゃ、あの敷石は、おまえが赴任する前から敷いてあったんだな？」

「そうだよ、シオボルド神父の名案だ。あまりいい仕事じゃなかったよな？」フィッツウルフはあざけるようにちらりとアセルスタンを見た。「おれはあの敷石につまずいてばかりいた。ことに、ワインをしこたま飲んだあとは、簡単につまずいたよ」

アセルスタンは見つめ返した。この男は神をも人をも恐れていない。ようやく、自分がなぜ不安なのか理解できた。フィッツウルフは黒魔術師なのだ。よくある辻の主、絞首門の主で、黒魔術に手を染めている――聖職を剥奪された司祭にはありがちなことで、与えられた霊的な力を悪用している。フィッツウルフは彼の視線をとらえ、心を読んだかのように、気づかれないほどかすかにうなずいた。そして物憂げに立ちあがった。

「ほかに質問は？」

「ああ、あるよ」アセルスタンは宣言し、腕組みをして壁にもたれた。「聖アーコンウォルド教会の献金受け皿は、とっくに溶かして売り飛ばしただろうが、おまえは教会の帳簿も盗んだ。さあ、フィッツウルフ、もう焼いてしまったのか、それともまだ持っているのか？」

「裂いてしまったよ」

「で、そのページは？」

「羊皮紙の一部は使ってしまった」フィッツウルフは肩をすくめた。「あんなもん、誰の役にも立たなかったからな。シオボルド神父の無意味な走り書きがびっしり書かれていた。なぜあんなものを、おれがまだ持っていると思うんだ？」

「教会の帳簿を汚らわしい目的のために使うのを、おまえは一種の冗談と見なしている――そうにらんでいるからさ」

フィッツウルフは指を天井に向けた。「残っているものは見せてやれるよ。この家の最上階にあるおれの屋根裏部屋に置いてあるんだ」

クランストンは一礼するまねをした。「すぐに見に行こう」

フィッツウルフは首を振った。「あんたはだめだ。法務官に、関係のないことにまで鼻をつっこまれるのはごめんこうむる」

「こちらとしても」クランストンは答えた。「あんたが階段を上り、屋根の向こうに姿を消して、クリスマスまで二度とお目にかかれなくなるのはごめんこうむる」

フィッツウルフは自分の肩ごしに親指を向けた。「司祭は部屋に入ってもいい。あんたは外で待っていな」

彼は先に立ち、酒場にもどった。クランストンとアセルスタンはそのうしろにつづき、小声のあざけりや悪態は無視し、横手のドアを通ってじめじめした廊下に入った。犬の小便のにおいがして、あらゆる汚物が散らばっている。ぬるぬるしたもので覆われた、壊れそうな階段が建物のなかにくねくねとつづいていて、それを上った。

「まるで墓穴だ」クランストンはつぶやいた。

木のドアや踊り場をつぎつぎに通った。

「抜け穴だな」検死官はつづけた。「人間のくずが逃げていくための秘密の通路、ネズミのトンネルだ。わたしの好きなようにできるのなら、こんなところは焼き払ってしまうんだが」

「そんなわけにはいかないよ」先頭でフィッツウルフが怒鳴った。「そうだろ、ジョン卿?」

ついに最上階にたどり着いた。フィッツウルフは鍵をとりだし、鉄の飾り鋲のついた重たいドアにさしこんで錠をはずし、ドアを半開きにした。

「そこで待ってろ、ジョン卿。さあ、司祭！」フィッツウルフはずるそうに笑い、アセルスタンを手招きした。

托鉢修道士はなかに入り、甘ったるいむっとするにおいに鼻にしわを寄せ、瞳を凝らして闇に目を慣らした。フィッツウルフは影のように、すいすいと部屋を歩きまわった。火打ち石を打ち、真鍮の燭台のなかの、金属のフードで守られた長くて白いろうそくに火を灯す。アセルスタンはあたりを見まわした。うなじに悪寒が走り、なぜか息ができないような気がした。

「『死の陰の谷を行くときも』」彼はつぶやいた。「『わたしは災いを恐れない』（詩篇第二十三篇第四節）」

部屋は清潔だったが、壁も床も天井もつややかな黒に塗られ、ろうそくの明かりを受けてちらちらと光った。片隅の小さな窓の下に脚輪のついたベッドがあり、そのわきにテーブルがあって、祭壇を兼ねていた。上に十字架が逆さに吊され、首のない像が逆さ吊りになっている。アセルスタンはふるえた。テーブルについているあのしみは血痕だろうか？　この奇妙なにおいはなんだろう？　強力な薬草かタールが何かほかのものと混じっている？　フィッツウルフはたたずみ、猫のように彼を見守るばかりだった。アセルスタンは、頭をはっきりさせようと首を振った。元司祭は様変わりしたように見えた。顔は長くなり、皮膚は黄ばんで、黒い目は卑しい悪意で光っている。

「帳簿のページを！」アセルスタンは怒鳴った。「見せてくれると約束したじゃないか！」

フィッツウルフは肩をすくめ、ベッドの足元に行って櫃《ひつ》の鍵をあけ、中味をかきまわした。アセルスタンは左側を見た。革表紙の本が、聖書台に鎖でつながれている。すばやく一瞥して胸が悪くなり、目をそらした。呪文や黒魔術の手引書だったのだ。聖書台のうしろの壁には、『時禱書』や『諸聖人の人生』で見たことのあるページが貼ってある。優美に縁取られ、あざやかに着色されていた。あるページには一群の人々が説教者の言葉に耳を傾けているところが描かれているが、聖職者のローブを着ている人物は頭がヤギで、よだれを垂らし、勃起した巨大なペニスがローブの襞のあいだから突き出ている。ほかのページでは、コープを着て司教冠をかぶった豚が、人間の小さな身体をむさぼっている。三枚めに描かれているのは教会の身廊で、側廊に沿って柱が並ぶさまは聖アーコンウォルド教会を思わせたが、画家が慎重に遠近法を使っているので、深い穴をのぞいているように思われた。突き当たりの、内陣障壁があるべきところには、銀色の顔料で描かれた顔が光っている。目は燃えるように赤く、唇は悪魔のように金色だ。アセルスタンは目をそらした。部屋の空気が濃く、むっとして鬱陶しく感じられた。隅々を見ると、そこはほかの部分より陰が深く、誰かが、あるいは何かが潜んでいるかのようだった。

「さあ、フィッツウルフ！」彼はきっぱりと言った。「帳簿のページをよこせ！」

「ほらよ、修道士」フィッツウルフはゆっくりと歩いてきた。手に持っているぼろぼろの黄ばんだ羊皮紙は、粗い縫い目でかろうじてまとまっている。「どうした？　おれの部屋が気に入らないのか？　罰当たりもいいところだもんな？」

羊皮紙を手渡すとき、氷のように冷たいフィッツウルフの手がアセルスタンの手に触れた。

「司祭のくせに、ここの何が怖いんだ？」

片隅から足を引きずって歩く音が聞こえ、アセルスタンはびくっとした。

「あれはなんだ？」

「見てみろよ。自分で見てみろ。あの隅を見つめたら、何が見える？」

アセルスタンは言われるままに振り向き、じつに恐ろしいものと向かい合った。あれは人間だろうか？　それとも影だろうか？　丸みを帯びた象牙色の肩と、完璧な形の乳房、金糸のような髪。つづいて低く小さな忍び笑い。アセルスタンは羊皮紙を握りしめた。

「これはもらっていく！」どもりながら言った。「わたしのものだ！」

小走りにドアの前に行き、取っ手をぐっと引いたが、鍵がかかっていた。背後にフィッツウルフと、何か人でないものが足を引きずってやってくる気配が感じられた。錠前を手探りし、鍵を見つけてドアをあけ、外の廊下に飛び出した。背後でドアが音高く、きっちりと閉まった。フィッツウルフの笑い声だけでなく、人でないものの忍び笑いも間違いなく聞こえた。

「どうした、アセルスタン？」クランストンが彼をつかまえ、青ざめて汗まみれになった顔を見て心配した。もう一度彼をゆする。「修道士、どうしたんだ？」

アセルスタンは白昼夢から覚め、壁ぎわに置いておいた六尺棒をつかんだ。

「帰りましょう、ジョン卿！　ここはわたしたちのいるところではありません。神の創造物がいるところではないんです！」

クランストンは、フィッツウルフの部屋のドアのほうへ足を踏み出した。

「やめてください、ジョン卿！　本気で言っているんです。ほうっておきましょう！」

彼はころげるように階段を下り、クランストンはどしんどしんとあとを追った。アセルスタンは検死官を待つこともなく、すたすたと横丁にもどった。クランストンは息を切らしながら追いついて横に並び、質問を浴びせかけたが、アセルスタンはとり合わず、できるだけ速く歩いた。居酒屋からなるべく遠く離れようと決意していた。エネルギーと知力を総動員し、来たときたどった道を思い出そうとした。ようやくふたりはホワイトフライアーズから離れ、フリート街につづくせまい道路に入った。アセルスタンはいきなり足を止め、壁にもたれた。へとへとに疲れ、まるで身も心も魂も打ちのめされたかのようだった。検死官は彼を見つめた。

「きみに必要なのはひとつだけだな。心身の病に効くジョン・クランストン卿の常備薬だ」

彼は托鉢修道士を押し、温かく迎えてくれる薄暗い街角の居酒屋に入った。そして強力な肺と国王の司法官としての威光を使い、じきに高く積みあげたワイン樽のそばにスペースをあけさせた。たちまちクラレットの大きなカップがふたつと、スパイスのきいたカモ料理がひと皿運ばれてきた。クランストンはいっしょに食べようと言ったが、アセルスタンは首を振り、ワインをがぶがぶ飲んで、その温かな甘さを味わった。彼が飲み干すと、クランストンはもう一杯注文し、アセルスタンがまだしっかり握っていた羊皮紙をそっととりあげた。それを注意深く調べ、もっとよく見えるよう、ろうそくを持ってこいと大声で頼んだ。

「やれやれ、アセルスタン！　これのどこがそんなに恐ろしいんだ？　教会の帳簿の、脂じみて黄ばんだページじゃないか！」

「そうじゃないんです、ジョン卿」アセルスタンは椅子に身を預け、まばたきをした。ワイン

を速く飲みすぎたので、いまはちょっとふらふらする感じだった。

「フィッツウルフに脅されたのか？」

「ある意味では、そうですね」

アセルスタンは、あの部屋で見たり感じたりしたことを手短に説明した。彼が話し終えると、クランストンは大きなげっぷをもらし、唇を鳴らした。

「おかしな連中だな、聖職者というのは！」横目でちらりとアセルスタンを見た。「連中は奥義をきわめ、善人をだまして自分のために力を手に入れる。全員がそうだとは言わないが、何人かはそうなる。強欲になり、蓄財に励む者もいる。ほかの男のベッドにもぐりこむのが好きな者もいる。それに少数の者は、もっと大きなものをもとめる——魔法の力を」

「ジョン卿」アセルスタンは口をはさんだ。「あの部屋でちゃんと見て、感じたんです」

「たぶんな。でもわたしは、最高の魔術師に会ったことがある。薬草や、奇妙な物質で作ったろうそくを使ってどんなことができるか、わかっているよ。聖書のコヘレトの言葉にも、『太陽の下、新しいものは何ひとつない』と書いてあるじゃないか」彼はアセルスタンの手をぽんとたたいた。「たしかにフィッツウルフは悪魔崇拝者かもしれないが、奇術師でもあるんだろうな」

アセルスタンはため息をつき、両手で顔をこすった。

「老クランストンに勝る人はいませんね。おかげでしっかりと地に足をつけさせてもらいました」自分のワインカップを押しやった。「これ、飲んでください。まだブラックフライアーズ

で仕事をしなければならないし、宗教裁判所の裁判長に、飲んだくれとしてあっさり退けられたくないんです」

「ばかばかしい、誰がかまうもんか。彼はとっくにわたしのことを飲んだくれだと思っているよ！」クランストンは答えた。

アセルスタンは手を伸ばし、羊皮紙の束をとりあげてじっくり見、びっしりと書かれた読みにくい筆跡や、この手の帳簿によくある略語を解読しようとした。各ページの左上に記入されている日付を丁寧に見ていく。五、六十ページ分が細い麻糸で縫い合わされているらしく、日付は一三五三年から、シオボルド老司祭が亡くなった一三六八年にまでわたっていた。

「すぐに調べたいな」とつぶやいたものの、ワイン樽のそばの高い棚で燃えている時計ろうそくをちらりと見た。「ジョン卿、ブラックフライアーズにもどらなくちゃ。修道院長に、ほかの方々ともども会いたいと言ってありますし、もう遅い時間です。もどるべきですよ、せめてひれ伏してお詫び申しあげるために」

クランストンは顔をめぐらし、窓の外を見た。

「そんな馬鹿な！　太陽は傾きかけたところだ。ほら、聞いてごらん！」

アセルスタンは耳を澄ました。聖メアリ・ル・ボウ教会の大きな鐘が鳴り、一日の商売を終えるよう告げているのが聞こえてきた。どっと疲れを感じた。それに、がぶ飲みしたワインがすでに、空きっ腹のなかで凝固しはじめていた。クランストンがカップのワインを飲み干すのを待ち、そのあと羊皮紙をたたみ、六尺棒をとりあげて居酒屋を出た。

ブラックフライアーズでの会合に遅刻するのを心配する必要はなかった。ロジャー修道士が亡くなったという知らせは閉ざされた社会に広がっていて、修道院長は困惑し、みんなに延々と質問していた。院長室でアンセルスタンが会ったとき、アンセルム神父は明らかに悩んでいるようだった。

「そうそう、きみを待っていたんだよ、修道士。でもわかるよ、ほかの件で遅れたに違いない。何かいい考えは浮かんだか?」院長は望みをこめて訊いた。

「修道院長、この問題はよどんだ池のようにどろどろです。ロジャー修道士が最後に目撃されたのがいつなのか、わかりましたか?」

アンセルムはぐったりと腰を下ろし、クランストンとアセルスタンにも腰を下ろすよう合図した。

「晩課の直後に教会の外で目撃されているよ」額をこすった。「つぎに彼を目撃したのがきみたちだ、果樹園の木からぶら下がっているところを」片手を上げた。「ああ、訊かれる前に言っておくが、誰も彼と話したり、会ったり何かしたことを白状していない。まるで神隠しに遭ったようだ」

「アルクイン修道士とカリクスタス修道士の部屋は捜索していただけましたか?」

「何もなかった」修道院長は答え、机上の羊皮紙をより分けはじめた。「二枚の羊皮紙だけだ。一枚はアルクインの部屋で、もう一枚はカリクスタスの部屋で見つかった。どちらにもおなじ名前が書いてある」

修道院長は、二枚の羊皮紙を手渡した。アセルスタンは好奇心を抱き、その羊皮紙を見つめた。別々の筆跡で、おなじ名前が何度も書かれている。ヒルデガルトという名前が。

「どういう女ですか？」アセルスタンは訊いた。

アンセルムは顔をしかめた。「わからん！　わたしが気づいたかぎりでは、変わった点はそれだけだった。ひとりの修道士の死と、もうひとりの修道士の失踪を結びつけるものはそれだけなんだ」

クランストンは、アセルスタンのそばでうつらうつらしていたが、身ぶるいをして目を覚ました。

「かならず女だ！」唇を鳴らした。「もめごとのあるところ、かならず女がいる！」

「ジョン卿、まさか……」アンセルムは腹立たしげに検死官を見つめた。「カリクスタス修道士もアルクイン修道士も善良な男で、忠実な聖職者であり、勤勉な同胞だった。あのふたりには、醜聞をうかがわせるものなど絶対になく、浮いた話ひとつありませんでしたぞ！　この修道会の古参で、健全な神学者だった」目を伏せた。「もっとましな死にかたをしてもよさそうなものだったのに」

クランストンが深く陳謝するあいだ、彼の秘書官は二枚の羊皮紙を見つめているばかりだった。

「疲れているようだな、アセルスタン」アンセルムは言った。クランストンにくどくどと謝られ、いまや気恥ずかしくなりかけていた。「この件は置いておこう。ノーバート修道士に大食堂から食べ物を運ばせるよ。早めに床につき、ぐっすり眠るといい」

アセルスタンは同意した。「でも明日は三時課のあと、院長をはじめ院内総会のみなさんに集まっていただかなければなりません」手に持っている羊皮紙をたたいた。頭のなかに、かすかな考えがまとまりはじめていた。もっと元気を回復したら、その漠然とした考えを追ってみるつもりだった。「当面は、この二枚の羊皮紙のことは誰にも言わず、内緒にしておいてください」

アセルスタンとクランストンは宿坊にもどり、顔を洗い、しばらく台所に坐った。クランストンはハチミツ酒を飲みながら唇を鳴らし、アセルスタンはノーバート修道士が暖炉に熾《おこ》しておいてくれた火のちらつく炎を見つめた。若い修道士のノーバートは、大食堂の厨房から食事を運んできた。ペパーソースで味つけした濃厚な子牛肉を薄いペストリーで包んで黄金色に焼いたものと、修道院の菜園でとれた野菜をさっと煮たものだ。クランストンはいかにも楽しそうに食べはじめた。アセルスタンは疲れていたし、先ほど飲んだワインがまだ胃で落ちつかず、あまり食べられなかった。食事を終えようとしていたとき、ようやく小さな巻物に気づいた。きちんと巻かれ、緑色の絹紐で結ばれて、台所の遠い隅のスツールに載っている。彼はそこへ行き、巻物を手にとった。

「なんだ？」クランストンが、口いっぱいに子牛肉をほおばる合間に大声で訊いた。

「ヘンリー・オブ・ウィンチェスター修道士の論文の写しです。『クール・デウス・ホモ――なぜ神は人間になったか』というタイトルですよ」

「読んでいていいよ」クランストンは言った。「神は、ご自分の流儀をわれわれに知らしめるおつもりなら、時間の大半を費やして、われわれからできるだけ遠ざかるようなまねはなさらないだろう！」

アセルスタンは微笑んで腰を下ろし、疲れているにもかかわらず、論文を読みはじめた。彼がまだ読んでいるあいだに、クランストンは自分の夕食もアセルスタンの分の残りも食べ終え、もっと景気づけをとりに、のっしのっしとワイン貯蔵室に入っていった。

論文は羊皮紙に書かれ、きちんと縫い合わされていた。聖職者らしい筆跡、真新しいインク、わかりやすい説明に、アセルスタンは驚嘆してかぶりを振った。ヘンリー修道士の論文は、神学の分析の珠玉たるもので、一般に是認されている教会の教義を慎重にくつがえしていた。キリストの受肉は、神々しい美を人間と分かちあいたいという神の願いから生じたもので、〝罪のあがない〟や〝人間の不善の償い〟などという、よくある使い古されたせりふから生じたものではない、と論じているのだ。ヘンリー修道士の論文のなかでは、神は愛に満ちた母や父であり、キリストはその愛を具現したものとされ、神は怒れる裁き主などではなく、キリストが人間の罪をあがなうために死んだのをしぶしぶ認めたりしていない。

クランストンがもどってきて、何ごとかぶつぶつ言いながら、ゆっくりと階段を上り、寝室に行った。アセルスタンは読みつづけ、きちんとした言葉遣いや明快な考えを堪能した。読み終えると、羊皮紙を指でたたいた。「すばらしい！　宗教裁判所の裁判官たちは、時間を無駄にしているぞ。ヘンリー修道士は独創的だが、異端者などではない！」

巻物を置いて伸びをし、クランストンを追って寝室に行った。検死官はすでに熟睡していた。アセルスタンはしばらく自分のベッドのそばにひざまずき、頭からさまざまな場面や主張、記憶の断片やその日のできごとなどを一掃しようとした。祈りたかったが、同時に今日が重要な日だったこともわかっていた。重大なことをあれこれと見聞きしたのに、それらを解釈することができない。目を閉じていると、自分がただよっていくような気がした。一時間後に目が覚めてみると、ベッドに突っ伏していた。うんざりしてベッドに入り、ふたたび夢も見ずに眠った。

第九章

翌朝、アセルスタンは早くに目覚めた。クランストンはいびきをかき、正体もなく眠っている。しばらくアセルスタンは横になっていた。暖かく、休まる気がした。最初の鐘の音が聞こえると起きあがり、木の洗面台からタオルをとって、朝靄《あさもや》に包まれた敷地を横切って修道院の浴場に行った。そこで身体を洗い、ローブを羽織り、宿坊の台所にもどって火を熾《おこ》し、湯を沸かしてひげを剃る。忍び足で二階に行き、鞍袋からきれいな下着とローブをとりだしたあと、前夜の食事の残り物で朝食をすませた。

しばらくひざまずいて祈りを捧げ、頭をすっきりと冴えた状態に保ってから修道院の教会に行き、わきの礼拝堂のひとつでミサを挙げた。ほかの聖職者たちも同様に、早暁祈禱の前の時間を利用して、それぞれ個人的に祈りを捧げていた。そのあとアセルスタンは儀礼服を脱ぎ、侍者の役を務めてくれたノーバートに礼を言い、高い祭壇のうしろの後陣に行った。蜜蠟ろうそくと香の甘いにおいがまだただよっている。予想していたとおり、赤いカーペットの上の大きな木の柱に柩《ひつぎ》が載っていて、〝ロジャー修道士、一三七九年死去〟という言葉が蓋に刻まれていた。アセルスタンはなめらかな松材の柩をなでた。今日じゅうに厳粛な鎮魂ミサが挙げられ、ロジャー修道士の遺体は内陣の下の広大な地下納骨所におさめられて、修道院のほかの故人とともに眠ることになる。

アセルスタンがその場にたたずむあいだに、ほかの修道士たちがやってきて、祈禱台にひざまずき、死亡した仲間のために個人的な祈りを捧げた。彼らが聖務日課に呼ばれてみな去っていくまで待ち、それからアセルスタンはひざまずいた。祈るためというより、聖歌隊席に集まって詩篇を唱えているみんなから隠れているためだった。後陣を見まわした。半円形の巨大な壁が祭壇の背後をとり巻き、その壁龕《へきがん》には使徒の像が立っている。奇妙だ、と思った。アルクインがこの後陣で祈っているあいだに姿を消したとは。それに、聖アーコンウォルド教会でも内陣が大きな謎を秘めているとは。もう一度、使徒の像を見る。集中しろ、と自分自身に言い聞かせた。聖アーコンウォルド教会のことはほうっておけ！　アルクインはここで祈り、そのあと姿を消した。ロジャー修道士は、「十二のはずだった」と言っていた。何のことを言っていたのだろう？　アセルスタンは深い木の柩をじっと見つめ、振り向いて壁を見た。ある考えが浮かんできた。

「そんな馬鹿な！」とつぶやき、指を唇に当てた。「ああ、そうだ！　当然だ」腕組みをして興奮を抑え、礼拝が終わるまで辛抱強く待った。みんなが大食堂で朝食をとるためにぞろぞろと出ていくと、アセルスタンは急いで宿坊にもどった。

「ジョン卿！」ドアから飛びこみながら叫ぶ。「ジョン卿、もうたっぷり寝たでしょう！」

大きな音が聞こえた。検死官が巨大な樽のように、ずしんずしんと音をたてながら階段を下りてきた。

「まったくもう！」クランストンはわめいた。「哀れな法務官は寝かせてもらえないのか？」

寝ぼけ顔をこすり、アセルスタンをじっと見た。「何か発見したんだな？」

「ええ、ジョン卿」

クランストンは半ズボンの紐を結びながら、ぶらぶらと台所に入ってきた。クランストンがブーツをはいていないところを見るのはこれがはじめてだ、とアセルスタンは気づいた。ゆったりしたシャツ、膨らんだ半ズボン、ストッキングをはいた足――検死官はますます赤ん坊の息子そっくりに見えた。

「何をにやにやしている、このいまいましい修道士め！」

「なんでもありません、ジョン卿。まあ、おかけください」

「腹が減っているんだ」

「待つように、腹に言ってくださいよ」

「それじゃ、ハチミツ酒でも？」

「空きっ腹に飲んではいけません。モード夫人がなんとおっしゃるでしょう？」

「かまうもんか！」

「そうおっしゃっていたと、奥さまにお伝えしましょうか？」

クランストンは親指を嚙んだ。

「水で割ったエールを飲ませてくれたら、話を聞いてやるよ」

アセルスタンはエールを出してやり、内陣の祭壇のうしろでたどり着いた結論について話して聞かせた。検死官は最後まで話を聞き、愛情をこめて彼の肩をたたいた。

「わたしもまさにそう考えていたんだ。その線を追ってみようかとも思ったんだが、あまりにも突拍子もないように思われてね。まあ、修道院長もびっくりだろう。彼の許可が必要だな」

「まだ早いですよ。三時課のあとにしましょう」

クランストンは立ちあがった。「それならわたしは身を清め、朝食を食べてこよう。いっしょに来るか？」

「いいえ、ジョン卿。厨房に、わたしの分まで食べるとおっしゃってください」

クランストンがのっしのっしと騒々しく階段を上がり、顔を洗ったり服装を整えたりしに行くと、アセルスタンは前の日にフィッツウルフから渡された羊皮紙を調べにかかった。記入されている内容は情けないほど貧弱で、自分がやっていることと似かよっていたが、シオボルド神父はものごとを系統立ててやる感覚がほとんどなかったようだ。くたびれた病身の男だったらしく、死者を埋葬したり、墓地に遺体安置所を建てたり、屋根を当座しのぎに修理しようとすることがおもな関心事だった。ようやくアセルスタンは、ほかの記入事項のところまで来た。どうやらシオボルド神父は内陣を修理しようと思ったらしく、A・Q・Dから石材を購入したという記録があった。日付を見ると、一三六三年九月。そのあと、一連の支払いがつづいている。〈内陣に石材を敷く手間賃として、A・Q・Dに六ポンド〉アセルスタンは、その一行やほかの記入事項を指でたどった。

「なるほど」とひとりごとをつぶやいた。「でも、A・Q・Dって誰だ？」

新たな考えが浮かんできて、一三六四年一月まで記入事項をたどり、シオボルド神父が死者のためにミサを挙げた代金として受けとった金額を捜した。だが、病死したり殺されたり、謎の失踪を遂げたりした若い女性の名前は見あたらなかった。

彼は帳簿を押しやり、食事に行ってくるぞと大声で怒鳴るクランストンに上の空でうなずいた。クランストンが外に出てドアを閉めるまで待ち、それから立ちあがって二階の部屋に行き、ベッドに横になった。検死官はしばらくもどらないだろう。邪魔されずに、昨日のできごとを検討したかった。見聞きしたものが記憶のなかの何かを思い出させるが、なんだろう？　まず、果樹園でロジャーの遺体を発見したときのことにもどり、そのあとのできごとを順にたどった。ついにそれが見つかると、驚いて微笑んだ。あっ、そうか！　階下にもどり、シオボルド神父の帳簿に記載されていることを見た。そして跳びあがり、子供のように手をたたいた。「なるほど！　やっぱり！　あれをとり去れば、すべてが崩れるぞ！」

とてもうれしくて興奮が抑えきれず、修道院の敷地に長い散歩に行くことにした。てきぱきと歩き、陽気に挨拶したので、日常業務に励んでいる平修士たちは驚いた。厩《うまや》に行き、フィロメルが修道院の収益を食いつぶそうとしているのを見てうれしくなった。馬丁係の骨張った平修士は、老いた軍馬もクランストンの馬もちゃんと面倒を見ていますよ、と請け合った。宿坊にもどると、クランストンが待っていた。

「やけにうれしそうだな、修道士」

「進展があったんですよ、ジョン卿。進展しています。城を包囲している王のような気分です。

城壁が崩れはじめていますから、じきに強行突破できるでしょう」

「わたしの謎はどうなった？」クランストンは文句を言った。「まだです。でも、何ごとにも潮時というものがあるんですよ」

アセルスタンの視線は羊皮紙とペンにさまよった。

托鉢修道士は腰を下ろし、秘密の略語を使い、自分の考えを書き連ねてまとめはじめた。クランストンは大ジョッキにもう一杯、ハチミツ酒を飲み、小さな樽を空《から》にして、どさりとスツールに腰を下ろし、憂鬱そうに物思いにふけった。

フィッツウルフと対決し、シティを長々と歩いたために、クランストンはモード夫人の怒りを忘れていたが、いまや彼女の言葉の重要性がひしひしと身にしみた。昨日のあの場面など、この問題をうまく解決できなかった場合のモード夫人の怒りと比べたら、なんでもないだろう。検死官はアセルスタンが目覚めた直後に目を覚まし、朝の大半を、そして朝食を食べるというもっとも神聖で個人的なおりでさえ、どうすれば〈緋色の部屋〉の謎は解けるのだろうと思いながらすごしていた。何の進展もなかった。受けて立った賭をどうすべきだろう。千クラウンを工面することなどできない。そう思うと憂鬱だった。アセルスタンは教会のネズミ並みに貧しい。モード夫人の親戚に頼みこむのはじつに屈辱的だ。となると、ジョン・オブ・ゴーントが助けてやると言っているのを受けいれるべきなのだろうか、それとも払うべきものを払わない卑怯者として退けられるべきなのだろうか？　クランストンは歯ぎしりをした。「くそっ！」とつぶやき、いまは自分の考えに没頭しているアセルスタンをにらんだ。大ジョッキをどすんと置き、外に出てたたずみ、修道院の鐘の音に耳を澄ました。

「こんなところにいてはいけない。自分の部屋にもどり、自分の面倒を見ているべきなんだ」

突然、アセルスタンがそばに来て、腕をとった。

「さあ、ジョン卿。一度にひとつずつですよ。ふたりでサヴォイ宮殿に行くまでに、一週間くらいありますから」

クランストンはほっとして、「ふたりで?」と望みをこめて訊いた。

「もちろんです。卿がしくじるときには、わたしもその場に居合わせないと。でも」検死官の腕を放し、ぽっちゃりした肘をぎゅっと握った。「神が助けてくださいますから、万事うまくいきますよ。さあ、行きましょう、修道院長がお待ちかねです」

院内総会の面々はアンセルム神父の部屋に集まり、アセルスタンがはじめて会った日のように、グループになっていた。ピーター修道士とニール修道士は、いまや心配そうに押し黙っている。ヘンリー修道士は沈着冷静だが、宗教裁判所の裁判長とユージェニアス修道士は猟犬のように坐り、アセルスタンとクランストンをにらんでいる。

「またひとり死んだ」ユージェニアスが歌うように言った。「で、どんな進展があったんだ、アセルスタン?」

アンセルム修道院長がこつんとテーブルをたたいた。「彼に話させよう、ユージェニアス、そしてもっと節度ある態度をとろう。まず手始めに祈ろうじゃないか」修道院長は胸に十字を切り、ほかの面々にもいっしょに祈るよう強要し、導きと助言をもとめて聖霊に短い祈りを捧げた。「さて」彼はてきぱきと再開した。「アセルスタン、この会合を要求したのはきみだ」

「ここにお集まりいただき、修道院長をはじめみなさまにお礼を申しあげます。まず、ヘンリー修道士、論文は拝読しました。明快な優れた論文で、異端と見なすのは難しいと思います。第二に、カリクスタスは図書室で誤って転落したのではありません。落とされたあと、燭台で頭蓋骨を割られたのです」片手を上げ、動揺した人々の質問を制した。「わたしがその燭台を見つけ、検死官殿が検分し、証拠として認めました。第三に」彼は宗教裁判所の裁判官たちの傲慢な笑みを無視し、先をつづけた。「ロジャー修道士は亡くなりましたが、自殺したのではありません。首を絞められ、そのあと自分で首をくくったかのように見せかけられたのです。

「第四に、彼の死やほかの修道士の死はこの総会と関係がありますが、なぜ、どのように関係しているのかはまだわかりません。ブルーノやロジャーやカリクスタスが亡くなった日に、修道院長をはじめ、ここにいらっしゃるみなさんが何をしていたか、説明するよう要求することはできますが、ブラックフライアーズは大きな共同体で、いろいろな建物が不規則に広がっています。申し立ての裏づけをとるのは、たとえ可能だとしても、延々と時間がかかるでしょう」

「アルクインのことは言っていないな？」ニール修道士が大声をあげた。いきなりの発言だったので、軽快なケルト語の訛りが丸出しになっていた。

「そうだ」ユージェニアスが言い添えた。「アルクインが殺人犯でないことが、どうすればわかる？　彼はまだブラックフライアーズのどこかに潜んでいるのかもしれない。なんと言っても、アセルスタン、きみ自身も言ったように、ここにはいろいろな建物が不規則に広がっているんだ。誰も行かないとは言わないまでも、めったに行かないような隠れ場所や人目につかないところがいくらでもある」

「そんな馬鹿な！」アンセルムがぴしゃりと言った。

「いいえ、修道院長、ユージェニアスさんのおっしゃるとおりです」アセルスタンは口をはさんだ。「アルクイン修道士はまだここにいます、ただし死んでいますが」

「どこに？」みないっせいに言った。

「修道院長、ロジャーのための鎮魂ミサはいつ挙げられますか？」

「今日の正午だ。明日はカリクスタスを埋葬するし、明後日まで先送りにするわけにはいかない。教会は非常に厳格なんだ。日曜日に鎮魂ミサを挙げてはいけないことになっている」

「それなら、埋葬はぜひ月曜日にするようにしてください」

「なぜだ？」

「内陣の下の地下納骨所をあけて、ブルーノの柩をとりだしたいからです。それをあければ、アルクイン修道士が見つかるでしょう」

「聖所侵犯だ！」宗教裁判所の裁判長が叫んだ。「冒瀆だ！　アセルスタン、きみは薄氷を踏んでいるんだぞ」

「裁判長殿、聖所侵犯かどうかは、無礼を働く意図があったかどうかの問題でしょう――意図があれば、すべて罪です。わたしはブルーノ修道士に無礼を働くつもりはありません。彼が安らかに眠りますように」アセルスタンは修道院長に訴えた。「わたしがここに呼ばれたのは、真相を探り、恐ろしい謎を解決するためでしょう。ブルーノ修道士の柩はあけなければなりません」

「異議あり！」宗教裁判所の裁判官たちは異口同音に言った。

修道院長はテーブルを指でたたいた。「アセルスタンの願いに反対する理由はない。この件は解決しなければ。きみが間違っていたとしても、修道士、失うものは何もないよ。しかし、きみの言うとおりだとしたら、いくらかの進展はあるかもしれない」アンセルム神父はハンドベルをとりあげ、鳴らした。

雑用係が入ってくると、アンセルムは指示をささやいた。雑用係はショックを受け、驚いて彼を見つめた。

「言うとおりにしなさい」修道院長は命じた。「ノーバート修道士に伝えて、きみ自身であとふたりほど調達するんだ。彼らに沈黙を誓わせて、わたしが指示したことを実行するように」

雑用係が立ち去ると、すぐにアンセルムは一同を見まわした。

「ほかに何かあるかな、アセルスタン？」

「はい、あります。ですが、ジョン卿とわたしと院長だけの話にしていただかないと」

「なぜだ？」ウィリアム・ド・コンチェスが大声をあげた。「宗教裁判所の裁判長として、わたしも立ち会うことを要求する」

「あんたがどんな役職だろうと、関係ない！」クランストンが声を張りあげた。「この修道院は教会法のもとに置かれてはいるが、イングランドにあり、統治なさっているのは国王陛下だ。

わたしはこのシティにおける国王の主任法務官として、修道院長だけ同席するよう要求する」

「よかろう」アンセルムはきっぱりと言った。「修道士諸君、あとで内陣で会おう」

アセルスタンは、全員が出ていき、ドアが閉まるまで待った。

「何ごとだ、修道士？」修道院長は訊いた。

「院長、ヒルデガルトという名前が気になるんです。ブラックフライアーズで、誰かその名前に心当たりのある人はいるでしょうか？」

「イングランドの名前ではないな」クランストンが口をはさんだ。「わたしは陪審員や納税者のリストで、人の名前をたくさん見ている。ヒルデガルトというのはドイツ人の名前だ」

修道院長は目をこすった。「その女性はどういう人間だと思う、アセルスタン？」

「わかりません。もしかしたら尼僧院長か、聖人のひとりでしょうか」

「そういう人間が信仰されているという話は聞いたことがないな。だが、ここには老学者がいるよ、ポール修道士だ。彼を憶えているだろう、アセルスタン？　いまは病気で、ほとんど目が見えず、寝たきりだ。時間の大半を施療所ですごしている。でも、行ってみよう。彼の頭はまだ鋭いから、記憶を呼び覚ませるかもしれない」

修道院長はふたりの先に立ち、回廊に囲まれた中庭を抜け、横手の小さなドアを通り、花の咲き乱れる庭を横切って、二階建ての施療所に行った。砕いた薬草や石けんや糊のいいにおいがしたが、ある種の薬の苦いにおいも混じっていた。看護人は三人を二階に連れていき、細長い部屋に入った。両側にずらりとベッドが並び、それぞれがカーテンで隠されている。アンセルムが何ごとか看護人に耳打ちすると、看護人は遠くの端にある小部屋を指さした。緑色の縁取りがある白い布が、ぴかぴかの真鍮の棒から吊されて、その小部屋を仕切っていた。

「ポール修道士はあそこにいます。体調はいいですよ。ときどきは庭で坐ってもいいことになっているんです」

アンセルムはアセルスタンとクランストンをうしろに従え、磨かれた明るい床を大股に横切って、布を引きあけた。老人が横たわり、頭を長枕に載せていた。トンスラにしている髪はまっ白で、顔はやせて頰骨がとがり、かつて輝いていた目はいまでは乳白色の膜で覆われている。

「どなたかな？」声は驚くほど力強かった。

「修道院長です。友達をふたり連れてきました。ジョン・クランストン卿と若いアセルスタンです」

クランストンはからかうように相棒をつついた。

「若いアセルスタン、だと！」口まねをしてささやく。

「あんたのことは存じあげているよ、クランストン」ポール修道士は顔をこちらに向けた。「わしはニューゲートやフリートやマーシャルシーの監獄でよく働き、有罪判決を下された重罪人の告白を聴いたものじゃ。ご存じかな、あんたはいつもあん畜生と呼ばれていたよ」歯のない口をあけて笑った。「ただし、公明正大で同情心まであるあん畜生だが！」

クランストンはほかのふたりを押しのけ、ベッドのそばにしゃがんだ。

「こちらこそ、あなたのことを憶えていますよ。判決を再検討するよう、いつも主張しておりれましたね。あなたのおかげで、大勢の男が絞刑吏の縄から救われたんだ」

老托鉢修道士はからからと笑い、手をさしだしてクランストンの肩に載せた。

「まだ相変わらずほっそりしているのう、ジョン卿」ポール修道士は手を動かした。「アセルスタン、どこにいる、この青二才め」

アセルスタンは、静脈の浮いたしみだらけの手を握った。昔のポール修道士を思い出し、目に涙が浮かんだ。アセルスタンが修練士だったころ、ポール修道士はすでに老人だったが、強健で頭脳も鋭く、舌鋒も冴えていた。修練士たちに哲学や神学を講義し、四大課目である算術、音楽、幾何学、天文学を教えていたものだ。

「まだ星を研究しているのか？」

アセルスタンは老人の手をなでた。

「詩篇を引用していらしたのを、いつも思い出しているんですよ。『主の道が誰にわかるだろう？　天もその光も地上よりいと高きところにあり、主の道もまたいと高きところにあるのだから』」

「その引用は間違っておるぞ！」老托鉢修道士はきっぱりと言った。「おまえはいつも夢見がちだったな。それはともかく、わしに何が訊きたいんじゃ、この病気の老人に」

「ヒルデガルトという名前にお心当たりはありますか？」

ポール修道士はけらけらと笑った。

「おまえはわしの若いころの罪をほじくり返すためにここに来たのかな？」鼻を鳴らし、アセルスタンの声のほうに顔をめぐらした。「目は見えなくなったが、わしの記憶はまだ鋭いぞ。ヒルデガルトというのは、おなごの名前じゃ。わしはおまえを憶えておる、黒い目で柔和な心の持ち主だった。愛について、わしが教えたことを憶えておるか？　心から愛する人に出会うことが、聖職者にとってどんなに恐ろしいことになりかねないかを？」老托鉢修道士は顔をそむけ、骨張った指で頬をさすった。「わしは昔、ヒルデガルトというおなごを知っておった。天使のような顔で、じつに意地が悪かった」からからと笑う。「だが、それはおまえが捜しているヒルデガルトではあるまい？　おまえが捜しているのは、プロイセン人の女で、尼僧院長だ。時代は——はてさて——百二十年か百五十年ほど前になるかのう」間を置き、見えない目を天井に向けた。

「ほかにどんなことを教えてもらえますか？」修道院長が訊いた。

老人は疲れたように首を振った。「もう何も教えてやれることはないよ、修道院長、だが図書室へ行けばわかるだろう。そうそう、図書室で調べてみるといい」手がだらりと垂れた。「何年も前からその名前を知っていたが、なぜなのかはわからない」

アセルスタンは彼の手をとり、そっと握った。

「ありがとうございます、ポール神父」

老托鉢修道士はアセルスタンの手首を引っぱった。

「神のご加護がありますように。お顔を見せて微笑んでくださいますように。おまえが生きているかぎり、祝福して守ってくださいますように」

彼はそっと手を引っこめ、三人は黙々と施療所をあとにした。アセルスタンは、ブラックフライアーズでの生活から受けた大きな恩義を、どれだけ忘れてしまっていたかに気づき、うしろめたくなった。外の花園で、クランストンは満開のバラを愛でに行った。アセルスタンは上司の腕をとり、せかせかとささやいた。

「修道院長、事件の関連性がいくつかわかりました。アルクインとカリクスタスは、ヒルデガルトという名前で結ばれています。カリクスタスは図書室で亡くなりましたが、はしごから落ちたせいではなく、燭台で殴られたせいです。はっきり言えば、カリクスタスはそのヒルデガルトに関する本か冊子を捜していたんでしょう」間を置いた。「そのヒルデガルトという名前が示すものこそ、ここで起きた殺人事件すべての根底にあるものだと思います」

修道院長は深呼吸し、青空を見上げた。「関連はわかったが、ヒルデガルトという名前が院内総会の会議といったいどういう関係があるんだ？」憤懣やるかたなく、両手をさっと上げた。「うちの図書室を見たことがあるだろう？　棚から棚へ本が並び、なかには三、四百ページもある厚い本もある。あそこを捜すには、一生かかりかねない。それに、カリクスタスが捜していたものを、暗殺者がまだ見つけていないことがどうすればわかる？」

「もしかしたら見つけてしまったかもしれませんが、楽観的に行きましょう。まだ見つけていなければ、くい止めたことになります。いま本を捜そうとしたら、われわれの注意を惹いてしまいますからね」

クランストンがもどってきた。露に濡れた咲きかけのバラを持っている。

「おっしゃったことは聞こえたが、修道院長、この老ジョン卿に論理というナイフを振るわせてくれないか。カリクスタスははしごのてっぺんにいたんだろう?」ぜいぜいと息をつく。「だから、てっぺんの棚に置いてある本を捜していたことになる。はしごが立てかけてあった位置はほぼわかっている」大きな腹を突き出し、「ゆえに」とアセルスタンのまねをして宣言した。「結論は一目瞭然である。カリクスタスは、そこの本のどれかに、その有名なヒルデガルトについて何か書いてあるのを発見したんだろう。いま、われわれは図書室で時間をすごすわけにはいかない。そんなことをしたら、獲物を警戒させてしまうからな。だが、わたしにハチミツ酒をとどけてくれたあのすばらしい修道士なら……名前はなんといったっけ?」

「ノーバートだ」

「そうそう、彼を使おう」

院長は同意し、三人は修道院の本館にもどった。アンセルム院長は雑用係を使者にして、図書室まで会いに来るようにという指示をノーバートにとどけさせた。図書室兼筆写室は、かなりがらんとしていた。そこで働いていた少数の修道士たちは、院長の依頼でひっそりと出ていった。ノーバート修道士は、じきに息せき切って駆けつけてきた。アセルスタンは若い修道士の腕をとり、カリクスタス修道士が倒れていた場所に連れていって、目の前にそびえる本棚を見上げた。

「ノーバート、礼拝堂での仕事がすんだら、上三段の棚にある本をすべてとりだしてもらいたい」その場所を指さした。「あそこにある本だけでいい。誰にも目撃されずに、必要とあらば一度に一冊ずつ、宿坊に運んでくれ。わかったか？」

若い修道士はうなずいた。アセルスタンは両手をこすり合わせた。

「よかった！」連れを見る。「きっとノーバート修道士は誰にも言わずに黙っていてくれますよ。さあ、行きましょう。礼拝堂にいる方々は、しびれを切らしているに違いありません」

アセルスタンの言ったとおりだった。院内総会の面々は内陣の聖歌隊席に坐り、仲間同士でぶつぶつとぼやいていた。一方、高い祭壇のうしろでは平修士が顔を真っ赤にし、汗をかきかき地下納骨所の上の敷石をこじあけようとしている。ノーバートも加わった。修道院長がとりとめもない雑談をしているうちに、ついに汗まみれの平修士が大声をあげた。「修道院長、準備完了です！」

アセルスタンやクランストンたちは、高い祭壇のうしろにまわった。ロジャーの柩は片側に寄せてあり、赤いカーペットはめくられ、敷石も、それを下で支えている樫の梁《はり》も持ちあげられていたので、いまでは地下納骨所がぽっかりと口をあけていた。ノーバート修道士と仲間たちは、今度は二本のはしごを持ってきて、用心深く地下納骨所に下りた。修道院長が灯っているろうそくを手渡す。クランストンは見下ろしてふるえた。柩が並んでいるのがちらりと見え、地下納骨所が広大な霊廟だと気づいたのだ。縄がくねくねと下ろされた。

「ブルーノ修道士の柩が見つかりました！」ノーバートの声は幽霊のようにうつろに聞こえ、まるで奈落から話しかけているかのようだった。

ずるっとすべる音、軽くぶつかる音、そしてくぐもった悪態が聞こえてきた。ノーバートと平修士がふたたびあらわれ、縄を投げあげたあと、後陣まで上ってきた。「ブルーノ修道士の柩はいま、この真下にあります」ノーバートはあえいだ。「でも、人手が必要です。ものすごく重たいんです！」

修道院長の命令で、クランストンやアセルスタンをはじめ、全員が縄を引っぱりはじめた。大変な作業だとわかった。松材の柩は鉛のように重かったのだ。

「もちろん」修道院長はあえいだ。「柩を下ろすのは簡単だ」かすかに微笑んだ。「でも、柩を上げる必要があろうとは、誰が思うだろう？」

その場の全員で縄を引っぱってもなお手に余る作業だと判明したので、修道院長はもっと人手を投入することをしぶしぶ認めた。一同がしばらく休み、縄をふたたび下ろすあいだに、もっと助っ人を探すよう、ノーバートが派遣された。

「かまわないだろう」修道院長は肩をすくめた。「どうせ、修道院じゅうに知れわたるんだ」

ノーバートがもどってきた。修道院長は新しい助っ人たちに、沈黙を守るように言った。今度はほかの平修士たちがはしごを下りて地下納骨所に入り、ついに大きな松材の柩が地下から上げられ、後陣の片側に置かれた。修道院長は全員に礼を言い、ノーバート修道士だけを残して平修士をみな退出させた。アセルスタンは腕と肩が痛かった。クランストンはプラムのように真っ赤な顔で、顔と首が汗みずくになっていた。

「白ワインでも一杯やりたいものだ。なあ、アセルスタン！　ブルーノ修道士ときたら、墓に入るのよりも出るほうをいやがっているようじゃないか！」

「それには理由があるんですよ、ジョン卿」

アセルスタンは修道院長を待たずに柩のところに行き、クランストンから短剣を借りて蓋をこじあけにかかった。不快な腐敗臭が後陣に流れはじめ、みな彼がしていることを見て文句を言うようになった。修道院長は異を唱えようと口をあけたが、アセルスタンは傲然と無視し、クランストンの手を借りて作業をつづけた。クランストンはマントを首に巻いて口と鼻を覆い、だんだん強くなる腐敗臭を嗅がないようにした。批判的な声が高まると、マントを下ろし、腹立たしげにみんなに怒鳴った。「においがたまらないのなら、香でも焚けばいいじゃないか！」

修道院長は同意した。香炉と木炭と香が運ばれてきた。木炭が点火されて真っ赤に熾ると、周囲に香が撒かれた。ついに柩の蓋がゆるんだ。アセルスタンが蓋を押しやり、喉を詰まらせてわきへよけるあいだにも、澄んだ水に泥が流れこむように、香の焚きしめられた後陣に恐ろしいにおいが流れていった。

「うわっ、たまらん！」クランストンはつぶやいた。

アセルスタンは鼻をつまみ、もどって柩の蓋ごしに見た。

「これまで恐ろしい光景はいろいろと見てきたが」クランストンは言い放った。「こんなにひどいものは……」

ブルーノ修道士の腐敗した遺体が薄いガーゼのシートに包まれて横たわっていたが、その上にアルクイン修道士の遺体がうつぶせになっていた。ガスがたまり、どんどん腐敗が進んでいる。悪臭がひどく、見るからに腐敗しているにもかかわらず、アセルスタンは手を伸ばし、殺害された男の後頭部にそっとさわった。

「ああ、聖母マリアの息子たる優しいイエスのお慈悲がありますように。神があなたの罪をすべてお赦しくださいますように！」

アセルスタンは見下ろした。かつては知っていた男、ともに祈り、ともに飲み食いした男がいまは残忍に殺害され、その遺体は薄汚れたぼろ切れのように柩に押しこまれている。半ば押すようにして遺体をそっとひっくり返したが、見つめている目や青黒い顔、突き出ている膨れた舌は見ないようにした。死んだ托鉢修道士のガウンの襟を引き下ろすと、首を絞めた紐の痕が細く紫色になっていた。

「おやおや、修道院長！」クランストンが大声をあげた。

アンセルムは顔面蒼白になり、恐怖で目を見開いて、その場に根が生えたように突っ立っていた。ほかの面々は見ることもできず、祭壇の反対側にもどっていたが、ノーバート修道士だけは違った。

「きみはしっかりしているようだ」クランストンはつづけた。「さあ、埋葬用のシートと柩をとってこい。ほら、早く！」

ノーバートが走り去ると、クランストンはアセルスタンの腕をとった。

「おい、修道士」優しい口調だった。「行っておやり。修道院長がきみの助けを必要としているぞ」

アセルスタンは醜くなった遺体から無理やり目を離し、アンセルム院長のところへ足を運んだ。

「修道院長」アンセルム院長の手を握ると、氷のように冷たかった。「いっしょにいらしてください」院長の肩をつかみ、きつくゆする。「もう、ここでわたしたちにできることは何もないんです」

第十章

修道院長はおびえた子供のように、導かれるがままになっていた。聖歌隊席まで来ると、不思議そうに仲間を見た。恐ろしいものを目撃したことが、ようやく身にしみてきたのだろう。片手で口を覆い、足早に身廊を歩いて、教会の正面ドアの外で嘔吐した。

アセルスタンはその場にたたずみ、ほかの面々を見守った。ヘンリー・オブ・ウィンチェスターは、両手で頭を抱えて坐っている。ニール修道士とピーター修道士は真っ青な顔でうずくまり、ひそひそと言葉を交わしている。宗教裁判所のふたりの裁判官は藁人形のようにだらりと坐り、うつろに内陣を見つめている。アセルスタンは無理やり緊張を解き、深呼吸をして胃を落ちつかせ、あまりの冒瀆に大声でわめきたくなるのをこらえた。

ノーバートたちが、キャンバス地のシートと新しい柩《ひつぎ》を持ってもどってきた。アセルスタンは、クランストンに検死官としての権威があることを神に感謝した。ノーバート修道士はアルクインの遺体を革の屍衣で包み、縄をいくらか切ってしっかりと遺体をくくり、新しい柩におさめた。そのあと赤熱している木炭に香を山ほどくべたので、まるで祭壇の裏でたき火でも燃えさかっているかのように見えた。かぐわしい煙が立ちのぼり、あたり一面にただよう腐敗臭をかき消した。

身廊の先の正面ドアのほうを見ると、そこには修道院長がうずくまり、気持ちを落ちつけようとしていた。クランストンとノーバートはしばらく姿を消した。ふたりが聖具室のドアから出ていく音が聞こえ、やがて検死官がもどってきた。そのうしろにつづいているノーバートは、ワインの入った大きな水差しと、カップが九つ載っているトレイを持っていた。

「修道院長を連れておいで」クランストンがささやいた。「こっちへもどってもらうんだ」

アセルスタンは言われたとおりにした。修道院長はいくらか落ちつきをとりもどしたようで、手は温かく、顔にも少し血色がもどっていたが、激しく嘔吐したために目にはまだ涙がたまっていた。

「ああ、アセルスタン」ふたりでゆっくりと内陣にもどりながら、修道院長はささやいた。「神がわたしをお赦しくださいますように！　大きな修道院の運営に没頭するあまり、人間の悪意がどのくらい恐ろしいものか、罪の結果がどんなにひどいものか、忘れていたよ。あんなことができたのは誰だろう？　アルクインのような哀れな聖職者を、ここで、神の目の前で殺害するとは。キリストの聖域で。そのあと彼の遺体とブルーノの遺体を冒瀆するとは。誰なんだ？　誰にそんな邪悪なことができたんだ？」

アセルスタンは彼を聖歌隊席のひとつに優しく案内した。クランストンは勢いよくワインをカップに注ぎ、ひとりずつカップを突きつけていった。そして最後にノーバートと自分のために注いだ。

「きみはいい男だ」クランストンは大声で言い、若い修道士の肩をたたいた。「つねづね考えているんだが、アセルスタンは聖アーコンウォルド教会でちょっとした手助けが必要だし、わたしもシティのさまざまな事件で手助けが必要だ。きみはうってつけの男だ」にこにことあたりを見まわした。「さあ、みなさん。きみも、アセルスタン、腰を下ろしてワインを飲んでくれ。聖パウロも言っているように、『胃のために』」自分のワインを一気に飲み干し、そのあとウィンクしながらなみなみとおかわりを注いだ。

「ここは神の家だから、ワインなど飲むべきではない」ウィリアム・ド・コンチェスが大声をあげた。ようやくショックから立ち直ったようだ。

「イエスは気になさらんだろう！」クランストンは一喝した。「さて、アセルスタン修道士、きみの推測が正しかったことが証明されたわけだな」

「待ってくれ！」修道院長が口をはさんだ。「ノーバート修道士、ジョン副院長のところに行って、わたしがこの教会を封鎖したいと言っていると伝えてくれ。誰も入ってはいけない。ふたりの修道士をちゃんと埋葬するまで、ここではミサも挙げないし、聖務日課もおこなわないと。さあ、早く！　ワインを飲み終えて、行ってきてくれ！」

ノーバートは言われたとおりにした。アンセルム院長は聖歌隊席にもたれた。

「先をつづけてくれ、アセルスタン」

クランストンはそばに行き、アセルスタンに耳打ちした。アセルスタンはにっこり笑ってうなずき、説教をする聖職者のように、聖歌隊席の前に立った。

「アルクイン修道士が亡くなったのは、院内総会について何か重要なことを知ったからです」

「たとえばどんなことを？」ヘンリー修道士がたずね、大きな黒い目に不安の色をたたえて身を乗り出した。「アルクイン修道士はどんなことを知ったために非業の死を遂げ、こんなぞっとする事態を招くはめになったんだ？　わたしが書いたことの何がそんなに危険なんだ？」宗教裁判所の裁判官たちをにらんだ。

「きみが書いたものには異端の説が含まれている」ウィリアム・ド・コンチェスが振り向いて答えた。

「いいえ」アセルスタンは片手を上げた。「その件はひとまず置いておきましょう。ヘンリー修道士、あなたの質問に答えることはできません。推測できるのは、ブルーノ修道士がアルクイン修道士のかわりに死んだということだけです。聖具係のアルクインはそのことに気づき、怖くて心配になったため、ここに来て祈ったのです」

「彼はよくここで祈っていたよ」修道院長がそっと言った。「聖具係をやっている利点のひとつがそれだと言っていた、邪魔されずに祈ったり働いたりできることだと」

「そのとおりですね」アセルスタンはつぶやいた。「亡くなった日に、アルクインは教会に入り、いつものようにドアに鍵をかけました。祭壇の向こうに行き、祈禱台にひざまずいて、導きを祈るとともに、気の毒なブルーノの魂が安らかに眠るよう祈ったのでしょう。さて、アルクインは知らなかったのですが、教会のなかにはもうひとり人間がいました」

「どこに？」ヘンリー修道士が訊いた。

「いい質問だ！」ユージェニアスが叫んだ。「アルクインは何の抵抗もせずに、むざむざ殺人犯に襲われたのか？」

「いいえ、そのことならわたしも考えました。だからこそ、彼が祈禱台にひざまずいていたと言ったんです。暗殺者が隠れられるのは、後陣のなかだけです。後陣の奥にある壁の、壁龕《へきがん》の一カ所に立っていたんです。あそこには像がありますが、アルクインのような人間がどれだけ頻繁に調べてみるでしょう？　像は等身大で、教会の一部になっています。あの日は暗殺者も黒っぽいマントを着て、あそこに立っていたのでしょう。物音もたてず、身じろぎもせず、像のように」アセルスタンは間を置いた。一同はみな首を伸ばし、彼が言っている壁龕を祭壇ごしにじっと見た。

「たしかにあの壁龕は深い」ニール修道士が意見を言った。「そうだ、きみの言うとおりだ、アセルスタン。黒っぽいローブを着て、この乏しい明かりのなかであそこに立っていたら、しばらくは隠れていられるな」

「下手人はそっと出てきて」アセルスタンはつづけた。「アルクインを殺害しました。時間はどのくらいかかるでしょう、ジョン卿？」

検死官は顔をしかめた。「数秒以上はかからないだろうな。短剣のいちばん恐ろしい点は、驚きを引き起こすだけでなく、あっという間に命を奪ってしまうことなんだ」

アセルスタンは一同の顔を見守り、クランストンの嘘に対する反応を探したが、変わった点は何も見られなかった。

「あとは簡単でした」アセルスタンはつづけた。「暗殺者はアルクインの遺体を処分しなければばならなかった。今朝、わたしは哀れなロジャーの柩の前で祈っているあいだに、柩がどれだけ深いか気づきました。暗殺者もおなじことに気づいたに違いありません。ひょっとしたら、遺体をそのまま地下納骨所に落とす予定だったのかもしれませんが、ブルーノ修道士の柩の留め金をはずすほうが簡単でした。アルクインの遺体を押しこんでも、ふたたび封印することはたやすかったでしょう」

「でも、そんなことをしたら重くなるじゃないか?」ウィリアム・ド・コンチェスが大声で言った。

「はい、でもそのことに誰が気づいたでしょうか?」アセルスタンは答えた。「さっき柩を上げようとしたとき、わたしたちは、やけに重い、と思いました。でも葬送ミサや最後の清めのあと、柩はそのまま地下納骨所に下ろされたのです。通常ですと、どれくらい時間がかかりますか、修道院長?」

「せいぜい数分だな」

「平修士たちはもちろん重さに気づいたでしょうが、だからといって柩を下ろすのにそれほど負担が増えるわけではありませんから、一時的な気のせいとして頭から追い払ったでしょう」アセルスタンは話すのをやめ、ふたたび祭壇ごしに一同を見つめた。「さて、下手人は鍵のかかった教会のなかに閉じこめられてしまいました。気の毒なアルクインの遺体を調べれば、鍵束がなくなっていることがわかるでしょう。下手人が鍵を手に入れ、あとで処分したのです。それはともかく、ロジャーがやってきたのが妨げになり、下手人はふたたび壁龕に隠れました。

ロジャーは聖具室を通って後陣に入ってきたのです。気の毒なことに彼は頭が鈍かったのですが、そういう人はえてして周囲のことに注意深く目をとめるものです。まるではじめて見るものであるかのように、見つめる傾向があるのです。ロジャーは上司がいるものと思っていたのに、見つからなかったので、だんだん心配になり、あたりを見まわしました。何かが彼の記憶を揺さぶりました。たぶん彼はいつも、像の数を数えられるのを誇らしく思っていたのでしょう」

「なるほど！」ピーター修道士が大声をあげた。「十二使徒ではなく、十三体あったんだ！」

「当てずっぽうですが、彼がそのことに気づいたのはあとになってからです。そのときは教会を走りまわり、後陣から身廊へ、アルクイン修道士を捜したでしょう。彼がもどってきたときには、下手人はこっそりと聖具室を抜け、教会から出ていました」

みなアセルスタンを見つめた。

「わたしの書記が」クランストンは堂々と告げながら、自分のカップにまたもやワインを注いだ。「わたしの推論をみごとに表現してくれた」

アセルスタンは頭を下げた。顔を上げると、ピーター修道士もニール修道士もうなずいて賛意を表明していた。ヘンリー・オブ・ウィンチェスターは、ひたすら感心して微笑んでいる。ユージェニアスは疑わしげな顔をしていたが、ウィリアム・ド・コンチェスの目には賞賛の色が輝いていた。

「これからどうします？」ヘンリー修道士が訊いた。

「さあ」アセルスタンは答えた。「ジョン卿とわたしは小路の突き当たりまで来ましたが、煉瓦の壁が立ちはだかっているばかりです」さっと修道院長を見た。「院長、わたしたちにはもう何もできません。明日は土曜日。もうしばらくここにいることはできますが、月曜日には聖アーコンウォルド教会にもどらねばなりません」クランストンをにらむ。「そうですよね、ジョン卿？」

検死官は眉根を寄せ、目をぱちくりさせた。抗議しようとしたが、アセルスタンはさっさと修道院長に別れを告げ、高い祭壇のほうに片膝をついて一礼し、すたすたと早足に教会を出た。クランストンは息を切らしながらあとを追った。無事に宿坊にもどるまで、アセルスタンは口をきこうとしなかった。

「このまま帰るつもりなのか？」検死官は大声をあげた。

「もちろん、そうじゃありませんよ。でも、下手人はあの教会にいた誰かです。わたしたちは途方に暮れたふりをしていなければなりません。ヒルデガルトのことや、ポール修道士から教わったことを少しでも知っているようなそぶりを見せてしまったら、誰かほかの人が死ぬことになるでしょう。その誰かとは、わたしかもしれないんですよ。さあ、ジョン卿、ワインをもう一杯いかがですか？」

再度勧められるまでもなく、クランストンは矢のようにワイン貯蔵室に飛んでいった。うれしそうな歓声からすると、ノーバートがあらたにハチミツ酒を補充しておいてくれたらしい。クランストンを勝手に喜ばせておいて、アセルスタンは急いで二階に行った。大きな革表紙の本がすでに彼のベッドにもクランストンのベッドにも山積みになっているのを見て、顔がほころんだ。

「ジョン卿」彼は呼んだ。「今日と明日は神学を勉強してすごしましょう」

クランストンは、なみなみと注がれた大ジョッキを手に、のっしのっしと階段を上がってきた。そしてノーバートが持ってきたものを見て、目をむいた。

「この全部に目を通さなければならんのか？」

「ええ、まだほかにもありますよ」

クランストンはそっと悪態をついた。「アセルスタン」懇願の口調だ。「こよなく優しい修道士よ、一週間後の夜、わたしはもう一度サヴォイ宮殿に行かねばならないんだ」

アセルスタンは背を向け、検死官に狼狽の表情を見られないようにした。これまでのところ、あの問題の解答は見つかっていないが、うまくいっていないことを嗅ぎつけられたら、クランストンが絶望の海に溺れるのを止めることはできない。ついでにクラレットの海に溺れることは言うまでもない。

「元気を出してくださいよ、ジョン卿！」彼は顔をめぐらし、大声で言った。「ある考えがあるんです」嘘だ。「でも当面は、手元の問題に集中しましょう」

「なぜだ？」クランストンは嚙みついた。

アセルスタンは振り向き、彼の前に行ってしゃがんだ。「ジョン卿、相手は殺人犯なんです。どうやって殺したのかはわかりましたが、なぜ殺したのかはまだわかりません。気づいていらっしゃいますか、誰についても手がかりひとつ、証拠の断片ひとつないんですよ。どうやらこれらの本に答えが書いてあるようですから、わたしは見つけるつもりです！」クランストンの手首をつかんだ。「先ほどは教会で、哀れなアルクインの遺体の面倒を見てくださって、ありがとうございました。死因を公表しない、と決断してくださったおかげで、いつか下手人を罠にかけることができるかもしれません。ほんとうです、罠にかけないと！」

クランストンは悲しげに同意した。ノーバートがほかの本と、クランストンの驚異的な食欲を満たす軽食を運んできた。クランストンとアセルスタンはほとんど宿坊にこもりきりで、ときどき散歩に出たり、教会に足を運んだりするだけだった。修道院長がやってきて、かならずもどってきてくれとアセルスタンに頼み、約束をとりつけると、ふたりの同輩をきちんと埋葬するよう手配するために帰っていった。

アセルスタンとクランストンは、つぎからつぎへ革表紙の本に目を通していった。

「ヒルデガルトという名前を探してください」アセルスタンは命じた。「その名前に関連しているものが見つかったら、すぐに教えてくださいね」

金曜日の大半と、土曜日丸ごと、日曜日の午前中の半分以上は、革表紙の本を一ページずつ丹念に見ていくことに費やされた。アセルスタンはどちらかといえば楽しかった。ふたたび学生になり、旧友と会っているような気がした。聖トマス・アクィナス（一二二五―七四、イタリアの神学者）やペトルス・ロンバルドゥス（一一〇〇頃―六〇、イタリアの神学者）の文章、ピエール・アベラール（一〇七九―一一四二、フランスの神学者）のみごとながら皮肉っぽい分析。彼らの著作は、ブラックフライアーズの何代にもわたるドミニコ会修道士の手で丁寧に筆写されていた。ときどき筆写係が、余白に自分の注釈を記入していることもあった。また、ときには〈寒い〉とか〈目がしょぼしょぼする〉とか、〈これは退屈だ〉とか、〈ああ、いつになったら夏が来るのだろう?〉などと、個人的な意見が書き添えられていることもあった。怪物像の顔を描き、同輩をからかっている筆写係までいた。百年以上前の修道院長は正真正銘の暴君だったらしく、ある筆写係はざっと縄の輪を描き、そこから上司をぶら下がらせていた。クランストンはじきに飽き、頻々《ひんぴん》と二階と一階を行き来して、台所で景気づけをしたり、眠りこんでいびきでアセルスタンの邪魔をしたりした。そしてとうとう日曜日の正午の直前に、もうたくさんだと宣言した。

「わたしは帰ったほうがいいな、アセルスタン」悲しげな口調だ。「モードとふたりのちびちゃんたちが恋しいよ。ここでは手助けというより足手まといになっている。きみは明日サザークにもどるんだろう?」

「朝一番にね、ジョン卿」

「それじゃ、聖メアリ・ル・ボウ教会の鐘が一日の始まりを告げて鳴るころ、ロンドン橋で会おう」

奇跡のワイン袋で武装して、クランストンはずんずんと出ていき、アセルスタンは調べものを再開した。時が流れ、ときおり鐘の音や修道院の日課の雑音がかすかに聞こえてきた。修道院長がやってきて、ロジャー修道士もアルクイン修道士も明日、大ミサのあと埋葬される、と教えてくれた。内陣はもう清められ、ふたたび神聖になったという。院長は台所にたたずんで両手をもみ絞り、しきりに足を踏み替えて、この恐ろしいできごとに終止符を打ってくれ、と目で懇願した。アセルスタンが請け合うと、院長は帰っていった。ノーバートが食べ物を運んできた。アセルスタンは新しいろうそくを頼み、日没後も長いこと調べつづけた。深夜、ノーバート修道士がどんどんとドアをたたき、大声で名前を呼ぶのが聞こえてきた。

「アセルスタン！　アセルスタン！　早く来てください！」

アセルスタンは木の鎧戸をあけ、見下ろした。

「どうした？」

ノーバートはランタンをかかげた。「ジョン卿から急ぎの伝言です。門番小屋にとどいたんです。すぐに下りてきてください！」

アセルスタンはマントを手にとり、サンダルをはいて階下に行った。

「ああ、小さな男の子だったんです。聖アーコンウォルド教会で何か恐ろしいことが起きたので、すぐに来てくださいと言っていました」

「使者はどこにいる？」

「フィロメルに鞍を置いてくれ。その子はまだここにいるのか？」

「カーター小路の角にある〈青外套亭〉の外で待っている、と言っていました」

アセルスタンは正門に行った。疲れているうえ、目がしくしくしていた。いったい何が起きたのだろう。教会が火事になったのだろうか、それとも教会区民の誰かが死にかけているのだろうか？　フィロメルが連れてこられた。休んでいたところを不当に邪魔されて、鼻を鳴らして抗議している。眠そうな目をした門番が、ゲートをあけた。アセルスタンは馬を曳いて通り、騎乗して、暗い道を居酒屋に向かった。

片側には、暗くどっしりとしたブラックフライアーズがそびえている。反対側には家々が並んでいるが、明かりはすべて消え、ドアのフックに角製のランタンがかかっているばかりだ。夜警がふたり、棒を肩にかついで通りかかった。彼らはアセルスタンが着ている黒と白のローブをちらりと見て通りすぎ、聖職者のなかには奇妙な習慣があるやつもいるもんだ、とくすくす笑った。

目をあけておくのがひと苦労だった。もうじき居酒屋だ。そのときアセルスタンは停止した。夜風は暖かいのに、ふるえた。自分はなんと馬鹿だったんだろう。なぜ使者は門番小屋で待っていなかった？　なぜ消灯時刻のずっとあとで、居酒屋を選ぶ？　アセルスタンは闇を見つめ、油断なく警戒した。何かがおかしい。何がそんなに緊急事で、真夜中に自分が引きずり出されなければならなかったのだ？　身を乗り出し、耳をそばだてる。遠くで馬の蹄の音が聞こえた。けんかしている猫の鳴き声や、下水にうずたかく積まれた排泄物の大きな山のなかで餌を漁るネズミの鳴き声や走りまわる音も聞こえた。

「おい！」彼は呼びかけた。「誰かいるのか？」

目はすでに闇に慣れている。カーター小路の角の物陰に誰か立っているのかどうか、見きわめようとした。空を見上げながら、星を研究するのにもってこいの夜だ、などとのんきなことを考えた。そよ風が起き、ニューゲート周辺のシャンブルズ肉市場から悪臭がただよってきた。

進みつづけるべきだろうか？　そのとき、聞こえてきた――汚れた石畳に革の靴底がこすれる音と、しゅっという小さな摩擦音が。

「誰か……？」彼は口をつぐんだ。何の音か思い出したのだ。あの音は、クランストンが短剣を革の鞘から抜くとき、いつも聞こえる音だ。それ以上、せかされるまでもなかった。フィロメルの向きを変え、ありったけの力で蹴った。老いた軍馬はいつも、しり込みしてからのろのろと駆け出す。アセルスタンは乗馬の名手ではないが、フィロメルをせきたて、肩胛骨の突起を手綱でむち打った。背後に足音が聞こえた。ひとりかふたりの足音だ。

「助けてくれ《オ・セクール》！　助けてくれ《エデ・モワ》！」アセルスタンは、道路で襲われた人がよく叫ぶフランス語の言葉を叫んだ。フィロメルを怒鳴りつけ、大声で危険を知らせながら、ブラックフライアーズの正門に向かって突進していく。足音が止まった。くぐもった叫び声とカチッという音が聞こえ、彼はさっと身をかがめた――太い矢が頭上をびゅんと飛んでいった。家々の窓に明かりが灯った。ありがたいことに、門番はすでにゲートをあけていた。アセルスタンは下馬し、老軍馬を押してゲートを通った。

「ゲートにかんぬきをさせ！」彼は命じた。

　門番はたたきつけるようにゲートを閉めた。アセルスタンが手綱を放すと、老軍馬は矢のように近くの花壇に飛んでいき、おいしそうに花を食べた。アセルスタンは腹を抱えてうずくまり、身の内のパニックを鎮めようとした。

「何かまずいことでもあったんですか？」

やせた門番の顔を見て、アセルスタンは大儀そうに立ちあがった。

「いや、なんでもない、気にしないでくれ」

いやがるフィロメルを厩《うまや》にもどして鞍をはずし、寝心地がいいようにしてやって、宿坊にもどった。悪夢のなかのように、疲れきっていた。あの道路での待ち伏せは、ブラックフライアーズの誰かによって仕組まれたのだ、と気づいた。宿坊を慎重に点検し、台所に置いてあるワインの水差しまで調べた。ドアにかんぬきをさし、鎧戸をしっかりと閉めて二階に行き、不安な一夜の眠りについた。

翌朝は早く起き、ブラックフライアーズをあとにした。前の晩に襲撃されたため、たえずそこはかとない恐怖心を感じていた。捜査対象となった人間は、実力者だったのか、あるいは腹黒い人間だったのか。悪党か追い剝ぎを雇ったのだ。銀貨三十枚足らずの報酬で、一瞬のうちに命を奪うような連中を。

太陽がまだ昇らないうちに、彼はテムズ通りに曲がり、ワイン横丁とロープ横丁を通ってブリッジ通りに入った。まだいやがっているフィロメルを、家々から離れているように導き、暗い戸口や横丁に油断なく目を配った。とくに、テムズ川の土手に沿っている貧民街からつづいている横丁には用心した。ワイン貿易商や靴屋はまだぐっすり眠っていて、通りは人気《ひとけ》がなく、農産物を高々と積んだ荷馬車が市場に向かっているばかりだった。あくびをしている教区吏員が、役職をあらわす杖に眠そうにもたれながら、おはようと彼に挨拶した。売春婦の一団が、赤い髪をマントで覆い、スミスフィールドのコック小路にある長屋にこっそりともどっていく。

荷馬車に轢かれた豚が、瀕死の重傷を負ってキーキー鳴いていた。ある家の主《あるじ》がナイフを手に戸口から飛んできて、豚の喉を掻き切ると、アセルスタンを見てずるそうにウィンクし、血が噴き出ている豚の死体を引きずって家に入っていった。

「あの一家はたっぷり食事ができるだろう」アセルスタンはつぶやいた。

フィロメルは血のにおいを嗅いで鼻を鳴らし、頭を振りあげた。

ロンドン橋では、シティの番人がまだ入口を警備していた。クランストンの姿が見えないので、アセルスタンは引き返し、ロープ横丁とキャンドルウィック通りの中ごろにある〈パウントニー亭〉に行った。聖メアリ・ル・ボウ教会の鐘が一日の始まりを告げるまで開店していてもよい、という許可を受けている数少ない居酒屋のひとつだ。水で割ったエールとミートパイを注文したが、パイを割ってみると死んだスズメバチが二匹入っていたので、居酒屋の亭主と激しい口論になった。アセルスタンは前夜の襲撃のせいでまだ気持ちが動揺し、疲労困憊していたので、うんざりしたところで自分からやめにした。大股に居酒屋を出てフィロメルを受けとり、歩いてブリッジ通りにもどると、そこにたたずんで橋に向かう人通りを見守った。靄《もや》のないすっきりした朝で、カモメなどの鳥たちが干潟で餌を漁り、飛翔したり舞い降りたりしながら、あたりを甲高い鳴き声で満たしていた。

「あんた、宿なしか？」

肩に重たい手が置かれ、アセルスタンはびくっとした。振り向くと、頬ひげを生やしたクランストンの顔が間近にあった。アセルスタンは彼の胸ぐらをつかんだ。

「ジョン卿、どうしてほかの人のように、素直におはようと言えないんですか?」

検死官はにっこり笑い、いぶかしげに目を細くした。

「おびえているようだな――顔が青いぞ。どうした?」

ふたりで馬を曳いて橋に上がりながら、アセルスタンは理由を教えた。いつものように、急勾配の両側には目を向けないようにした。クランストンがシティの番人に軽口をたたくあいだ、アセルスタンは小休止しなければならなかったが、それ以外は、検死官は辛抱強く彼の話を最後まで聞いた。そのあとクランストンは馬を止め、顎をさすりながら、橋の中央に建つ聖トマス礼拝堂のドアをぼんやりと見つめた。背後で荷馬車屋が、さっと鞭を振るった。

「おい、そこのでぶ! 立ち止まるなよ!」

「うるさい!」クランストンは怒鳴り返した。

それでも馬を進ませ、アセルスタンに襲撃の様子をもう一度話させた。

「で、あれだけの本のなかには何も見つからなかったんだな?」

「まったく何も!」

クランストンはベルトにはさんだ短剣をゆるめた。「だが、きみが何を追っているか、あの修道院にいる誰かが知っている!」

「同感です。わたしもそういう結論に達しました。殺人犯というのはみな、傲慢なものだと思います。連中は始祖のカイン同様、神からだろうと隠れていられると思っているんです。でも、気の毒なアルクインに何が起きたか、わたしたちが証明したために、暗殺者は腹を立てて行動に出た。結局、ひとつ問題を解決しても、つぎの問題ととり組まなければならないわけで、それは時間の問題でしかないんですね」

「そうなると、つぎの件は〈緋色の部屋〉だ」クランストンは不気味に言い添えた。

「辛抱してください、ジョン卿、辛抱が肝心です。ところで、モード夫人とちびちゃんたちはお元気ですか？」

橋を下りながら、クランストンは顔をそむけて唾を吐いた。

「あの子たちはすごい食欲で、肺が強い。きっと母親ゆずりなんだな」

アセルスタンは顔をしかめ、笑みを隠した。

「どんどん大きくなっているよ」クランストンはぼやいた。

「モード夫人は？」

クランストンは眉を上げた。「雌ライオンのようだよ、まったく。国王の塔にいる紋章のライオンたちのように坐り、顔には笑みを浮かべているものの、目には油断がないんだ」頰を膨らませた。「このごたごたから抜け出さないと、彼女に跳びかかられてしまう」ぐっと下唇を嚙んで笑いをこらえている相棒を、猛然とにらんだ。

モード夫人はあんなに小柄なんだから、力強い検死官にライオンのように忍び寄っているところなど想像もつかない、とアセルスタンは思った。

ふたりはサザークの小路やうらぶれた通りに入った。クランストンはまだ、切迫した運命を嘆いている。アセルスタンはフィロメルの手綱を手首に巻き、話半分に聞きながら、あたりを見まわした。最初はサザークが大嫌いだったが、臭い水路やみすぼらしい平屋建ての小屋ばかりにもかかわらず、独特の活気に満ちているようにいまでは感じられる。すでに小さな屋台が店開きしていて、近くのエール酒場では誰かが聖母マリアに捧げる聖歌を歌っていた。教区吏員が、聖メアリ・オヴァリー修道院の階段で商売に励んでいた若い売春婦をつかまえようとしていたが、小娘はスカートをめくり、汚れた白い尻を振って、甲高い笑い声をあげながら逃げていった。アセルスタンとクランストンは、聖アーコンウォルド教会につづく小路に曲がった。教会も敷地もがらんとしているのを見て、アセルスタンは安堵のため息をついた。見物人はいない。クランストンが派遣した下士官たちでさえ、どうやらもっとおもしろいものを見つけたらしく、いなくなっていた。ふたりは馬を厩に入れ、司祭の家に行った。アセルスタンはにっこりした。

「教会区民たちは、わたしが癇癪《かんしゃく》持ちだということを聞きつけたらしい」

台所とワイン貯蔵室を見まわして、感心した。何もかもきれいになり、掃除されて磨かれ、あまつさえ暖炉には松の薪が積まれて燃やされるばかりになっている。封をしたワインの瓶が台所のテーブルの中央に置かれ、水桶はあけられて洗われ、新しい水が汲んである。クランストンはワインを見て舌なめずりをした。アセルスタンは、どうぞ、と手で合図した。

「ご自由に、ジョン卿。でもわたしは、半分以上水で割ったワインのほうがいいな」

クランストンはワイン貯蔵室でばたばたと立ち働いた。

「連中はここでもいい仕事をしてくれたな。何もかもきちんとしているよ」アセルスタンに水で割ったワインを出し、そのあと自分のためにワインを注いだ。「例の白骨死体の謎を解くんだろう？」

「もちろんですよ。だからサザークにもどったんです」

クランストンは渋い顔をした。「何をするんだ？」

「さあ。いまにわかるでしょう」

「あれは殺人なんだぞ」クランストンは告げた。

「いいえ、ジョン卿、われわれがそう思っているだけです」

検死官は札入れに手をやり、足をもじもじさせた。

「なんですか？」アセルスタンは鋭く訊いた。

クランストンは小さく巻いた羊皮紙をとりだした。

「昨夜、ブーローニュから使者がもどってきたんだ」羊皮紙をとんとたたく。「報酬をはずんだから、すばやく行ってきてくれたよ」クランストンはアセルスタンの用心深い顔をまともに見ることができず、大きなため息をついた。「悪い知らせだ。フランス軍はベネディクタのご主人を捕虜にしてはいない」

アセルスタンは背を向け、壁を見つめた。ああ、いったいどう感じたらいいんだ？　ほんとうはどうであってほしいんだ？

「やや、あいつめ！」クランストンが叫んだ。

アセルスタンが振り向くと、ボナベンチャーが影のようにそっとドアから入ってくるところだった。喜んでごろごろと喉を鳴らしている。懇願するように見上げられ、クランストンはあとずさりした。

「あっちへ行け、このいやらしい猫め！」

アセルスタンは気がまぎれたのがうれしくて、百戦錬磨の雄猫を抱きあげ、丁寧になでてやった。それでもボナベンチャーは、まだ訴えるように検死官を見つめている。猫の毛はつやつやとして清潔だった。

「おまえ、たっぷり餌をもらっていたんだな」アセルスタンはつぶやいた。「おまえのようなやつを知っているよ――プロの物乞いだ。さあ、お行き！」猫を外に出し、しっかりとドアを閉めた。

「さあ、これからどうする？」クランストンが大声で訊いた。

「教会を点検してミサを挙げますよ。ジョン卿、侍者の役をやってくださってもかまいません。朝食はもうおすみでしょうが、その罪はわたしが赦します」

ふたりは教会に行った。ひんやりした暗い教会に足を踏み入れると、アセルスタンはうれしくなって歓声をあげた。職人たちがいなくなったいま、教会もまた掃除され、清潔になっていた。身廊には新しい藺草《いぐさ》が敷かれ、内陣障壁は元の位置にもどされ、何よりうれしいことに内陣の作業が終わっていた。新しい敷石が白く輝いている。石工のきっちりした入念な作業にアセルスタンは感心した。祭壇も拭かれ、誰か――たぶんハドルだろう――が内陣障壁を徹底的に磨いていた。朝の乏しい光のなかでさえ、深みのある黒っぽい木が光っている。

「大変けっこう！」アセルスタンはつぶやいた。

「まだここにあるぞ！」クランストンが翼廊から叫んだ。教会区の柩の蓋があけられる音が聞こえてきた。

「でも、盗まれた痕跡がある！　手の指の骨が四本と、足の指の骨が三本、なくなっている！どこかの野郎が、聖遺物を売って儲けているんだ！」

アセルスタンは、柩は無視することにした。白骨死体が誰であろうと、殺人の犠牲者だということはわかっている。十五年以上前に殺された女だ。クランストンがのしのしと教会を歩きまわるあいだに、アセルスタンは聖具室のドアをあけ、金色の上祭服を着て頸垂帯を首にかけた。教会の定めでは、まだ聖霊降臨節（復活祭後第七日曜日の聖霊降臨日から半年間）を祝うことになっているからだ。祭壇用の瓶にワインや水を満たしながら、微笑まずにはいられなかった。教会区民たちが、おそらくワトキンとベネディクタに先導されて、あらゆるものから埃《ほこり》を払っておいてくれたのだ。祭壇に布をかけ、ぼろぼろになった大きなミサ典書をとりだして、クランストンには敬虔にひざまずいてもらい、十字を切り、ミサを開始した。当然のようにボナベンチャーがやってきたが、行儀よくふるまい、疑わしげな顔の検死官のそばに、キリスト教界でいちばん信心深い猫のように坐った。

善良な〝キャットリック〟だ、とアセルスタンは思ったが、真顔を保ってミサをつづけ、典礼様式に則ってクランストンに聖体を授けた。検死官は聖杯を一気に飲み干した。

ミサのあとでアセルスタンが聖具室で祭服を脱ぐあいだ、クランストンはドアにもたれ、彼を見守った。

「教会区民は誰も来なかったな」

「わたしがここにもどったことを知らないからですよ」

その言葉が終わるか終わらないかのうちに、クリムが内陣に飛びこんできた。

「神父さん、ドアがあいているのが見えたんだ」汚れた顔が、落胆でゆがんだ。「おいらがミサのお手伝いをしたかったのに！」

クランストンは眉を寄せてにらんだが、クリムは生意気にも見つめ返し、あっかんべーをした。

「おい、クリム、お使いをしてくれないか？」アセルスタンはてきぱきと割って入った。「ジョン卿、例の手紙は？　ほら、ブーローニュからの手紙ですよ」

クランストンが手渡すと、アセルスタンはすばやく目を通した。ブーローニュにあるドミニコ会は、友愛の挨拶を送ってきた。彼らは街の郊外の野原にある捕虜収容所の世話をしている。その収容所で念入りに調べたが、捜している年恰好や名前に一致する捕虜はひとりもいなかったという。アセルスタンはその手紙をたたみ、財布から一ペニーとりだして、クリムの前にしゃがんだ。

「これをベネディクタさんにとどけておくれ。どんなことがあってもなくしちゃだめだぞ」少年のやせた肩をつかんだ。「わかったかい？」

「うん、神父さん」

「それじゃ、行ってこい!」

クリムは入ってきたとき同様、すばやく去っていった。

「ああすべきだったのか?」クランストンが訊いた。「どうして自分で知らせないんだ？　汝は恐れておるのか、修道士よ？」

「いいえ、ジョン卿、でもほうっておくほうがいいこともあるんです。ベネディクタはひとりで悼みたいんじゃないでしょうか。さあ、わたしたちにはほかに用事があります」

「どこで？」クランストンは吠えた。

アセルスタンは、祭壇の階段の自分のそばに坐るよう、クランストンに手で指示した。

「お礼を言わなければなりません、検死官殿」

「なんで？」

「ほんとうの物乞いと偽の物乞いの違いを教えてくださったからですよ」

クランストンはそろそろと巨体を下ろした。「いったい何の話だ？」

「まあ聞いてください、ジョン卿。これからどんなことが起きるか、お話ししましょう」

第十一章

　アセルスタンは教会のドアに鍵をかけ、ふんぞり返ってあとにつづくクランストンとともにサザークの小路を縫い——ボナベンチャーも途中までついてきた——大工のレイモンド・ダークスの家に行った。せかせかとノックすると、ダークスの妻が寝ぼけ顔で出てきて、ふたりを台所に通した。そして階段の下に行き、夫を呼んだ。下りてきたダークスは、ローブに身を包み、ひげを剃っていない顔に心配そうにしわを寄せていた。

「ジョン卿、アセルスタン修道士、おはようございます」

「おはよう、ダークスさん」クランストンが答えた。

「教会の件ですね？」ダークスはうんざりしたように訊き、「さあ」とテーブルのまわりのスツールを指し示した。「おかけください」そのあと妻のほうに向いた。「マーゴット、お客さまにエールでもお出ししてくれ」

　三人が黙然と坐っているうちに、大ジョッキとかごに入ったパンが並べられた。体裁をとりつくろっているものの、夫婦はひどく動揺しているようだった。

「もうたくさんです」アセルスタンは穏やかに切り出した。「わたしがここに来たのは、ダークスさん、あなたとゲームをするためじゃありません。わたしの教会の内陣にある祭壇の下から見つかった白骨死体が、殉教者のものではないことはご存じでしょう。なにしろ、あなたがあそこに置いたんだから。十六年ほど前、シオボルド神父は内陣に敷石を敷いてもらおうと思った。彼は貧しい司祭だったし、聖アーコンウォルド教会の収入はほんのわずかだ。だからギルドから職人を雇わずに、石工の作業もやる気がある若い大工にやってもらうことにした。その大工とは、あなたでした」

アセルスタンが間を置くと、ダークスは両手で顔を覆った。妻は青ざめてこぶしを口に当てた。

「それがわかったのは」アセルスタンはつづけた。「教会の帳簿を見たからです。大工のレイモンド・ダークスと、石工への手間賃の支払い。その石工の名前は、Ａ・Ｑ・Ｄとイニシャルだけで書かれていました。せんさく好きなギルドから隠れているための手段です」大ジョッキからエールをひと口飲んだ。「内陣で作業するあいだに、理由はまだわかりませんが、あなたは若い女性を殺害した。窒息させたか、首を絞めたのでしょう。そして彼女を祭壇の下の穴に埋めた。自分のしわざだとはばれないだろうと判断し、それ以降は石工の仕事をやめた。大工ひと筋に専念し、Ａ・Ｑ・Ｄという昔の銘は絶対に使わないよう、あらゆる手を尽くした。あなたの名字D’Arquesのイニシャルを並べ替えたものですからね。ダークスさん、そのとおりでしょう？」

ダークスは顔を上げた。その目つきを見て、アセルスタンはそぞろ哀れを覚えた。

彼はつづけた。「あなたは自分の犯罪がばれないだろうと思っていた。あるいは、白骨死体が見つかったところで、自分が非難されることはないだろうと思っていた。ところが、聖アーコンウォルド教会に新しい司祭が赴任するという知らせを聞いた。ドミニコ会修道士で、検死官の書記を務め、教会を改修しようと決意している司祭だった。あなたは聖アーコンウォルド教会を油断なく見張り、わたしが内陣の改修にとりかかると、計略をたくらんだ。あの奇跡を仕掛けたんだ」

「どうやって?」妻が叫んだ。

アセルスタンは、彼女の目にうしろめたさを見てとった。

「おいおい、よしてくれ!」クランストンが鼻を鳴らした。「白骨死体が見つかったという知らせと、それが聖人の遺骨だという噂は、あんたの思うつぼだった。実際、そういうこともあろうかと、あんたは準備をしていたんだ。なんと言っても、準備をしたり考えたり、計画を練ったりする時間は何年もあったんだから。ところで、プロの物乞いなら、自分の身体にひどい傷があるように細工することができる。どんなに腕のいい医師や薬種屋でもだまされるほどだ。ましてや老カルペパー先生などいちころだった。善良で正直な市民が腕が化膿してやってきたから、老先生は手当てをしてやった。あんたは潮時を見計らって腕を洗い、聖アーコンウォルド教会に行った。すると、あら不思議、奇跡が起きた」

「ほかの人たちだって治ってるわ!」彼女はぴしゃりと言った。

「ええ、そのことならわたしも考えました」アセルスタンは答えた。「でも、本格的な病気が治った人はいません。人間の心というのは、不思議な作用をするものです。軽い不調——疝痛《せんつう》とか、軽度の化膿とか——は消えました。もちろん、奇跡の探究を商売にしている連中がとんでもないことを主張して、あおり立てました。彼らは集団ヒステリーから利益を上げるのが大好きなんですよ。いいですか、奥さん、もしわたしがいま坐っているこのスツールを手にとって、聖ヨセフがこしらえたものだと言い張ったら、あなたはこのスツールがどんな奇跡を起こせるか、あきれるような話をいろいろと聞くことになるでしょう」

彼は首を振った。「わたしの教会区民は、あの白骨死体が殉教者か偉大な聖人の遺骨であってほしかった。ペテン師たちはそれを、儲けの種と見なした。病人は治りたいと思うものだし、人間の心は飽くことなく驚異や驚嘆をもとめるものです」エールをひと口飲み、そのあと大ジョッキを押しやった。「何が起きたか考え、記録を捜し、遺骨の状態を見て、その女性の死因について検死官殿の判断を聞いたとき、彼女が殺人事件の被害者であるに違いないとわかりました。あなたのご主人があの内陣の敷石を敷いたのと、奇跡の話が彼から始まったのは、偶然の一致ではないのです」

ダークスは顔を上げ、妻の手を握った。

「おっしゃるとおりです、神父さん。十六年ほど前、わたしは若い大工で、聖アーコンウォルドの教会区民でした。シオボルド老神父が大好きでしたから、彼が内陣で転んだあと、あそこで作業をしようと申し出たのです。石を買い、得意になって〝A・Q・D〟という銘を刻み、シオボルド神父にわたしが敷いてやるからギルドに高い金を払う必要はない、と言ったんです」テーブルを見つめた。「さて、おなじころわたしはマーゴット・トワイフォードと出会い、恋に落ちました。川向こうの、有力な貿易商一族の娘です。でも、わたしは若くて熱い血がたぎっていた。そばにはエメリアという娼婦が、売春婦がおりました。十八歳か十九歳くらいだったはずです。わたしはよく彼女を買っていました。彼女はわたしが求婚していることを聞きつけ、嘲弄するようになりました。内緒にしておいてやるから金を払え、と言うんです。だから払ってやると、もう一度来て、もっとせびりました。わたしが断ると、彼女は川向こうに行き、マーゴットを捜し出して洗いざらい教えたんです」

「追い払ってやったわ！」ダークスの妻はきっぱりと言った。その目は怒りで燃えるようだった。「あの女が地獄で釜ゆでになろうと、わたしはレイモンドをあきらめはしない、と言ってやったの」彼女の指は夫の指を握りしめた。

「それでけりがついたと思ったんですが」彼はつづけた。「ある夕方、美しい夏の一日が終わるころ、エメリアはわたしが働いている内陣にやってきて、もっと銀貨を要求したんです。断りました。すると彼女はマーゴットと会ったことを話し、翌日はもう一度川向こうに行ってマーゴットの父親にばらす、と言ったんです。みんなに言いふらす、と。やめてくれ、と頼みましたが、彼女は笑い、わたしを誘惑しました」ダークスは目を閉じた。「あの姿がまだ脳裏を離れません。エメリアは腕組みをし、腰を振って行ったり来たりして、化粧した顔を憎しみでゆがめていました。神父さん、わたしはひざまずいて懇願したんですよ。でも彼女は、笑うばかりでした。そしてあとずさりして、倒れたんです。その瞬間、わたしは彼女に馬乗りになり、持っていたマントを彼女の顔に押しつけました。彼女はもがきましたが、わたしは若くて力が強かった。押さえつけました。最後に一度、彼女はびくんと跳ね、そのあと微動だにしなくなりました」大ジョッキからエールをがぶりと飲んだ。「気絶したものと思ったんですが、彼女はじっとして、蒼白い顔で目を見開いているだけでした。神父さん、わたしに何ができたでしょう？　死体を抱いてサザークを歩くわけにはいきませんでした。それに、犯したくもなかった殺人のせいで、どうして縛り首にならなければならないんでしょう？　内陣で働いているあいだに、祭壇の下に穴があることに気づいていました。以前の建物の土台があった跡です。わたしはエメリアの服を脱がせ、その穴に横たえて、木の十字架を手に持たせました」顔をこすった。「あとは推測できるでしょう。内陣の床に、自分で石を敷きました」アセルスタンを見て、弱々しく微笑んだ。「敷石がきちんと敷かれていなかったのは、わたしに技量がなかったのと、作業を早く終えたくてたまらなかったせいです」妻の手をぎゅっと握った。「すべてをマーゴットにうち明けました。エメリアがいなくなったことには誰も気づかないまま、時が流れました。シオボルド神父が亡くなると、あのフィッツウルフの野郎が教区司祭になりました。わたしはあの腹黒い男が我慢できなかったので、別の教会に、聖スウィジン教会に通うようになったんです」

「夫は彼女を殺すつもりはなかったんです」ダークスの妻が鋭く言葉をはさんだ。「償いをしようとして、聖スウィジン教会に彫刻を寄贈しました。惜しみなく献金したり、貧しい人々を助けたり、グラストンベリー（イングランド最初のキリスト教会が設立された町）やウォルジンガム（有名な聖母マリアの聖堂がある町）に巡礼に行ったりしました」涙のあふれる目でアセルスタンの目をとらえた。「これ以上、彼に何ができるでしょう？　あのずるくて恐ろしい性悪女を殺したことで、どうしていまさら裁判を受けなければならないんでしょう？」からからと笑った。「殉教者ですって！　聖人ですって！　アセルスタン修道士、たしかに夫は悪いことをしました。あの売春婦を殺したことも、あなたのおめでたい教会区民たちの望みにつけこんだことも。でも、内陣が改修されると聞いて、彼はパニックに陥ったんです」

アセルスタンは振り向いてクランストンを見た。

「ジョン卿、ダークスさんと奥さんはほんとうのことを言っていると思います。どうしましょう？」

告白のあいだじゅう、注意深く耳を傾けていた検死官は、微笑んだ。

「わたしはシティにおける国王勅任の検死官だ。わたしの裁きはいつも正当で正確である。レイモンド・ダークス、あんたはエメリアという女性を違法に殺害した。よって、ここに罰を定める。まず、王座裁判所の裁判官の前に行き、誓いを立てたうえで殺害について話すこと」検死官の鋭い目は、今度はダークスの妻の青ざめた心配そうな顔をとらえた。「あんたは彼の事後共犯者だった。よって、あんたも罪を告白しなければならない。その告白がすめば、かならずや国璽の入った恩赦状が発行されるだろう」

大工も妻も、ほっとして頬をゆるめた。

「第二に」とクランストンはつづけた。「あんたは教会を冒瀆し、エメリアの遺体を不法に埋葬した。よって、彼女の遺骨をキリスト教徒としてきちんと弔うための代金を支払うものとする。柩《ひつぎ》や墓の代金や、葬儀料も含めてな。それに、彼女の魂のためにミサを挙げる司祭にも寄進すること。

最後に、あんたはアセルスタン神父にも聖アーコンウォルドの教会区民にも迷惑をかけ、悩ませた。レイモンド・ダークス、あんたは大工だ。よって、最後の判決はつぎのようなものになる――最高級の木材を使い、高さ一ヤードの聖アーコンウォルドの像を彫り、それを新しい内陣の台座に立てるための代金を支払うこと。アセルスタン修道士、異存はないだろうな？」

托鉢修道士は立ちあがった。「正義が貫かれました」ダークスと妻を見ると、その目には感謝の色が浮かんでいた。「これからもいい仕事をしてください。おたがいに愛し合って。最後にもうひとつ――サザークの外で誰かいい司祭を探し、あなたがたがしたことと、それを償うためにしたことを話してください、そうすれば罪の赦しが得られるでしょう」クランストンの肩をたたいた。「検死官殿、ここでのわれわれの仕事は終わりました」

ふたりは家を出て、いまや騒々しくなったサザークの小路を歩いてもどった。

「いいお裁きでしたね、ジョン卿」

「あのふたりはもう充分に償っていたよ」検死官は答え、あたりを見まわした。「修道士、今度はどこへ行く？」

「ベネディクタの家です。クリムに託した手紙を、もう受けとったでしょう」肩をすくめた。

「せめて行ってやらないと」

ベネディクタは蒼白い顔で目を赤くし、テーブルに突っ伏していた。アセルスタンがとどけさせた手紙が前に広げてある。彼女は雄々しく微笑んでふたりを迎え、部屋着をきっちりと身体に巻いた。泣いていたにもかかわらず、彼女は美しく、豊かな黒髪は乱れて肩まで垂れていた。髪をとかしてないのは、手紙を持ってきたクリムに起こされたからなんですよ、とうち明けた。

「すみません」アセルスタンは謝った。「あんなうれしくない知らせで起こすつもりはなかったんですが、早いほうがいいと思ったもので」

「いいえ、いいの」ベネディクタは答えた。「もう安らかな気持ちよ」腰を下ろし、両手で顔を覆った。「待つのがいちばんつらかったわ」かたわらのスツールを指し示す。「あらまあ、ジョン卿、神父さま、どうぞおかけになって。わたしを逮捕しに来た教区吏員みたいに突っ立ってらっしゃるのね！　ワインでもいかが？」

「いいえ」アセルスタンはすばやく答え、感心しないような目で彼女を見た。「ジョン卿もわたしも、今日は忙しいんです」手を伸ばして、彼女の手に触れた。「ベネディクタ、ほんとうにお気の毒です」

彼女は目をしばたたき、視線をそらした。

「どうぞお気になさらないで」とつぶやき、涙を浮かべながらもジョン卿を見て微笑んだ。「検死官さま、お力添えをいただき、ありがとうございます。この厳しい司祭がどうおっしゃろうと、上等のクラレットを一杯召しあがって当然だと思いますわ」

再度勧められるまでもなく、クランストンは満面の笑顔になった。ベネディクタは取っ手がふたつついた大きなカップと、錫合金の皿を持ってワイン貯蔵室からもどってきた。皿に載っている牛肉には濃厚な茶色いソースがかけてあり、豆を散らして軽く飾ってある。それらをクランストンの前に置き、彼の顔の片側にそっとキスをして、アセルスタンを見ていたずらっぽく笑った。

「さあ、どうぞ、検死官さま！」

アセルスタンは彼女をにらんだ。この分ではクランストンは、日が暮れるころには手に負えなくなっているだろう。ベネディクタは悲しい知らせを雄々しくやりすごし、頭を毅然と起こしてとんとんと二階に上がっていった。クランストンがフィロメルのようにぱくつくのを、アセルスタンは坐って見守らなければならなかった。牛肉もソースもワインも、「じつに喜ばしい！」「美しい女性だ！」「すばらしい人だ！」というつぶやきの合間に消えていった。

クランストンが食べ終え、げっぷをしながらナプキンで唇を拭くころ、ベネディクタは着替えをすませ、化粧品の入った小さな木箱を持って階下に下りてきた。彼女が顔を洗って化粧をするあいだに、アセルスタンはダークスの家を訪ねたことを話して聞かせた。彼女は注意深く耳を傾け、うなずいて賛意を表明した。アセルスタンが魅せられて見守っていると、彼女は唇に軽く紅を塗り、まつげを濃い色にしたあと、パウダーをつけた白鳥の羽毛のパフを手にとり、そっと顔をたたいた。そして茶目っ気たっぷりに、ちらりとアセルスタンを見た。

「女性が一日の支度をするのにどれだけ苦心惨憺しているか、殿方に知ってもらいたいものだわ」

「あなたの場合は」クランストンは堂々と答えた。「バラに色を塗り、百合に金箔を置くようなものですな」

ベネディクタは身を乗り出し、無邪気なふりをして目を丸くした。「ジョン卿、ほんとうに褒め上手で紳士でいらっしゃるのね」

クランストンは孔雀のように得意になった。わが世の春だ。おいしいものを食べ、こくのあるクラレットを飲んで、今度は美しい女性に褒められているのだから。大きな腹を指でたたいた。

「あと十歳若くて独身だったらなあ……」

「そしたらもっと飲み食いするでしょう！」アセルスタンは辛辣に答えた。だがそれに応えてベネディクタはいたずらっぽく微笑み、クランストンはますます悠然とかまえるばかりだった。

ベネディクタは最後にもう一度、パウダーのついたパフで頰をたたき、アセルスタンは細かいパウダーが空中に舞うのを見守った。

「あっ、そうか！」

「どうした？」

「なんでもありません、ジョン卿。ベネディクタ、そのパウダーパフを貸してもらえませんか？」

彼女が手渡し、からかうあいだに、アセルスタンは慎重にパフを調べた。両手でぎゅっと握ると、ローブが細かいパウダーだらけになった。クランストンは身を寄せ、鼻にしわを寄せた。

「外に出るときは気をつけたほうがいいぞ、修道士。優男のようなにおいがしているからな！」

托鉢修道士は謝り、パフをベネディクタに返したあと立ちあがり、ローブについたパウダーを丁寧に払った。

「ジョン卿、もう行かなくては。ベネディクタ、わたしが言ったことは誰にも教えないでくださいね。教会区民に、明日、ミサを挙げるから、全員に出席してほしい、と伝えてください。重要な発表があるんです」

「どこに行くんだ、修道士？」

「わたしの教会にもどるんですよ」

クランストンは首を振った。「いや、ふたりでやらねばならん仕事がある」

「ジョン卿、わたしはもどらないと」

クランストンは立ちあがり、胸を反らした。「われわれがブラックフライアーズに行ったり来たり走りまわっているあいだ、シティが眠っているとでも思っているのか？　昨夜、ミルク通りの角にある〈ブロークンセルド亭〉の近くで人が死んだ。遺体はいま、聖ピーター教会に置かれていて、裁きを下さねばならん」

アセルスタンはうめいた。

「さあ、修道士」クランストンは托鉢修道士と腕を組んだ。「馬をとりに行って、出かけよう」

彼は名残惜しそうに大声でベネディクタに別れを告げ、寡黙な相棒をせきたててドアを通り、サザークの道路にもどった。ふたりは聖アーコンウォルド教会に馬をとりに行った。フィロメルはつねにも増して頑固で強情だった。しばらく休んでいたせいだ。ロンドン橋までの道すがら、アセルスタンは不満を隠そうとし、クランストンはげっぷやおくびをもらしながら、奇跡のワイン袋からたっぷり飲んでやたらに上機嫌だった。にこにことあたりを見まわし、露天商たちに憎まれ口をたたく。屋台にはもう、派手な衣装や帯、カップ、けばけばしい指輪、まがい物の宝石、バックル、ロザリオ、鞘のない小さなナイフなどが山と積まれている。そのほか、食べ物を並べている屋台もある。てらてら光る大きな肉の厚切りや、魚——川からとれたてのものもあれば、少なくとも二日はたち、天までとどくほどの悪臭を放っているものもある——などを。

屋台のあいだで、わんぱく坊主たちがフットボールをしている。手っとり早い儲けをねらっている巾着切りは、クランストンと目が合って、ネズミのように小路に逃げていった。橋の入口に近い造船台では、水漏れする桶を頭に載せられたふたりの水売りが立たされ、通行人はその桶に水を入れてもいいことになっていた。たいていの者は汚水や、深い穴にたまった馬の小便を入れている。アセルスタンの教会区民が何人か、ちらりと見えた。溝掘り人のパイクは鍬を肩にかついでいる。ワトキンは汚物運搬用の馬車に乗り、腐ったゴミをいっぱいに積んで、川岸に向かって進んでいる。売春婦のセシリーは、居酒屋の戸口にたたずんでいたが、アセルスタンを見てさっと姿を消した。みな沈んだ表情で、かなりおびえているようだった。明日、謎の白骨死体の件にきっぱりとけりがつく、と思うとアセルスタンはうれしかった。

込み合って騒々しいロンドン橋を、クランストンは自分の権威を利用して押し進み、ブリッジ通りからグレースチャーチを通り、ロンバード通りの豪華にペンキを塗られた銀行家の家々の前をすぎて、ポールトリーに入った。ここでは内臓を抜かれた鳥の羽毛やにおいがあたりにたっぷりとただよい、鳥肉は水につけられ、臓物は大きなたき火で焼かれたり炙られたりしていた。クランストンでさえワインを飲むのをやめ、鼻を覆わなければならなかった。マーサリーに入ると、比較的豊かな仰々しい露店や屋台が立ち並び、その店主たちは地味ながら金のかかったガウンやシャツ、レギンスやブーツを身につけていた。ついにふたりはウェストチープに入った。クランストンは〈神の聖なる子羊亭〉を物欲しげに見たが、アセルスタンは仕事をすませてサザークにもどる、と決意していた。ベネディクタの家で浮かんできた考えに心を集中したかった。

ふたりは聖ピーター教会の外の手すりに馬をつなぎ、かび臭くて暗い教会に入った。心配そうな表情の男たちが、教区吏員に整列させられて、身廊の入口に置いてある台の周囲に立っていた。台には遺体が安置され、泥で汚れた茶色いキャンバス地のシートがかけてある。クランストンが堂々と入っていくと、男たちは足をもじもじさせ、仲間同士でそわそわとささやき交わした。

「遅かったじゃないか！」太った赤ら顔の教区吏員がわめいた。

「黙れ！」クランストンは一喝した。「わたしは国王勅任の治安判事であり、わたしの時間は国王の時間だ！　さあ、いったいどうしたんだ？」

おびえた教区吏員は、革のシートをめくった。クランストンは顔をしかめた。アセルスタンは、遺体から流れてくる酸っぱいにおいに鼻にしわを寄せた。台に載っているのは老人で、頭頂部にひどい傷があり、白髪まじりの髪に血がべっとりと黒くこびりついていた。

「その男の名前はジョン・ブリッドポートだ」教区吏員が告げた。「ハニー小路とミルク通りのあいだにある家の前を通っていた」おびえた表情の男を指さす。「そいつはウィリアム・ド・チャバム。家の最上階にある作業場から、板を突き出していた。馬具屋だから、その板の上で革を乾かしていたんだ」心配そうにクランストンを見た。「手短に言えば、ものを載せすぎたために板がすべり落ち、ブリッドポートの頭を直撃したというわけだ」

「事故だったんでさ！」青ざめた馬具屋は訴えた。

「その板はどこにある？」クランストンは訊いた。

教区吏員は、死者を載せた台の下に置いてあるくさび形の大きな厚板を指さした。アセルスタンは洗礼盤を机がわりに使い、慎重に詳細を羊皮紙に要約した。この書きつけはあとでクランストンに渡すことになる。

「アセルスタン修道士」クランストンは指を鳴らした。「犠牲者と板の両方を調べてくれないか？」

アセルスタンは小声で悪態をつきながら、板を引き出すように命じ、その板と遺体の頭を丁寧に調べた。

「どうだ？」クランストンが訊く。

「検死官殿、ジョン・ブリッドポートは説明されたとおりの亡くなりかただったようです」

クランストンは両手で自分のマントをつかみ、しゃんと背筋を伸ばした。

「馬具屋！　おまえは窓から板を突き出しておく権限や許可を持っているのか？」

「いいえ、検死官殿」

「犠牲者を知っていたのか？」

「いいえ、検死官殿」

「教区吏員さん、ウィリアム・ド・チャバムは評判のいい男なのか？」

「ああ、ジョン卿、それに彼は品行方正であることを保証してくれる連中を連れてきているよ」

クランストンは顎を掻いた。「それなら、これより判決を下す。これは殺人でもなければ違法な殺害でもなく、不運な事故である。馬具屋は十シリングの罰金を民訴裁判所に払うこと。そして、そのような板を二度と使わないと誓い、ほかに必要な賠償金があれば、何であれ支払うこと」

馬具屋はたじろいだものの、ほっとしたようだった。

「その板はどうしますか、ジョン卿？」

「五シリングの罰金を科し、絞刑吏に燃やしてもらえ」クランストンは遺体を見下ろした。

「ブリッドポートには親戚がいるのか？」

「いや、ジョン卿。アイヴィ小路の角からちょっと入った長屋でひとり暮らしをしていたよ」

「それなら、持ち物は押収するように」クランストンは教区吏員を見て作り笑いを浮かべた。「ブリッドポートには、教会区の費用で立派な葬式を出してやれ。記録したか、アセルスタン修道士？」

「はい、検死官殿」

「けっこう！」クランストンは高らかに宣言した。「では、これにて一件落着！」

アセルスタンはミルク通りの審問の記録をクランストンに渡し、〈神の聖なる子羊亭〉で一杯やろうという誘いを丁重に断って、サザークに向かった。途中、スリーニードル通りの屋台で足を止め、海綿状のものを買った。そしてコーンヒルでは、フェースパウダーをひと瓶買った。屋台の向こうにいる老婆はにやっと笑い、訳知り顔でウィンクした。

「みんな、いとしい人のために買っていくんだよね、神父さん？」

托鉢修道士は辛辣な答えを返したいところをぐっとこらえ、すっかり眠そうなフィロメルに乗ってグレースチャーチを通り、ロンドン橋に向かった。その日は夕方まで〈緋色の部屋〉の謎に集中し、買ってきたものを使って、細かい点をひとつひとつ検証しようとした。陽射しが薄れはじめるころ、ようやく墓地まで短い散歩に行き、西のほうを見た。太陽が真っ赤な火の玉となって沈んでいく。彼はささやかな満足を覚え、論理の女神の美しさを褒め称えた。緋色の部屋の謎は、すでに何度も考えてみた。この謎の解答はひとつしかあり得ないが、もし間違っていたらどうなるだろう？

「神父さん！　神父さん！」

アセルスタンが振り向くと、売春婦のセシリーが墓地の屋根つき門のそばに用心深く立っていた。

「どうした、セシリー？」

「神父さん、あたい、居酒屋でワインを飲んでいただけだよ」

「それは罪ではないよ、セシリー」

娘は彼のほうにやってきた。上品そうに歩こうとしているが、襞飾りのついたスカートをかきわけ、前のめりになって、ぴったりしたボディスに包まれた豊かな胸を見せびらかしている。その様子を見て、アセルスタンは笑みを隠した。

「神父さん、あたい、みんなに言われてきたんだ。あんなことになって、ほんとうに悪かったって、みんな思ってるよ。そいでね、明日のミサにはみんな来るって。ベネディクタが言ってたけど、なんかとっても重要な発表があるんだってね」

アセルスタンは微笑み、優しく彼女の腕にさわった。

「いい子だね、セシリー。それじゃ、明日のミサで会おう」

娘はつまずきながら去っていった。アセルスタンは空を見上げた。星を研究すべきだろうか？　雲のない夜になりそうだ。流れ星が、地獄に堕ちる堕天使ルシフェルのように、空を流れていくのが見えるかもしれない。「でもなあ」とつぶやいた。「わたし自身も、堕ちていくことになるのかな！」眠気と疲れを感じ、前夜の襲撃を思い出して、誰もいない墓地を見まわした。明日のミサが終わり、何もかも平常にもどったら、さぞうれしいだろう。でもそれまでは、家のなかにいるほうがよさそうだ。家にもどり、ドアや鎧戸にしっかりと鍵をかけた。「天気のいい夜だから」ひとりごとをつぶやく。「ボナベンチャーのやつ、雌猫を口説くか、狩でもするだろう」台所に食べ物がないことに気づき、腰を下ろした。ブラックフライアーズにもどったら、何か新しいことがわかるだろうか。まぶたが重くなった。ろうそくを消し、二階に行ってベッドに入った。

翌朝は、みんながミサにやってきた。マグワートは狂った悪魔のように鐘を鳴らした。アーシュラが雌豚を引きつれてやってきて、そのあとワトキン、パイク、ハドルが来た――ハドルは新しい内陣を感心して見まわしている。ベネディクタは昨日より冷静で、あまり厳しくみんなを叱らないでね、とアセルスタンにささやいた。パイクは、今日は告解を聴いてくれるんだね、と念を押した。アセルスタンは狼狽を隠し、明るく微笑んだ。そうだ、忘れていた！ 聖霊降臨節のこの時期、教会区民はみな罪の赦しを受けたいと思っている。だからアセルスタンは、ミサのあと一日じゅう西の翼廊にいる、と告げた。カーテンが吊され、告解を聴くことになる。

教会区民が全員集まると、彼は穏やかに白骨死体について説明した。

「あれは聖人の遺骨や遺体などではありません。幼子たちよ、嘘ではありません。ジョン卿とわたしは真相を探り出しました。あれは、何年も前に殺害された女性の遺体なのです」肩をすくめた。「それだけのことです。さあ、ワトキン、わたしが言っていることが受けいれられるか?」

数えきれないほどの子供たちに囲まれて坐っている汚穢屋《おわいや》は、きまじめにうなずいた。

「大変けっこう」アセルスタンはつづけた。「きっと儲かっただろうから、その一部を割いて、厚い麻でできたちゃんとした屍衣を買ってきてください。パイク、おまえは墓を掘るように。今日の夕方、わたしはあの哀れな女性の遺体を清め、土に返します。それでこの件はおしまいにしましょう」

「その費用はどうなるんで?」パイクが叫んだ。

「心配しなくてもいい」アセルスタンは答えた。「ちゃんと支払うよ」

「それじゃ、あの奇跡は?」アーシュラが甲高い声で言った。「あの奇跡はどういうことだったの?」

「神さまだけがご存じだよ、アーシュラ。奇跡があったとしたら、たぶん聖アーコンウォルドのおかげだろう」

その言葉に対し、賛成のつぶやきがあがった。

「神父さん」ワトキンが立ちあがり、おどおどと足を踏み替えた。「すみません、あんなことになっちまって。ほんとうに申し訳ないが、おれたちだってよかれと思ってだったんだ」垢じみた胴着の下から、大きな革の財布をとりだした。「これが儲けだ」そわそわと財布を片手に載せ、重さを量った。「考えがあるんだ、神父さん。内陣はもうきれいになったから、絵を描いてもらうべきだと思うんだよ。イエスが生まれたあと、聖母マリアがいとこのエリザベスを訪ねていく場面を、うんと大きく、ハドルに描いてもらったらどうだろう」

「みんな賛成なのか？」アセルスタンは訊いた。

いっせいに賛成の声があがった。

「それじゃ、すぐにハドルに始めてもらっていい。クリム、ジョン・クランストン卿に伝言をとどけてもらいたいんだが」

「あのふとっちょのおっさん？」

ワトキンの女房は、子供の後頭部をひっぱたいた。

「ジョン・クランストン卿だ」アセルスタンはつづけた。「ブラックフライアーズにもどっていただきたい、と伝えるんだ。明日の朝いちばんに、向こうでお目にかかります、と。さあ」みんなの前で祭服を脱ぎはじめた。「ワトキン、屍衣を買ってきてくれ。パイク、すぐに始めたほうがいいぞ、土が硬いからな。わたしはジョン卿の言う景気づけをやってから、みんなの告解を聴くことにする。ああ、そうそう！」全員のほうに振り向いた。「驚いちゃいけない──謎の施主が、新しい内陣のために聖アーコンウォルドの大きな像を寄贈したいと言っているんだ」

第十二章

その驚くべき発表とともに集会は終わり、教会区民たちはぞろぞろと教会から出ていった。そのあいだにアセルスタンは祭服を脱ぎ終え、内陣のドアに鍵をかけた。だが、教会はあけておいた。ハドルはすでに内陣に立ち、何も書かれていない壁をうっとりと見ている。

「よく考えて描くんだよ」アセルスタンは声をかけた。

「大丈夫だよ、神父さん。何カ月も前から考えていたんだ」

アセルスタンはうなずき、いそいそと小路を通って食堂に行った。そこなら焼きたてのパイとエールが買えることがわかっていた。教会にもどると、すでにワトキンが片方の翼廊を掃除し、長いトネリコの棒に厚い紫色のカーテンを吊して区切っていた。それに、キルトの座と背もたれのついた内陣の椅子をカーテンの片側に持ってきて、アセルスタンが坐れるようにしていた。カーテンの反対側には悔悟者のために、この教会に一台しかない祈禱台が置かれている。しばらくアセルスタンは祭壇の階段の下にひざまずき、よい聴罪司祭になれますようにと祈った。クリスマスや復活祭、聖霊降臨日や夏の聖体祝日など、教会の大きな祝日の前には、いつも告解を聴いている。罪の赦しを受けたい者は、教会のポーチのすぐ内側にひざまずき、順番を待つことになっていた。アセルスタンは、それを厳守するように言っていた。そうすれば、悔悟者が何を言っているか、誰も立ち聞きできないからだ。マグワートがやってきたので、アセルスタンは準備完了だと言って安心させてやった。鐘が鳴りはじめ、罪の赦しを願う連中を呼び寄せた。

アセルスタンは午前中ずっと、そして正午になってもしばらくは坐り、教会区民たちの告白に耳を傾けた。毎度おなじみの罪の数々だ。自分の罪に似ていないこともない、とアセルスタンはひそかに思った。悪い言葉を使ったとか、淫らな思いを抱いたとか、市場で盗みを働いたとか、ミサのあいだに居眠りをしたとか、酔っぱらったとか。ときどき、目新しい罪もあった。父親が息子の嫁に欲情したとか、商売で量目をごまかしたとか。アセルスタンは椅子にもたれてすべて聴き、ときどきそっと優しく質問をした。そして最後に身を乗り出し、もっと寛容に、親切になるように、純粋な心を持つように促して、ささやかな償いを課した。たいてい、慈善的な作業や、教会で祈ることなどだ。そのあと罪を赦しますと告げると、悔悟者は帰っていく。

唯一ほっとするのは、子供たちの告白だった。アセルスタンは前々から子供たちの告白を聴くのが大好きだった。小さな黄色い声がささいな罪を並べたてるのを聴いていると、笑いたくなってしまう。鋳掛け屋タブの娘たちのひとりは、アセルスタンを大笑いさせた。その哀れな少女は、パイクの息子たちのひとりにキスを許してしまい、罪悪感にさいなまれていた。その不品行を告白したい一心で、祈禱台に身を投げ、「清めてください、神父さま、罪を犯しましたから」と言うべきところを、「キスしてください、神父さま、罪を犯しましたから！」とせつせつと切り出したのだ。

アセルスタンは彼女を落ちつかせ、唇にキスするのは、どんなに長いキスだろうと、深刻なことではない、と指摘した。少女はうれしそうに帰っていった。そのあとつまずく足音が聞こえ、カーテンの向こうで甲高い声が言った。「清めてください、神父さま、罪を犯しましたから」

アセルスタンは微笑み、両手で顔を覆った。侍者の役を務めてくれるクリムの声だとわかったのだ。

「神父さん」クリムは声をひそめてつづけた。「おいら、タマネギを食べるのはいやだと言っちゃったんだ」

アセルスタンは重々しくうなずいた。

「せっかく母ちゃんが料理してくれたのに」

アセルスタンは深呼吸し、笑いをこらえた。

「ほかには？」

だがクリムは、妙に黙りこくった。「あのね」と口ごもる。「六回も姦淫をやっちゃったんだよ」

アセルスタンは啞然とした。うなじの毛が逆立つのがわかった。司教が聴罪司祭に説くところによれば、幼い子供の堕落は知られていないことではなく、道徳上の最大の罪だと考えられている。アセルスタンはカーテンを引きあけ、びっくりしたクリムの汚れた顔を見つめた。

「クリム」彼はささやいた。「こっちへおいで！」

少年はよろよろと入ってきた。

「クリム、何の話だ？　姦淫がどういうものか知っているのか？」

少年はうなずいた。

「それを六回も犯したというのか？」

またもやうなずく。

「姦淫とはどういうものだ、クリム？」

アセルスタンは少年の心配そうな目を真剣に見つめた。だからこの子はときどき押し黙り、自分の殻に閉じこもっていたのだろうか？　クリムは目をつむった。

「姦淫というのはね、汚いことをすることだよ！」

アセルスタンは少年の手を放し、椅子にもたれた。「さあ、どんなことがあったのか、はっきり教えておくれ」

「あのね、神父さん、母ちゃんがおいらを市場にお使いにやるのは知ってるだろ。いちばん足が速いからね。かならずご褒美に、水にハチミツを混ぜてもらえるんだよ」

アセルスタンはいまや、完全に煙に巻かれた。「それがどういう関係があるんだ、クリム？」

少年は顔を赤らめ、目を伏せた。「市場から帰ってくるときね、おしっこがしたくなって、外でやっちゃうんだ」

アセルスタンは笑い、少年の手を握った。「それだけかい、クリム？」

少年はうなずいた。

「どうしてそれが姦淫だと思うんだ？」

「だって、母ちゃんがいつも言ってるもん、セシリーは姦淫とか汚いことをいろいろやってるって」

アセルスタンは首を振った。「でも、クリム、おまえはよく外でおしっこをしているだろう。そのどこがそんなに特別なんだ？」

少年はますます顔を赤らめた。

「さあさあ！」

「神聖な場所でやってるんだ、神父さん」

「この教会のなかで、ということか？」

「ううん。ちょうど神父さんちの前を通るとき、いつもしたくなるから、塀の裏にまわって、タマネギ畑でやってるんだ。いけないことだとわかってるよ、神父さんの菜園でやるなんてね、でも我慢できなくて」

アセルスタンはこらえきれなくなり、うつむいて両手で顔を覆い、肩がふるえるほど笑った。

「神父さん、ほんとうにごめんなさい」

アセルスタンは顔を上げ、目から涙を拭いて、少年の肩をつかんだ。「罪を赦します」そのあと真顔になった。「償いをしなくちゃね」

「うん、神父さん」

「今度、母さんがタマネギを料理したら、残さず食べるんだ。さあ、お行き、もう罪を犯すんじゃないぞ！」

クリムはゆゆしき罪から解放されたかのように教会から飛び出していった。アセルスタンはそれを見守りながら、まだ笑いがこみあげていた。教会に誰もいないのがうれしかった。もしも誰かがクリムを目撃したり、立ち聞きしたりしたら、あの子は教会区の笑いものになってしまう。アセルスタンは椅子にもたれ、しばらくうとうとしながら、クランストンの謎を解く方法を考えたり、ブラックフライアーズで捜しているものが見つかるだろうかと思ったりした。突然、ある考えにぞっとして、居住まいを正した。ブラックフライアーズの殺人犯が、こちらが捜しているものをすでに見つけてしまったとしたら？　彼は頸垂帯をかけ直した。立ちあがろうとしていると、忍び足で入ってくる足音が聞こえた。腰を下ろし、急に緊張した。教会はひっそりしている。外でもすべてが静まり返っている。行商人も商人も教会区民も、一日のうちでいちばん暑い時間は休んでいるのだ。いまごろ、誰が来たのだろう？　祈禱台にひざまずく音が聞こえた。

「清めてください、神父さま、罪を犯しましたから」

アセルスタンはぎょっとした。ベネディクタの声だったのだ。目を閉じ、両手をぎゅっと握った。ベネディクタが彼のところへ告解に来るのは、これがはじめてだ。教会区のほかの人々のように、たぶん自分たちの司祭に告白するのが恥ずかしいからだろう、彼女もいつもよそに行っていた。彼女のささやかな罪の数々を聴いて、アセルスタンはちょっとほっとした。思いやりのない考えや言葉、ミサに遅刻したこと、彼の説教のあいだに居眠りをしたこと。それを聴いてアセルスタンは、カーテンに向かってべろを出した。やがてベネディクタは口をつぐんだ。

「それだけですか?」彼は穏やかに訊いた。

「神父さま、わたしは未亡人です。しばらくのあいだ、夫が生きているかもしれないと思っていました。うれしかったけれど、それでも悲しかったんです」

アセルスタンは気を引き締めた。

「悲しむべきではありませんでした」ベネディクタはつづけた。「それに、彼が死んでいるよう願ったことも告白します」

「それなら、あなたは赦されます」

「なぜ悲しかったか、お知りになりたくないんですか、神父さま?」

「自分の良心に従って告白しなければなりませんが、それ以外のことは気にしなくていいんです」

「わたしが悲しかったのは、ほかの男性を愛しているからなんです。ときどき、その人に思い焦がれます」

「人を愛することは罪ではありません」アセルスタンは、てっきりベネディクタがその先をつづけるものとばかり思っていた。

「わかりました、神父さま」彼女はそっと答えた。「いま申しあげた罪をすべて、ほんとうに申し訳なく思っております」

アセルスタンは彼女のために小さな償いを定め、ほとんど棒読みで罪の赦しを告げ、弓の弦のように張りつめた気持ちで坐っていた。ベネディクタは立ちあがり、ひっそりと教会を出て、静かにドアを閉めた。

彼は大きくあえぎ、ぐったりと椅子にもたれた。ベネディクタが何を言おうとしていたのかわかり、先をつづけないでくれたのが心底うれしかった。立ちあがって背伸びをし、内陣障壁を通ってたたずみ、祭壇の上の十字架を見上げた。「ポール修道士のおっしゃったとおりだ。愛とは恐ろしいものだ！」数分間、彼は己の良心とまともに向かい合った。ベネディクタを愛している！　木の十字架に釘でとめられたねじれた姿を見つめた。キリストは理解してくださるだろうか？　すべての人々を愛したとされているキリストは、特定の誰かを深く愛したのだろうか？　アセルスタンは目をこすった。そして聖書を思い出した――キリストについていった女、キリストが亡くなったときそばにいた女のことを。アセルスタンは頸垂帯をはずした。このことをつきつめて考えたら、どういう結論にたどり着くだろう？　内陣の前でそそくさと片膝をついて一礼し、大股に教会を出て、ドアに鍵をかけた。ほかのことに心を集中しなければ。

ブラックフライアーズの件は、チェスをさしているようなものだ。これまで相手は闇に隠れ、すべての手を仕切っている。こちらとしては、やっと獲得した主導権をぜひとも失わないようにしなければならない。

台所にもどったアセルスタンは腰を下ろし、急いで短い手紙をしたため、ベッドのそばの大きな櫃《ひつ》から蜜蠟と印章をとってきた。もう一度手紙を読み、これでいい、と判断し、蜜蠟を溶かして印章を押した。一時間後、もうタマネギのことなどすっかり忘れたクリムが、野ウサギのように走ってロンドン橋を渡っていた。片手にアセルスタンの手紙をしっかり握り、息もつかずに、言われた指示を何度もくり返しながら。

その夕方遅く、日没の直前に、パイクとワトキンが聖アーコンウォルド教会にもどってきた。ワトキンはキャンバス地のシートと松材の柩《ひつぎ》、それに縄を調達していた。わびしい葬儀がいとなまれることになり、元売春婦エメリアの遺骨は屍衣に包まれ、祭壇の前に安置された。アセルスタンは、せんさく好きのボナベンチャーにつきまとわれながら教会にもどり、ろうそくを灯し、紫色のコープを着て、葬儀を開始した。パイクとワトキンが哀れな遺骨の両側に立つあいだに、アセルスタンは天使たちを招き、この人間の魂を迎えてください、と祈った。女の名前は口にしないよう、気をつけた。柩の上で香を焚き、聖水で清めたあと、柩を運ぶワトキンとパイクをあとに従えて、墓地の遠い片隅に掘られた浅い墓穴に行った。薄れゆく陽射しのなかで、最後の祈りを唱える。墓穴を清め、土くれをとりあげてほうると、木の蓋に当たってぱらぱらと雨粒のような音がした。そのあとコープを脱ぎ、パイクやワトキンを手伝って、墓穴を埋めた。

「このままほうっておくんですかい？」パイクが訊いた。

アセルスタンは両手の泥をぬぐい、悲しげな表情になった。

「いや、それはよくない。明日、十字架を作るようハドルに頼んでくれないか。質素な十字架を」

「名前を彫るんですかね？」

「いや」アセルスタンは暮れゆく空を見上げ、宵の明星が天のダイヤモンドのように輝くのを見守った。「〝優しいイエスさま、マグダラのマリアをよろしく〟と彫るようハドルに伝えてくれ」

「それじゃ何のことか、あいつにはわからんでしょう」ワトキンが反対した。

「かまわないじゃないか？　キリストはわかってくださるよ」

翌朝早く、アセルスタンはボーヤーズ通りの角でクランストンと落ち合い、ふたりで居酒屋に入った。その店の亭主は、開店や閉店の時刻についてのシティの規則を平気で破っている。クランストンは朝食を食べると言い張り、アセルスタンは小声で悪態をついた。でも、この時刻にこの場所で反対しても仕方がない。検死官には一昨日のような元気がない。まだ奇跡のワイン袋から一杯やっていないのだろうか。ふたりはエールとオート麦のビスケットの朝食をとった。検死官は不機嫌そうにビスケットを嚙みながら宙を見つめていた。

「くそったれゴーントめ！」声をひそめて言う。

アセルスタンは優しく彼の手にさわった。「ジョン卿、質問しないでもらいたいんですが、解答を見つけたと思いますよ」

クランストンの表情の変化は驚異的だった。目は興奮して輝き、気難しい表情は消えて満面に笑みが広がった。大声をあげ、指を鳴らしてエールのおかわりを注文し、猛然とアセルスタンをつついて、どう論理的に推理したのか話させようとした。だが托鉢修道士が釣られて話そうとしないので、クランストンはふたたびむっつりと黙りこんだ。

「まだ話せないんですよ、確信できないことには。確信できるようになるまで、わかっていることは内緒にさせてもらいます。だいたい、ジョン卿、深酒なさるでしょう」

「とんでもない！」

「いつも飲んでいるじゃありませんか。一杯機嫌で吹聴なさったら、この解答がまるごとおじゃんになるかもしれません」

「幼い国王が封印した書類をお持ちで、そこに解答が書いてあるんだぞ」

「ジョン卿、そういう書類がすり替え可能なことは、ご存じでしょう」

「くだらん！」

「そんなことを言っても何の足しにもならないし、わたしの尽力にちっとも感謝してもらったことになりません」

「感謝！　感謝しろだと！」クランストンは皮肉っぽく口まねをした。そして大ジョッキをとりあげて飲み干し、ほうり出すようにテーブルに置いて、すねた子供のように半ば背を向けた。

「おちびちゃんたちは元気ですか？」アセルスタンは穏やかに訊いた。

「かわいくてかわいくてたまらんよ！」クランストンはつぶやいた。

「で、モード夫人は？　いつものようにお優しいですか？」

クランストンは顔をめぐらし、ひねくれた視線をちらりと投げてよこした。それでアセルスタンは、クランストンの不機嫌の理由を悟った。

「なるほど、そういうわけだったんですね」

クランストンは鼻を鳴らし、振り向いた。

「アセルスタン、すまなかった。頭痛持ちの熊のような気分なんだよ」

アセルスタンはあえて異を唱えなかった。

「ところで、二通めの手紙はとどきましたか？」

「ああ。受けとってから一時間もしないうちに、シティ最速の使者が替え馬を連れて北に旅立ったよ。その点については、できるだけのことはした」

「それなら、ブラックフライアーズで何ができるか行ってみましょう」

恐ろしい死亡事件があったにもかかわらず、修道院はどこから見ても通常の穏やかな日常生活にもどっているようだった。門番がふたりをなかに入れると、ノーバート修道士が温かく出迎え、馬を馬丁に渡し、宿坊に案内してくれた。

「もう、本はすべて運んでおきました」ノーバートは誇らしげに告げた。「一冊残らず運びましたが、修道士たちはおふたりが何かを捜していることに感づいたようです」クランストンを見て微笑んだ。「それに、ハチミツ酒やエールやワインも運んでおきましたよ、ジョン卿。捜索にはずいぶん時間がかかるでしょうから」

彼の言うとおりだった。二階の部屋では、前よりたくさんの革表紙の本がふたりを待っていた。クランストンはうめき声をあげ、階下のワイン貯蔵室に矢のように飛んでいった。アセルスタンは手と顔を洗い、すぐに捜索を再開した。ときどきクランストンも手伝った。

夜になるとアセルスタンは、もっとろうそくを持ってくるようノーバートに頼み、調べものに没頭した。ときおりとる休憩にしても、食べ物をかきこみ、水で割ったワインを飲むだけだ。本を丹念に調べるうちに眠ってしまい、目覚めると背中と肩が痛かったが、捜索をつづけた。木曜日を丸一日捜索に費やし、金曜の朝は夜明けの直後にミサを挙げ、宿坊にもどり、クランストンのいびきを無視しようとしながら、疲れを押してまた別の本をとりあげ、羊皮紙のページをめくりはじめた。クランストンが目を覚まし、ひどく喉が渇いたと言った。アセルスタンが上の空でうなずくあいだに、クランストンは顔を洗って着替え、大食堂に行った。そしてもどってきて、何を食べたか細々と説明した。アセルスタンがとり合わずにいると、検死官は不機嫌になって抗議し、薄い本を一冊手にとって、聞こえよがしにつぶやいた。

「ヒルデガルト！　ヒルデガルト！　くそったれヒルデガルト！」

正午に修道院長と院内総会の面々が、ふたりに会いに来た。内陣で見つかったもので受けたショックからはみな立ち直っていたが、冷ややかによそよそしく群がって台所に立ち、坐ろうともせず、食べ物や飲み物も受けとろうとしなかった。ウィリアム・ド・コンチェスとユージエニアスは、馬鹿にしたようにアセルスタンを見つめた。ヘンリー・オブ・ウィンチェスターはいかにも辛抱強そうに苛立ちを押し隠し、ニール修道士とピーター修道士は遅々として捜査が進まないことに怒りをあらわにした。

「いつまでもここにいるわけにはいかないんだ、アセルスタン修道士！」ピーターは言い張った。「この件にはけりをつけてもらわないと。ヘンリー修道士の論文には判定が下っている。ニール修道士とわたしは帰らなければならないし、裁判長とその腹心だって長い旅をしなければならない」

アセルスタンは修道院長を見つめたが、アンセルム院長は冷ややかで平然としていた。「わたしが望んでいるのは、アセルスタン」院長は答えた。「この件が解決することだけだよ、そうすればこの修道院は通常の日常生活にもどれるから」

「死んだ連中はどうなる？」クランストンが吠えた。「ブルーノ、アルクイン、カリクスタス、ロジャーは？ 彼らの血は大地を汚し、復讐をもとめて天に叫んでいるんだ」

アンセルム院長のまなざしはやわらいだ。「ジョン卿、おっしゃるとおりだ、わたしが間違っていた。ここに来てくださるよう、頼んだのはわたしだ。手伝うようアセルスタンに頼んだのもわたしだが、正直言って、その決断を後悔しはじめている。たぶん、これは解決できない謎なんだろう。聖書にも、『復讐はわたしのすること、わたしが報復する』と主は言われる（ローマの信徒への手紙第十二章第十九節）と書いてある」疲れはてたように肩をすくめた。「この件は主の御手にゆだねるべきなのかもしれないな」

「くだらん！」クランストンはしゃがれ声で言った。「この涙の谷では、神はわれわれを通じて御業をおこなわれるんだ！ われわれは神の目であり、鼻であり、口であり、足である！」ドミニコ会修道士たちの前に進み出た。「正義は貫かれなければならないだけでなく、貫かれるのを見とどけられなければならない。四人の男が殺害された。たしかに彼らはドミニコ会修道士だったが、イングランド人でもあり、国王の臣下でもあった」指で自分の胸をつつく。「この件が終わるのは、わたしが終わったと判断したときだ！」

ユージェニアスはあざけるように拍手した。「ご立派な演説だが、ジョン卿、わたしはあんたの臣下ではない。わたしが忠誠を尽くす相手はローマにおられる総会長であり、アヴィニヨンにおられる教皇だ。地獄が凍るときまであんたがこの件を捜査していようと知ったことではない、わたしは帰るぞ！」

クランストンは彼を見てにこやかに微笑み、アセルスタンは目を閉じた。

「おい、この屁っこき野郎！」検死官は詰め寄り、ユージェニアスの暗褐色になった顔を見下ろした。「あんたが誰だろうと、どこから来ていようと、かまわん。あんたはいまイングランドに、わたしのシティにいる。ドーバーまですたこら駆けていってもいいが、乗船許可は下りないだろう。この国では、密航は正式に起訴されるべき法律違反だ！」

「脅すのか、ジョン卿！」ウィリアム・ド・コンチェスが鋭く言い、ユージェニアスを引っぱって一歩下がらせた。

「脅す？」クランストンは驚いたふりをして眉を上げ、彼を見た。「わたしが脅した？　脅しちゃいないよ、拷問官殿」

「わたしは裁判官だ！」

「いや、卑劣漢だ！」クランストンはつづけた。「人の身体を痛めつけ、相手の魂を抜く。あんたちは、ふたりともくそったれだよ！」短剣の柄に手をやったので、裁判官たちはふたりとも、激怒の表情を浮かべながらも、黙っているのも勇気のうちだと判断した。

クランストンはアンセルム院長をちらりと見やり、そのあとニール修道士とピーター修道士に一瞥をくれた。アセルスタンはひたすらうつむいていた。検死官の癇癪玉《かんしゃくだま》が激烈であることも、いつ破裂するかわからないことも知っていた。いったん決然としてことに当たったら、クランストンは誰にも（モード夫人を除いては）勝手な意見は言わせておかない。アンセルム院長が前に出た。

「ジョン卿」検死官に柔和なまなざしを投げかけた。「ある意味で、おっしゃるとおりだ」振り向いて同輩たちを見る。「われわれの同胞が四人、亡くなった。検死官殿、アセルスタン修道士、歩み寄ろう。日曜日の夕方までにこの件が終わらず、謎が解けなければ、われわれは思いどおりにしてもいい、ということにしよう」

アセルスタンは、悪い状況をいっそう悪くするひまをクランストンに与えず、すばやく大声で言った。「修道院長、同意します。そうですよね、ジョン卿？」

「ふん！」

アセルスタンは修道士たちを見て作り笑いを浮かべた。

「検死官殿は、いつも説得を快く受けいれるんです」目をこすった。「修道院長、おいでいただいてありがとうございました」ドアをあけた。「決めたとおりにするのがいちばんですね」

彼らがいなくなると、アセルスタンはくずおれるようにスツールに坐った。

「まったく《フォア・ザ・ラブ・オブ・ゴット》、ジョン卿、あそこまでずばりと言う必要があるんですか？」

「修道士、わたしが歯に衣を着せないのは神の愛を得るため《フォア・ザ・ラブ・オブ・ゴット》にだよ」

「ジョン卿、厳しすぎましたよ」

「うるさい！」

クランストンは奇跡のワイン袋をつかみ、足音も荒く階段に引き返した。

「ジョン卿！」

「なんだ、腰抜け修道士？」

「ほんとうのことを言ってくださって、ありがとうございました。あなたはいい人ですね」アセルスタンは微笑んだ。「こう言っちゃなんですが、あのふたりの裁判官の表情は忘れられませんよ。修道院長も、落ちつきをとりもどしたら、感謝するでしょう」

クランストンは彼をにらみ返した。「わたしに言えるのは、この司法官お気に入りの法律的格言だけだ」

アセルスタンはすくんだ。「というと？」

「失せろ！」

「やめてください、ジョン卿」

「やめてください、ジョン卿、だと！」クランストンは怒鳴った。「あの野郎どものひとりがきみを殺そうとしたんだぞ、忘れてしまったのか？」そう言い捨てて、階段を上りつづけた。

数分後、アセルスタンが行ってみると、クランストンは本に没頭していた。奇跡のワイン袋からたっぷり飲んだおかげでひどく元気がよく、騒々しくページをめくっている。アセルスタンもページをめくりつづけた。

「お！」クランストンが押し殺した声で言った。「修道士、これを見ろ！」

アセルスタンは急いでそばに行った。検死官のずんぐりした指は、本から七、八ページほど切りとられたところを指し示していた。

「最近だな！」検死官は告げた。「しかも、あわてて切ったと見える」

アセルスタンは切り口をよく調べた。綴じこまれているページの小口は摩耗して色あせているのに、切りとられた羊皮紙の断面は真新しい白だった。アセルスタンはその本を手にとり、クランストンの抗議や質問にはかまわず、自分のベッドに持っていき、坐って膝に抱えた。古い本で、数人の著作家の小品がおさめてある。ページをめくり終えて本を閉じ、クランストンの困惑した表情を見つめた。

「わたしたちが捜していたものを」アセルスタンはつぶやいた。「暗殺者はすでに見つけたんですね」

「いつ？」クランストンはぴしゃりと言った。「図書室は過去数日間、見張られていたんだぞ！」

「いつなのかはわかりません。たぶん、カリクスタスを殺したときでしょう。老司書がある本に手を伸ばすのを見とどけて、それから転落させたのかもしれません。それはともかく」アセルスタンは疲れはててつづけた。「この本から切りとられたページは、どこかの下水の底に沈んでいるか、燃やされてふわふわした灰になっているんでしょうね」

彼は口をとがらせ、ため息をついた。「ジョン卿、ふたつのことを祈りましょう。まず、オックスフォードに送った使者がうまくやってくれること、そしてうまくやってくれるとしたら、その使者が持ち帰るものがこの件をきっぱりと解決してくれることを」ベッドにあおむけになった。「わたしはひと眠りします。ノーバート修道士に、これらの本を図書室にもどすよう頼んでください。当面は何もできません。休みましょう。明日の夜は、サヴォイ宮殿に行かなければならないんです」

検死官から返事がないので、アセルスタンはよいこらしょと肘をつき、身を起こした。クランストンはすでに眠っていた。大きな赤ん坊のようにベッドの端に坐り、頭をぴくぴく動かして、唇を鳴らしている。アセルスタンは起きあがり、できるだけ寝心地のいいようにしてやって、自分のベッドにもどり、眠りに落ちた。

第十三章

その午後遅く、ノーバート修道士がふたりを起こし、すべて順調かと訊いた。アセルスタンは寝ぼけ眼で礼を言い、本は図書室にもどしてもいいと言った。

「捜していたものが見つかったんですか？」

アセルスタンは目をこすり、あくびをした。「イエスでもありノーでもあるな」狐につままれたようなノーバートの表情を見て、にっこり笑う。「言えるのは、ジョン卿もわたしもしばらく待たなければならないということだけだよ」目をやると、検死官はベッドの端に坐り、猫のようにあくびをしていた。「検死官殿とふたりで、これからほかの仕事をしなければならないんだ」

クランストンと彼は身体を拭き、ノーバート修道士や平修士たちがほかの本を図書室にもどすのを手伝った。そのあとふたりで果樹園に散歩に行き、この前来たとき目撃したものには心を閉ざし、熟しつつある果物の甘い香りを楽しんだ。

「ここでの仕事はこれ以上進まないぞ」クランストンは意見を口にした。「使者がオックスフォードからもどらないことにはな。もどったら、どこだろうとわたしたちのいるところにさし向けるよう、モードに指示してあるよ」足を止め、アセルスタンをまともに見た。その顔からは、いつもの磊落《らいらく》さや人を食った尊大なところが消えていた。「明日の夜七時に、わたしはゴーントの大広間にもう一度行くことになっている。例のイタリア人から仕掛けられた謎の答えを持ってな」アセルスタンの肩をつかんだ。「当てにしているぞ、修道士。もう答えを出しているんだろう。出しているに決まっている。教えてくれないか」ずんぐりした大きな手を上げる。「うちのちびどもの命にかけて誓うよ、しっかりと口をつぐんで、誰にももらさないと」

「ほんとうですか、ジョン卿？」

「わたしの腹がでかくて空っぽなのとおなじくらい、ほんとうだ」

「それなら、検死官殿、わたしの仮説を試してみるべきかもしれませんね」

その晩、夕食のあと、アセルスタンはクランストンを寝室に連れていった。

「さあ、ジョン卿、おさらいしてみましょう。秘密の通路も落とし戸もない部屋で、四人が殺害されました。若者、村の司祭、それにふたりの兵士です。犠牲者の誰も飲み食いをしていないし、誰も部屋に入らなかったから第三者による犯罪も考えられない、というのが謎の一部です」アセルスタンは肩をすくめた。「さて、論理学では数学者の言う〝公分母〟を探すよう教わります。すべてのことがらに共通するひとつの要素ですね。だから、わたしの解答はつぎのとおりです」鞍袋をあけ、ある品々をベッドに並べた。そしてクランストンが一心に見守るなか、アセルスタンは自分たちの寝室を〈緋色の部屋〉に見立て、それぞれの男の死にざまを演じ、なぜ死ぬはめになったたか、明快に説明した。検死官は驚いた。

「まさか！」クランストンは押し殺した声で言った。「そんなことはあり得ない！」

「そうとしか説明がつかないんですよ。さあ、今度は卿を犠牲者に見立て、証明してみせましょう」

一時間後、クランストンはいやいやながら、アセルスタンが出した結論以外、認められるものはない、と同意した。

「そうだといいですね」アセルスタンは陽気に意見を述べた。「神に誓って、その答えしか思いつけないんですから」

「きみが間違っているとしたら、どうなる？」クランストンはつぶやいた。「何かふたりとも忘れていることがあるとしたら？　そうしたらどうなる？　わたしはクレモナの領主に払う金をどこで工面すればいいんだ？」

アセルスタンは両手で顔を覆った。クランストンを兄のように慕っているが、ときどきだだっ子のようだと思ってしまう。それでも、クランストンの言うとおりだ。これは単純な知恵比べではない。オックスフォードやケンブリッジの哲学者たちが大好きな机上の謎のひとつではない。クランストンの名声が、首席法務官としての彼の身分がかかっているのだ。托鉢修道士は立ちあがった。

「その質問にはお答えできません。さあ、修道院長に会ってこなくちゃ。明日ここを出て、日曜日までもどらないとお知らせしなければ」クランストンの肩をぽんとたたいた。「ひと眠りしてください。明日は頭を働かせなければならないんですよ」

二時間後にアセルスタンがもどると、もちろんクランストンはまだ起きていて、奇跡のワイン袋をちびちゃんたちのひとりのように腕に抱いていた。

「やけに手間取ったな」ろれつがまわらない。

「ほかのことについても修道院長と話さなければならなかったんです」

「何を持っているんだ？」クランストンは、アセルスタンが鞍袋に入れようとしている小さな羊皮紙の巻物を指さした。

「なんでもありません」

クランストンはため息をついた。「隠しごとをするとは、いやなやつだな。でも疲れているから、訊かないことにしよう」

クランストンは服を脱ぎ、どさっとベッドに倒れこんだ。勢いのあまり、彼がベッドもろとも床を突き抜けないのが奇跡のように思われた。能天気な検死官は、何分もたたないうちにいびきをかいていた。アセルスタンは祈りを唱えたが、教会の聖務日課ほどきちんとした祈りではなく、クランストンの謎に自分が提案した解答が正しいものでありますように、という神頼みだった。

翌日、ふたりは到達した結論を練習してすごした。クランストンはチープサイドにある自宅にノーバート修道士をやり、オックスフォードから使者がもどってきたかどうか調べさせるとともに、モード夫人やふたりのちびちゃんによろしくと伝えさせた。帰ってきたノーバートは上品なモード夫人を褒めちぎり、クランストンの元気のいい息子たちを賞賛した。だが、使者はまだ到着していないという。

クランストンとアセルスタンは、夕方早く、ブラックフライアーズの修道院を出た。検死官の願いで川岸の居酒屋で景気づけをやったあと、艀《はしけ》を雇って川上にあるジョン・オブ・ゴーントの宮殿に向かった。艀が流れの中ほどから岸に寄るあいだにも、ゴーントの一族郎党がふたりを待っているのが見えた。クランストンの賭の噂は、どうやら宮廷じゅうに広まっているらしい。絹を張った屋形船がすでに専用の波止場に着き、ゴーントのお仕着せを着た家来たちがたいまつを持って波止場で待っていた。その頭上には、イングランド、フランス、カスティリア＝レオンの王室の紋章が入った旗が川風にはためいている。

クランストンとアセルスタンが到着すると、金色のきらびやかな服を着た侍従が、職務をあらわす先端が金色の白い杖を持って出迎え、群衆のあいだを先導した。明かりの灯った廊下の先は大広間で、この夜のために華麗にしつらえられていた。黒と白の大理石の床にはベンチがずらりと並び、やわらかな天蓋に覆われて、観客が坐るようになっている。壁には色あざやかなまばゆいタペストリーがかけてある。そのすぐ前に、銀色の半甲冑に身を固めた兵士たちが目立たないように立ち、抜き身の剣を持っている。一段高くなったところには巨大な樫のテーブルが置かれ、何百本もの蜜蠟ろうそくの光を受けて輝いているので、広間の正面はすばらしい夏の日にも負けないくらい明るかった。

侍従はふたりを、テーブルの向こうの大きな半円形に並べてある椅子に案内した。

「こちらでお待ちください。ランカスター公閣下とほかの王族の方々は、お身内だけで夕食をとっておられます」

クランストンは、侍従の言葉に慇懃無礼な響きを感じた。

「あんた、名前は？」

「サイモンです、ジョン卿。サイモン・ド・ベラモンテと申します」

「それなら、サイモン」クランストンは愛想よく答えた。「われわれは待つあいだ、ここで見物されたくはない。大広間のドアを閉め切り、ランカスター公の有名なライン産ワインの入った大きなゴブレットを、書記とわたしに持ってきてくれないかな。地下のワイン倉に冷やしてあるそうじゃないか！」

侍従は唇をすぼめ、皮肉っぽい笑顔になった。

「ドアはあけておかなければなりません」甲高い声で抗議した。

「おい、さっさと行けよ！」クランストンはドスのきいた声で言った。「せめて普通のワインでも持ってこないと、招待客が冷遇されたとランカスター公に言いつけるぞ」

「ベラモンテさん」アセルスタンは小声で言った。「ジョン卿はひどく喉が渇いているんです。だから、この件で親切にしていただければ、きっとずいぶん感謝されますよ」

侍従は精いっぱい胸を張り、悠然と歩み去った。ぶらぶら歩いているアヒル程度には優雅だ。廷臣たちは大広間に残っていたが、少なくともクランストンはワインを手に入れた。大きな錫合金のゴブレットに入り、ちらちらと光って縁のところで泡立っている。クランストンはそれを一気に飲み干し、唇を鳴らしながらゴブレットをさしだした。

「もう一杯！」と命じ、アセルスタンを見て微笑む。「なあ、こういう贅沢や富になら慣れてもいいな」

彼は従僕がいそいそと去っていくのを見守った。そしてもう一度、大広間を見下ろして、こっそりと見上げている廷臣たちをにらんだ。

「昔とは大違いだ。見てみろ、アセルスタン。女のように着飾って、女のように歩き、女のようなにおいをさせて、女のように話している！」

「女性がお好きなのかと思っていましたよ、ジョン卿」

クランストンは唇をなめた。「そりゃ好きだよ、だがモードはそこらの女性千人分の価値がある」足を踏み鳴らした。「モードは天下一品だ」

アセルスタンは用心深く検死官を見つめた。感傷的な気分で郷愁にひたっているクランストンほど危険なものはない。

「昔は」検死官は声をひそめてつづけた。「あのへんの男たちの父親と、ポワティエの戦場で肩を並べたものだ。フランス軍が鋼鉄の波のように押し寄せてきたよ」腹をなでる。「当時のわたしはもっとスリムで鋭く、グレイハウンドさながらだった。すばやく突撃し、猛然と戦った。われわれはタカのようだったよ、アセルスタン、稲妻よろしく敵に襲いかかったものだ」鼻息も荒く呼吸し、白い頰ひげを逆立てた。「ああ、あの日々よ。色を好み、酒に酔った日々よ」首を振り、そのあとすばやくアセルスタンをにらんだ。アセルスタンはうつむき、笑みをクランストンに見られないようにした。

「どうしたんですか、ジョン卿？」彼は唐突に訊いた。

「知るか！　わたしはゴーントのような手合いによってここに連れてこられ、いじめられているんだ。彼の父君、金髪のエドワード王を知っていたし、兄君の黒太子も知っていた。神よ、彼を安らかに眠らせたまえ！」クランストンは目から涙をぬぐった。「猛烈な戦士だったよ、黒太子は。戦場では、誰も彼に近づく勇気がなかった！　動いているものや、恐ろしげな兜のスリットから見えるものはなんでも殺した。乗っていた馬を少なくとも三頭は殺している。馬の頭や耳を、向かってくる敵だと思ったんだな」

「ジョン卿」アセルスタンはしつこくくり返した。「過去のことは忘れてください。約束を憶えているでしょう？　ご自分で話をしなければならないんですよ」

クランストンは指を鳴らした。「そうだ！　わたしが話すんだっけ」ぐっとアセルスタンをにらむ。「あの話が間違っていないことを願うばかりだよ」

従僕がもう一杯ワインを持ってきた。アセルスタンは目をつむり、太った検死官が謎解きもできないほど酔っぱらいませんように、と小声で祈った。だがクランストンは目を半眼にして、ときおりゴブレットからちびちびと飲み、馬鹿にしたように大広間をにらみつけた。まだ内心、若い世代の堕落を嘆いているのだろう。突然、甲高いラッパの音が響いた。従者の若い騎士の一団が、さまざまな色の旗を持って大広間に入場し、式部官の両側に立った。イングランド王室の色である赤と青と金色の服を着た式部官は、長い銀色のラッパで三度、鋭くファンファーレを吹き、静粛に、と呼びかけた。「国王陛下ならびに御叔父君ランカスター公ジョン・オブ・ゴーント閣下、クレモナの領主閣下の御成り」

リチャード王が入ってきた。まとっている青いガウンには、金色の獅子と、フランスの紋章である銀色の百合が縫いとられている。その片側を歩いているランカスター公は、金褐色のガウンを着て、黄褐色の髪に銀の花冠をいただいている。反対側を歩いているクレモナの領主は、黒と銀色の服装で、浅黒い顔に悦にいった満足そうな笑みを浮かべている。そのうしろに王族がつづき、孔雀のようにきらびやかなガウンを着て、いい位置を占めようと争っている。幼い国王は、いかにも子供らしく、クランストンを見ると手をたたいた。ゴーントが指輪をはめた手で制止しなければ、駆け寄っていただろう。

「検死官殿」幼い国王は呼びかけた。「よく来てくれたね」

クランストンとアセルスタンは、式部官が入場するとすぐに立ちあがっていたが、片膝をついた。

「陛下」クランストンは小声で言った。「名誉に存じます」

彼はリチャード王が威風堂々と進んでくるのを待ち、雪花石膏のように白い小さな手をとって、音高くキスをした。見守っている廷臣のあいだに、さざ波のように忍び笑いが広がった。

検死官は頭を半ば上げた。

「陛下、わたしの書記を憶えていらっしゃいますか?」

幼い国王は、クランストンのずんぐりした手を握ったまま振り向き、ドミニコ会修道士を見てにこにこしながらうなずいた。

「もちろん。アセルスタン修道士、元気か?」

「はい、おかげさまで、陛下」

「よかった！」国王はぽんと手をたたいた。「叔父上」顔をめぐらして呼ぶ。その目には無情なきらめきがあり、声には容赦のないところがあった。そのことに気づいてアセルスタンは、すばやく床を見つめた。リチャード王は有力な叔父が大嫌いなのだ。いずれは、血で解決されることになるのだろうか。

「叔父上」幼い国王はもう一度言った。「全員を着席させてください。ジョン卿、アセルスタン修道士、余の右側に、叔父のとなりに坐るといい」

クランストンとアセルスタンは立ちあがった。ゴーントもクレモナの領主も、如才なくふたりに挨拶した。その笑顔には、あざけりの色がある。すでにクランストンをよく観察し、彼が酔っているので、賭に勝ったと早くも信じているのだ。またもやいつもの騒ぎが起こり、廷臣たちは王族に近い席を争った。おまけに式部官が銀色のラッパを吹いたので、大広間は席に着く人々の騒音や叫び声でいっぱいになった。国王は興奮して目を輝かせ、顔を生き生きとさせて、テーブル下座のアセルスタンとクランストンをにこにこと見守った。クランストンは急に酔いが醒めた。あやうくなっているのは千クラウンだけではない。ゴーントは彼の失敗を待っているが、国王は叔父をへこませ、傲慢なイタリア人貴族にイングランドの知性の真骨頂を見せつけてやろうと決意している。

ついに式部官が静粛を命じると、国王は叔父を待たずに立ちあがった。

「叔父上、クレモナの領主閣下、紳士諸君——この賭はいまや、誰もが知るところになっている。二週間前、こちらのお客さまが」国王の手は、左側に坐っているイタリア人貴族の手首に下りた。「ある謎を提起された。この宮廷のみならず、いかなる宮廷の博学な者たちの頭脳や鋭い知性にも重荷となるような謎である。ジョン卿は千クラウンの賭を受けて立った」幼い国王が指を鳴らすと、小姓がいそいそと物陰から出てきた。捧げている深紅のクッションには、封印された巻物が載っている。リチャード王はそれをとりあげた。「謎の答えはここに書いてある。さて、諸君、この大広間に、この謎を解ける者はおるか？」

その言葉に、みな無理だとつぶやいた。クレモナの領主は身を乗り出した。余裕の笑みを浮かべていることは、誰の目にも明らかだ。国王はクランストンのほうを向いた。「検死官殿、そなたには解けるかな？」

クランストンは立ちあがり、テーブルをまわって国王の正面に行き、腰を折って深々と一礼した。

「陛下、解けるものと存じます」

彼の言葉を深いため息が迎えた。国王は腰を下ろし、いたずらっぽい視線をちらりとアセルスタンに向けた。ゴーントは椅子にもたれ、肘掛けに肘をついて、指を尖塔の形に合わせた。クレモナの領主は、そわそわと唇を嚙みはじめた。申し分のない役者であるクランストンは、ひとつの役から別の役へさっと変身した――もはや大言壮語する騎士ではなく、飲んでばかりいる大酒のみでもなく、怒りっぽい法務官でもない。アセルスタンはうれしかった。クランストンは、あの太った赤ら顔と半白の頭の下に、どの大学の講堂や宮廷の法曹学院に籍を置く者にも負けないくらい鋭い頭脳と理知を秘めていることを、証明しようとしているのだ。

自分の役割に興奮したクランストンは、両手を前に組んでその場を行きつもどりつし、ざわめきがおさまるのを待った。ようやく口を切ったのは、全員の注意が自分に向けられてからだった。振り向いて、茶色い目で幼い国王の目をとらえた。

「陛下、謎はつぎのようなものでございましたな」唇をなめ、全員に聞こえるよう声を張りあげた。「緋色の部屋で眠っていた若者が、窓のそばで死んでいるのが発見された。雪のなかを村からやってきた司祭も、おなじ日に亡くなった。しかし、いちばん不思議なのは、部屋に泊まりこんだふたりの兵士が死んだことであります」半ば振り向いた。「憶えておられますでしょうが、片方の兵士がもう一方の兵士を弓矢で殺し、そのあと自分自身も倒れて事切れたのであります」効果をねらって間を置いた。「ほかの人間は誰もその部屋に入っておりません。毒の入った食べ物や飲み物も供されませんでした。四人の男が死亡し、そのうちのひとりは矢で殺害された。そして」片手を上げた。「残る三人は毒殺されたのです」

「どうやって？」クレモナの領主が訊いた。

「閣下、下手人はベッドだったのです」

アセルスタンは、クレモナの領主の顔に浮かんだ驚きの表情に気づいた。クランストンは正しい筋道をたどっている。

「説明せよ！　さあ、早く！」リチャード王が叫んだ。

ゴーントは片手を口に当て、顔を少し横に向けた。大広間にいるほかの面々はぴたりと静まり、嘲笑はみるみる消えていった。アセルスタンはあたりを見まわした。旗を持っている騎士たちや、王室のお仕着せを着た兵士たちまで、いまやクランストンを見つめている。アセルスタンは、ブラックフライアーズの件や聖アーコンウォルド教会の件にかかりきりになっていたため、クランストンが受けて立った賭の重要性を理解していなかったことに気づいた。そしていま、ようやくモード夫人の心配を完全に理解した。賭に負けたら千クラウン失うだけでなく、はるかに重要なもの、名声まで失う。ロンドンのシティにおける国王勅任の検死官として認められ、尊敬されるのではなく、宮廷の道化のたぐいとしてあしらわれる運命が待っている。

クランストンは脚を広げて立ち、親指をベルトにつっこんで、期待のこもった静寂を楽しんだ。

「ジョン卿」ゴーントが鋭く言った。「どうすればベッドが下手人になれるんだ?」

「ベッドで亡くなる人間は少なくありません、閣下」

「そなたの説明を待っておるのだ」手厳しい答えが返ってきた。

クランストンはテーブルに歩み寄り、自分のゴブレットをとりあげて、ズーズーと音をたててワインを飲んだ。

「かの部屋のベッドは」と切り出し、振り向いて大広間の聴衆に話しかけた。「どのベッドとも違っていました。現在では、長枕やマットレスには藁が詰まっております――少なくとも貧乏人用には。金持ち用には、白鳥の羽根が詰まっております」いきなり振り返り、床にほうってあったマントを手にとって丸めた。「ところで、このマントをたたけば埃《ほこり》が舞いあがります。

まあ——よくあることです。春になると、ロンドンの健全な市民はカーペットや壁掛けを外に持ち出し、せっせと埃を払います。おい、そこのきみ」とある兵士を指さし、「剣を手にとってくれ」ゴーントを見て、にっこり笑った。「閣下のお許しを得て、うしろのアラス織りの壁掛けを、剣の平たい面でできるだけ強くたたいてくれないか」

兵士は剣の柄に手をやり、横目でゴーントを見た。

「あの兵士にお言葉を、叔父上」国王が命じた。

ゴーントは指で横柄に合図した。アセルスタンは見守った。クランストンが選んだ兵士と壁掛けは、みんなから見え、壁にとりつけられたたいまつや卓上の数十本の長いろうそくで明々《あかあか》と照らされている。兵士は壁掛けをたたいた。

「もっと強く！」クランストンは怒鳴った。

兵士は喜んで応じた。アセルスタンが坐っているところからでさえ、埃が大広間にただよっていくのが見えた。

「さて」とクランストンはつづけた。「緋色の部屋のベッドも、おなじでした。ただし、有毒な粉が詰まっていたのです。部屋のなかに立っているかぎりは、みんな無事でした」にっこり笑い、両手を広げる。「ですが、ベッドのなかでは、たとえひとりきりのときでさえ、どんなことが起きるか、みなさんご存じでしょう」

かすかな笑い声があがった。

「最初の犠牲者は、ベッドに横になって寝返りを打ち、はじめのうちは粉末のせいで鼻や口が苦しくなっていることに気づきませんでした。ようやく何かおかしい、死にそうだ、と気づき、窓をあけに行きましたが、もちろん部屋は何年も使われておりません。窓の掛け金も取っ手も固くなっていたので、若者はそこに立ったまま息絶えてしまいました」クランストンは振り向き、クレモナの領主を見た。イタリア人の貴族は、呆然として見つめ返すばかりだった。目にはあきらめの色が浮かんでいた。

「では、司祭は？」ゴーントが訊いた。

「まあ、閣下、考えてもみてください。司祭が部屋にやってくる。すべきことをするが、疲れているし寒い。深い雪の吹き溜まりのなかを歩いてきたんです。そんなとき、司祭はどうするでしょう？」

「ベッドに横になるよ！　決まってるじゃないか！」幼い国王が叫んだ。

クランストンはざっと一礼した。「陛下、ご明察でございます。司祭もベッドに横になり、毒をたたき出したのです。目が覚めてのたうちまわったために、事態はいっそう悪くなりました。ベッドから下りて倒れ、床の上で息を引き取ったのです」

「ならば、ふたりの兵士は？」クレモナの領主はやけになって声をあげた。「忘れてはいないだろうな、ジョン卿、ふたりのうちの片方しかベッドではやすまなかったんだぞ」

クランストンは両手を広げた。「閣下、弓の射手がベッドでやすみ、弓と矢を持っていたと仰せでしたな？」

イタリア人貴族はうなずいた。

「その男は弓の名手でございましたな？」

またもやクレモナの領主はうなずいた。クランストンはほかの賓客のほうに振り向いた。

「でしたら、その場面をご想像ください。真夜中に、その弓の名手、その古強者の兵士は目が覚め、息が詰まって死にそうになっている。物音をたてたので同僚が目を覚ます。射手は死にかけている。なぜ息ができないのか理解できない。室内に黒っぽい人影を見て、死の瀬戸際に、いかにも天性の射手らしく弓を射る」クランストンは、自分の結論に対する拍手を享受した。

「同僚は殺され、射手はよろよろとベッドから出て同僚のそばで絶命するのであります」

クランストンが振り向き、国王に一礼すると、大きな拍手喝采の波がわき起こった。廷臣たちはいまや盛大に拍手し、床を踏み鳴らしていた。クレモナの領主は椅子に身を預け、天井を仰いだ。ゴーントは顎に手を当てて大広間を見下ろしていたが、幼い国王は興奮のあまりじっとしていられず、深紅のクッションに載っている白い巻物の上で手をひらひらさせた。クレモナの領主は立ちあがった。

「ジョン卿、どうすればベッドにそんな毒が詰められるんだ？」

検死官は肩をすくめた。「閣下、それはご下問には含まれておりませんでした。しかしながら、吸いこめば死に至るほど強力な毒薬はいくらでもございます」背筋を伸ばす。「嘘ではございません。どんな毒薬も――ジギタリスだろうと、オオカミナスビだろうと、砒素《ひそ》だろうと――挽いて細かい粉にしても、毒性は変わりません。唯一の問題は、充分な量を集めること。そのベッドのマットレスには、ひと財産ほどの毒薬が詰めこまれていたのでしょう」

クランストンの言葉に応えて、いっせいに同意の声があがった。イタリア人の貴族は巻物をとりあげ、国王に手渡した。

「陛下、あけてくださってもかまいません、その必要はほとんどありませんが。賭はジョン卿の勝ちでございます」突然、身を乗り出した。「検死官殿、お手を」

アセルスタンが見守るなか、クレモナの領主が、そのあとゴーントが、そして国王と廷臣たちが、クランストンと握手した。ざわめきがおさまると、封印された巻物があけられ、ゴーントが読みあげた。その答えは、クランストンが提示した答えとぞっとするほどおなじだった。

「ジョン卿！」クレモナの領主は騒音にも負けない大声で叫んだ。「例の千クラウンだが！月曜日にお届けするようにしよう！　では、ごきげんよう」

雄々しい表情で落胆を隠し、さっと大広間から出ていった。ゴーントはさらにもう少し祝辞を述べたあと、先例にならった。ほかの廷臣たちもちりぢりに去っていった。だが幼い国王はあとに残り、かがむようクランストンに身振りで合図して、耳元でささやいた。クランストンの顔から喜びの表情が消えた。彼はうなずいただけで、悲しげな表情になった。幼いリチャード王は大広間から出ていった。わざと離れていたアセルスタンは、ようやく立ちあがり、クランストンと腕を組んだ。

「おめでとうございます、ジョン卿！」

クランストンは嫌みっぽく彼を見た。「皮肉は言わんでくれ、修道士。誰があの謎を解いたか、おたがいに知っているじゃないか」

「いえいえ」アセルスタンは検死官の腕をぎゅっと握った。「ジョン卿、おみごとでしたよ」

「例の千クラウンはきみのものだ」

アセルスタンは一歩離れた。「ジョン卿、どうしてわたしに千クラウンが必要でしょう？」

検死官は顔をしかめた。「貧しい人たちがいるじゃないか」

「貧しい人たちはいつだっていますよ。卿だって裕福なわけじゃない」アセルスタンは微笑んだ。「報酬は少ないし、賄賂《わいろ》は絶対にとらないんだから。卿の財産は、モード夫人の持参金でしょう？」

クランストンは首を振っただけで、そっぽを向いた。

「ねえ、検死官殿」アセルスタンは先に立って大広間から出た。「百クラウンくらいは貧しい人たちにやってもいいですが、モード夫人になんでも望みどおりのものを買っておあげなさい。ご自分のためには新しいローブを買って、残りはロンバード通りの銀行家に預けて投資するんです。忘れちゃいけません、ふたりのおちびちゃんがいるんですよ。大きくなれば、教育が必要になるでしょう。オックスフォードやケンブリッジの講堂があのふたりを待っているんです」

「うるさいぞ、アセルスタン！」クランストンは怒鳴った。「うちの息子はふたりとも、ドミニコ会の修道士になるんだ！」

アセルスタンは噴き出し、ふたりは庭を通って川岸に行った。

上機嫌で冗談を言い合うあいだに、船頭がふたりを舟に乗せ、波立ち騒ぐテムズ川を下った。イーストゲート波止場まで来ると、ちょうど船隊が汚物をテムズ川に投棄しているところだった。舟から下り、船頭に代金を払うあいだも、ふたりは口と鼻を覆い、悪臭をこらえなければならなかった。夕闇のなかでさえ、犬猫の膨れた死体や、人間の排泄物や塵芥が、分厚い脂ぎった汚泥とともに川面を覆っているのが見えた。

「いやはや！」クランストンはささやいた。「シティの統治に関するわたしの論文では、ああいうことはやめさせよう」

「どうやって？」

クランストンはテムズ通りを指さした。「昔の地図を研究したことがある。ローマ人が町に下水を作り、水を流して洗い清めていたのを知っているか？　わたしたちだって、おなじようにしてもいいじゃないか」

クランストンの論文の細かい点を論じながら、ふたりはナイトライダー通りを進み、左折してフライデー通りに入り、もうひっそりとしているチープサイドに入った。日はすでに沈み、聖メアリ・ル・ボウ教会の信号灯が暗い空を背景に燃えている。屋台は片づけられ、犬や猫がゴミに鼻をつっこんでいる。家々の戸口のフックに角製のランタンが吊され、シティは静まって、ロンドンの夜の暗い仕事が始まっていた。すでに物乞いが路地の入口に集まり、教区吏員に用心深い目を向けている。若い遊び人の一団が、早くもほろ酔い機嫌になり、千鳥足で腕を組み、コック小路にある淫売宿や売春婦の長屋に向かっている。

「モード夫人にお知らせするんでしょう？」聖メアリ・ル・ボウ教会の階段のそばで足を止め、アセルスタンは訊いた。

クランストンはかぶりを振った。「大事なことから先にしよう。ひどく喉が渇いているんだ。勝利者には褒賞を、という言葉もあるじゃないか。〈神の聖なる子羊亭〉ご自慢の、いちばん大きいカップでクラレットを飲んでやるぞ」

アセルスタンは、抗議したいのをぐっとこらえた。クランストンに褒美と景気づけが必要なことは認めざるを得ない。興奮のあまり検死官は、奇跡のワイン袋を満たすのを忘れたのだろう。クランストンは〈神の聖なる子羊亭〉の外にいる物乞いたちに小銭をほうり、北風のようにさっと店に入った。そして客の全員に酒をふるまい、どの給仕にも硬貨を握らせた。居酒屋の亭主と女将――このふたりはいつもべったりくっついているように見える――には、それぞれ抱擁して頰に威勢よくキスをした。いちばん上等なテーブルのまわりにスペースがあけられ、子羊料理が運ばれてきた。炭火でじっくり焼かれ、たっぷりスパイスをきかせて、肉汁をかけたニラネギとタマネギが添えてある。アセルスタンは腹がすいていることに気づき、おなじものを注文したが、酒は水で割ったワインにした。一方クランストンは、〈神の聖なる子羊亭〉にあるいちばん大きいカップで最高級のクラレットを注文した。

クランストンはがつがつと食べ、錫合金の皿を厚切りのまっ白な甘いパンで拭いた。そしてアセルスタンの飲みかけのゴブレットを飲み干すと、げっぷをして椅子にもたれ、目を半ば閉じた。

「われながらよくやった。イタリア人にしては、クレモナの領主は悪い男じゃない――だが、ゴーントの顔を見たか？　冷静なやつだ、あいつは。一度だけ、仮面がはずれるのが見えたよ」

腹をぽんとたたいた。「目で殺すという言葉があるが、それがほんとうなら、わたしの首は肩から転げ落ちていただろう」

「リチャード王はなんとおっしゃったんですか?」アセルスタンは訊いた。「ほら、最後に耳元でささやいたときに」

クランストンは坐ったまま身を乗り出し、まじめな顔になって、注意深くあたりを見まわした。ゴーントの間諜はどこにでもいるからだ。「あのご幼少の国王の目をよく見たことがあるか?」声をひそめた。「氷でできた火打ち石のような目だ。とても薄い青で、無色と言ってもいいくらいだ。かつて知り合いの医師が言っていたんだが、ああいう視線は精神を病んだ人間のものだそうだ」

アセルスタンは身を寄せた。「若君が正気でないとお考えなんですか、ジョン卿?」

クランストンは首を振った。「いや、そうじゃない。だが、リチャード王のなかには狂気がある。大人になられたら、この王国開闢《かいびゃく》以来の名君になられるだろう。だが悪人の掌中に堕ち、悪い妃や腹黒い顧問を与えられたら、口ごたえする者には容赦しない暴君になられかねない」手の甲で口をぬぐう。「でも、それは先の話だな。今夜おっしゃったのは、若君もまたべッドが下手人だと思っていた、ということだ。その方法で叔父貴を殺そうと考えたことがあるんだとさ!」ワインのカップをとりあげた。「神に誓って、わたしはそんなことは信じないがね。国王はひどく冷静にそうおっしゃったよ。ほかの人間が天気の話とか、手袋を買う話でもするように。なあ、アセルスタン、ゴーントはやすやすと権力を手放しはしないだろうし、そのせいで若君は彼を憎んでいる。来《きた》るべき血の粛清に巻きこまれないよう、気をつけないとな」

アセルスタンはクランストンのカップにおかわりを注いだ。「さあ、ジョン卿、宮廷の政争のことは忘れてください。千クラウン儲かったんです。お名前にも大いに箔がつきました。モード夫人がお待ちかねですし、カップにはなみなみとワインが入っています」

「飲めや歌えの大騒ぎという罪に陥る前に」クランストンは答えた。「ブラックフライアーズの件について教えてくれないか」

アセルスタンは自分のカップの縁を指でなぞった。「あれは独特の事件です。証拠がないことに気づいていらっしゃいますか？　ひとかけらも証拠がないために、誰をとがめることもできないし、ましてや逮捕などもってのほかです。これまでこんな事件は手がけたことがありませんよね。すべてがヒルデガルトという名前にかかっているものと思われます。さあ、ジョン卿、ぐっとやってください」

再度勧める必要はなかった。二時間後にふたりでよろめきながら〈神の聖なる子羊亭〉を出たときには、クランストンは若い娘の靴下留めについての小唄をわめいていた。アセルスタンは無視することにした。彼も足元がおぼつかなかった。ともに千鳥足でチープサイドを横切りながら、静かにしてくださいというアセルスタンの注意を無視し、クランストンは若い娘の脚についての小唄を歌いつづけた。教区吏員がふたり駆け寄ってきたものの、クランストンだとわかるやいなや、きびすを返して逃げていった。

モード夫人はふたりを待っていた。

「まあ、あなた！」彼女は嘆いた。「どうなさったの？」

彼女の手を借りてドアを通りながら、クランストンは乳母を流し目で見て、投げキスを送った。階段の下に立っている乳母は、片腕にひとりずつ、眠っているちびちゃんを抱いていた。クランストンはいまや片側をモード夫人に支えられ、反対側をアセルスタンに支えられて、よろよろと台所に入り、テーブルに上った。

「われこそは」ろれつがまわらない。「ジョン・クランストン卿、国王勅任のシティの検死官であるぞ。泥棒には恐れられ、重罪犯には激怒され、大義を擁護し、謎を解くのだ！」

モード夫人は両手を握って立ち、テーブルの上でふらふらしている夫を見上げ、アセルスタンに鋭い一瞥をくれた。

「修道士さま、主人は例の謎を解いたんですか？」

「ええ、奥さん、解かれましたよ。おみごとでした。まことに国王勅任の検死官です。賢いのは前々からだとしても、めでたく裕福になられました」

突然、アセルスタンは部屋が揺れているのを感じた。クランストンが最後のワインを飲み終えるのを手伝ったことをひどく後悔し、ぐったりと腰を下ろした。検死官はまだ腕をさしのべ、妻を見下ろして陽気なバッカスのようににこにこ笑っている。

「信頼していなかったのか、おまえは！」

「まあ、あなた」モード夫人はささやき、そっと彼の膝にさわった。「信頼していましたとも」

まじめな顔になった。「あとで証明するわ」

クランストンはよろめきながらテーブルから下り、アセルスタンを指さした。「そりゃ、書記に手伝ってもらったさ」危なっかしくふらつき、乳母をちらりと見た。「おお、ちびちゃんたちよ！　きっと親父を誇らしく思うようになるぞ。かわいい坊やたち！」さらにつづける。「かわいいかわいい坊やたち！　あの子たちをドミニコ会修道士にするぞ、わかったか？」

そのあとテーブルに横になり、たちまちぐっすりと眠ってしまった。モード夫人はできるだけ寝心地がいいようにしてやり、アセルスタンはちびちゃんたちに祝福を与えた。乳母は、ほかの眠そうな召使いたちとともに、台所から追い出された。モード夫人はアセルスタンに大きなジョッキに入れた冷たい水とオニオンスープを出し、質問責めにして、サヴォイ宮殿でのクランストンの堂々たる勝利について、細かい点をすっかり聞くまで満足しようとしなかった。目を丸くして聞き入ったあと、テーブルのところに行った。クランストンは横たわって顔をのけぞらせ、四肢を投げ出して、雷鳴のようないびきをかいている。彼女はかがみこみ、優しく額にキスをした。

「アセルスタン修道士、彼は飲みすぎよね。でも、大変な激務だし、おちびちゃんたちに対して責任があるし、仕事で恐ろしいものを目にしているせいなの」

アセルスタンは、もうかなり酔いが醒めたような気がして、微笑んで立ちあがり、そばに行った。「彼はいい人ですよ、モード夫人。独特です。ジョン卿のような人はほかにいませんよ、ありがたいことに！」

「彼を動かすべきかしら？」

アセルスタンは目をこすった。「いや、気持ちよくおやすみのようです。頭に長枕を当てて、厚い毛布をかけてやればいいでしょう、夜は冷えこむかもしれませんから」椅子を指さした。「わたしはあそこで眠ります、これも何かの罰でしょう」そしてモード夫人の肩をぽんとたたいた。「どうぞベッドにいらしてください。ジョン卿は大丈夫ですよ」

「ほんとうに？」

「熟睡していらっしゃいます」

「あっ、そうそう！」彼女は一歩下がり、指を口に当てた。「ごめんなさい。使者がオックスフォードからもどってきたの。ジョンあてに包みを持ってきたわ」

彼女はいそいそと部屋から出ていき、小さな革袋を持ってもどってきた。袋の口は縛って封印してある。

「ジョンが言っていたの」袋をアセルスタンに手渡しながら言い添えた。「あなたが使者の帰りを待っていらっしゃるって」

アセルスタンは袋の口の封蠟を割った。モード夫人は、クランストンがはっきり目覚めているかのように話しかけ、気持ちよくひと晩を眠れるようにしてやっていた。

「ほらほら、あなた！　ええ、わかってるわ、毛皮の裏のついたマントでしょ。それに、ブーツを脱がせるのね」

アセルスタンは顔を上げた。モード夫人はクランストンの眼前では絶対に使わないような愛の言葉をささやいている。眠っている夫のまわりを蝶のようにひらひら動いている彼女を見ていると、手に持っている本のページをめくりたい思いのほかに、急に悲しくなって孤独が身にしみた。ポール修道士の言葉が思い出された。「愛とは奇妙なもので、さまざまな形をとるんだ。身を凍らせることもあれば、焼きつくすこともある。なのに、愛なしではいられない。愛よりもっとひどい苦痛は、愛がなくなったときの恐ろしい孤独だからな」アセルスタンはベネディクタのことを思い、モード夫人とクランストンのあいだの深い感情こそ、自分が渇望しているものだ、と心から悟った。さわってもらい、あれこれかまってもらい、心配してもらいたいのだ。

「大丈夫ですか、修道士さま？」

「もちろん」

アセルスタンは顔をそむけ、暖炉のそばに足を運び、色あせた革表紙の本を丁寧に調べた。小さな羊皮紙がページのあいだにはさんであり、オックスフォードの神学部にいる同輩のドミニコ会修道士からの挨拶が書いてあった。アセルスタンは腰を下ろし、慎重に本のページをめくった。彼とクランストンがブラックフライアーズで見た本と、まったくおなじ本だ。黄ばんでもろくなったページを注意深くめくるうちに、ブラックフライアーズの本からなくなっている部分まで来た。オックスフォードの同輩は、ヒルデガルトを見つけていた。アセルスタンは全身に悪寒が走るのを覚えた。

「修道士さま？」

「はい、モード夫人？」

「まるで幽霊でも見たような顔をなさってるわ」

「いいえ、たったいま殺人犯の顔が見えたんです！」

第十四章

翌朝、アセルスタンはクランストンに手荒に起こされた。彼の椅子の前にしゃがんでいるクランストンは、ハドルが描いた絵から抜け出してきた悪霊のようににやにや笑っている。はつらつとして元気いっぱいのようだ。

「起きろ、修道士」

クランストンは立ちあがり、巨体の筋肉をみしみしいわせて背伸びをした。

「ぐっすり眠れましたか、ジョン卿？」

「もちろんだよ。堅いベッドは最高のベッドだ。フランスに出征していたとき、わたしは主君の黒太子によくそう言っていたものだ」

アセルスタンは、前の晩にモード夫人がかけてくれた毛布をわきに押しやった。薄ら寒く、身体がこわばって、口のなかはワインのほろ苦い味でいっぱいだった。あんなに楽しく飲んだワインだったのに。

「あの本は！」アセルスタンは大声で言った。「どこにありますか？」

クランストンはテーブルを指さした。「心配するな、無事だよ」

アセルスタンはいぶかしげに検死官を見た。「ジョン卿、洗顔もひげ剃りもすんでいるんですね！」

実際、白いキャンブリック（亜麻糸や綿糸で織った薄地の平織物）の開襟シャツを着て、銀糸を織りこんだ暗紅色の胴着とタイツを身につけたクランストンは、輝くばかりだった。ブーツまではいていて、テーブルにはマントと剣帯が置いてある。

「ああ、準備完了だ。温かい風呂と切れ味のいいかみそり、きれいな服とモードからのキス。それだけそろったんだから、地獄にでも乗りこんでやるぞ！」

「あの本はもう読みましたか？」

「もちろんだ。あの腹黒い畜生を逮捕するのが楽しみだよ！」

「あなた、言葉を慎んでくださいな！」モード夫人が颯爽と台所に入ってきた。そのうしろには乳母がいて、ふたりのちびちゃんを抱いている。父親そっくりのちびちゃんたちは、いまやすっかり目覚め、景気づけがほしいと泣き叫んでいる。

クランストンは頭を下げた。「奥方、謹んでお詫びいたします」いたずらっぽく笑った。「わたしだって、汚い言葉を使う野郎どもには我慢がならん！」

モード夫人の甲高い抗議の声は、いきなり静まった。クランストンがつかつかと台所を横切り、小さな人形でも抱くように彼女を抱きあげ、唇にキスしたのだ。

「まあ、あなたったら！」彼女は息を切らしてささやいた。

アセルスタンは立ちあがり、ちらりと彼女を見た。もしかしたらクランストンは、美少年アドニスばりに元気を回復して目覚めたあと、彼女にキス以上のものをしてやったのだろうか。

クランストンはふたりのちびちゃんをつかまえ、片腕にひとりずつ抱いて、喜んで大声をあげながら巧みに空中にほうりあげた。いきなり乳母からひったくられ、ほうりあげられた坊やたちはかぎりなく激怒し、小さな赤い顔に涙を流して泣きわめいた。

「いいかげんにしてちょうだい！」モード夫人は片方の赤ん坊を抱きとめ、乳母にもう一方の赤ん坊を抱かせて、あなたが馬鹿なまねをしなくなるまでもどりませんからね、と断言し、ふたりで台所から逃げていった。

クランストンは悪魔にとり憑かれたようだった。アセルスタンのひげを剃ってやると言い張り、お湯の入った洗面器とナプキンを持ってくるよう小間使いに怒鳴った。そのあと召使いを近くの食堂にやり、焼きたてのパイを買ってこさせた。そのあいだにも、カップにクラレットを注いでいる。これが今日最初の一杯ではないな、とアセルスタンは思った。帰ってきた召使いのあとから物乞いのリーフが入ってきて、焼きたてのパイ皮の下のおいしそうな肉のにおいによだれを垂らした。

「失せろ、この怠け者め！」クランストンは怒鳴った。

「ありがとうございます、ジョン卿」

クランストンの流儀を知っているリーフは腰を下ろし、検死官がパイをくれるのを辛抱強く待った。すぐにクランストンはパイを出してやり、そのあいだに、貧しい司祭の口から食べ物を奪うとは、と簡潔なお説教をした。アセルスタンはまだ眠気がとれず、水で割ったエールを少し飲み、パイをひとかけ食べるのがやっとだった。食べ終えるころにはクランストンとリーフが、残りのパイをふたりで平らげていた。

「もう行かなくては、ジョン卿」

「そうだな」検死官は立ちあがり、マントと剣帯をつかんだ。ふたりのちびちゃんたちの泣き声が、まだかすかに聞こえてくる。「モードに『行ってきます』と言うべきなんだが、考えてみれば、寝ている犬は寝かせておくほうがいい。いや、この場合は、かわいいちびどもは泣かせておくほうがいい、だな！　おい、ぐうたらリーフ、わたしたちはブラックフライアーズに行ったとモードに伝えておいてくれ。長くはかからない、と。そうそう、ところで……」

「はい、ジョン卿？」リーフはペストリーと肉を口いっぱいにほおばったまま答えた。

「……わたしの分のクラレットは残しておけよ！」

「もちろんです、ジョン卿」

アセルスタンはクランストンのあとにつづき、台所を出た。そのあいだでさえリーフはアセルスタンを見てウィンクし、カップにおかわりを注ごうとしていた。検死官は、ドアのそばにおどおどした様子で立っている小間使いから、奇跡のワイン袋を受けとった。そして彼女に厳しい目を向けた。

「モードに告げ口するんじゃないぞ」

「はい、ジョン卿」

「じつはな、アセルスタン」クランストンはささやいた。「まったくおなじワイン袋がふたつあるんだ。片方をワイン貯蔵室に置いておけば、モードはわたしがしらふだと思うだろう。もう一方は、つねにわたしが持っている」首を振った。「モードは天使なんだが、景気づけの必要性を理解しておらん」

アセルスタンは目を閉じ、小声で祈りを唱えた。「主よ、われらを救いたまえ。今日もいつものような一日になりそうです！」

「なんだって？」

「なんでもありません。忍耐力をお与えくださいと祈っているだけです」

外に出ると、日曜日のせいで、チープサイドはがらんとしていた。数人の人々が、鐘の音に誘われ、いそいそと早朝のミサに足を運んでいる。鐘の音は午前中ずっと、街の端から端まで鳴り響くことになる。

「先にミサに行きましょうか、ジョン卿？　今日は日曜日ですから」

「きみは司祭だろ。ブラックフライアーズに着いてから、自分でミサを挙げればいいじゃないか？」

アセルスタンは同意し、ふたりでウェストチープを通り、パターノスター街で左折した。

「おい、修道士」クランストンは鋭く訊いた。「ベッドのせいだという結論に、どうやってたどり着いたんだ？　きみの説明は論理的だったが、なぜそれを思いついたんだ？」

「じつを言えば、ベネディクタさんのおかげです。彼女が顔にパウダーをはたくのを見ていて、粉が空中に舞いあがっていることに気づいたんです。その前にもベッドのことを考えてはいましたが、彼女が顔にパウダーをはたくのを目撃したのが解決の鍵でした」頭上にそびえる家々を見まわした。「いま心配なのは、ブラックフライアーズでの会合です。殺人犯は凶暴になるかもしれません」

クランストンは彼の肩をしっかりとたたいた。「検死官を信頼してくれ！　このジョン卿をな。それに」茶目っ気たっぷりに言い添えた。「ノーバート修道士も。彼に立ち会ってもらいたいんだ、われわれが宿坊に置いてきた頑丈な六尺棒で武装してな」

アセルスタンはクランストンの腕をつかんだ。「ちょっと待ってください、検死官殿。ブラックフライアーズでは殺人犯の言い分もすっかり聞かなければなりません。憎い男を罠にかける喜びに、われを忘れてはいけないんです」

ふたりは道のまんなかにたたずんだ。アセルスタンは熱心に話し、クランストンは同意してうなずいた。話し終えるころには、アセルスタンは完全に眠気がなくなっていた。

「おわかりいただけましたか、検死官殿？」

「もちろんだよ、托鉢修道士」

「それでは、神の名において、とりかかりましょう」

ブラックフライアーズに着くと、ふたりをなかに入れてくれた門番に、ノーバート修道士を呼びにやらせた。アセルスタンは、修道院長のところへ連れていくというノーバートの誘いを断り、宿坊でミサを挙げると主張した。

「でも、それってすごく異例のことですよ」若い修道士は口ごもった。

「ノーバート修道士」アセルスタンは穏やかに答えた。「神の思《おぼ》し召《め》しがあれば、今日、わたしがここを去るころには、ブラックフライアーズはほかの噂でもちきりになり、わたしがどこでミサを挙げたかなど取りざたされないだろう。だから聖杯と聖体皿、パン三つとワイン、それに今日のための祭服も持ってきてくれ。そのあと修道院長に会うよ」

ノーバートは急ぎ足で去っていった。クランストンとアセルスタンは、人気《ひとけ》のない修道院の構内を横切った。ノーバートがすでに宿坊をあけておいてくれたので、なかに入った。若い修道士がもどってくると、アセルスタンはすばやく祭服をまとい、台所のテーブルを即席の祭壇に仕立てあげてミサを挙げ、来《きた》るべき殺人犯との恐ろしい対決のあいだ、われらを導きたまえ、と神に祈った。パンとワインを見下ろし、聖変化にじっくり時間をかけたあと、ミサをつづけ、クランストンとまだ心配顔のノーバートに聖体を与えた。最後の祝福を与え終えると、できるだけ早く院長室で院長や院内総会の面々と会いたいとアンセルム神父に伝えるよう、若い修道士に指示した。ノーバート修道士がもどってくるのを待つあいだに、クランストンはさらに景気づけをもとめてワイン貯蔵室を捜し、アセルスタンはオックスフォードから送られてきた本を手にとって、前の晩にはじめて見たページをもう一度読んだ。

ついにドアをノックする音が聞こえ、ノーバートが入ってきた。

「修道院長がお待ちです。ただし、到着後すぐにお知らせしなかったので、いささかお冠ですが。ほかの方々も集まっていらっしゃいます」

「よかった!」アセルスタンはそっと言った。本を革袋にもどし、宿坊に置いておいた六尺棒を、驚いているノーバートに渡した。「ノーバート修道士、何があっても修道院長たちといっしょに会合の場にとどまってくれ。ドアのそばに立っているんだ。わたしの話がじきに終わらないうちに誰かが出ようとしたら」若い修道士をきっと見据える。「その六尺棒を使うんだ。たとえ修道院長ご自身であろうとも！」

ノーバートは驚き、呆気にとられて見つめ返すばかりだった。「アセルスタン修道士、気はたしかですか?」

「彼の言うとおりにしろ」クランストンは厳しい声で言い、マントをまとった。「暴力ざたになったとしても心配無用だ——このジョン・クランストン卿がじきにけりをつけてやる」

「最後にもうひとつ」アセルスタンは締めくくった。「すべてが終わったら——意外に早く終わるだろうが——きみは秘密厳守を誓うことになる。あの部屋で見聞きすることを口外してはならないよ」

三人は宿坊を出て、回廊に入った。いまの時間は托鉢修道士たちでいっぱいだった。ベンチや低い煉瓦塀に坐り、すばらしい夏の朝を楽しんでいる。日曜日には、修道院は通常の作業から解放されるのだ。院長室への道すがら、クランストンの一行が通りかかると、がやがやした会話はとぎれた。

アセルスタンは、回廊に囲まれた中庭のまんなかにある小さな噴水を見やった。突然、修練期の日々を思い出した。よくここに坐り、仲間とおしゃべりをしたものだが、将来がどうなるかなど、一瞬たりとも想像しなかった。いま、自分は完全に誓いを立てたドミニコ会修道士としてここに来て、ほんの数分後には同輩と対決し、その仮面を剝ぐことになっている。四人の同胞を殺害した張本人——しかも、陰険なやりかたで彼を襲撃した男だ。アセルスタンは立ち止まり、空を見上げた。日が昇り、もう明るくなっている。夜中に出た雲は、煙のように消えかけていた。

「おい、何をぐずぐずしている?」クランストンは足を止め、振り向いた。

「なんでもありません、思い出していただけです。過去が現在よりつねに甘美に思われるなんて、奇妙ではありませんか?」

「なあ、修道士」クランストンは優しく言った。「それはどうしようもないことだよ」笑みとも言えぬ笑みを浮かべた。「後生だから、死んだ連中のことを、残忍に殺害された連中のことを思い出してくれ。彼らの血が復讐をもとめて叫んでいる。われわれは神の仕事をするとともに、国王の仕事もするんだ」

アセルスタンはうなずき、クランストンのあとを追って建物に入り、石を敷いた廊下を通って院長室まで行った。アンセルム院長たちはすでに集まっていた。

「到着したことを知らせるべきだったぞ、修道士」院長はもってまわった物言いをした。

「なぜですか?」アセルスタンはきっぱりと言い返した。「殺人犯がわたしの命をねらって襲いかかれるようにですか?」

修道院長は、立腹しながらも驚いて目を丸くした。

「アセルスタン修道士、そのようなことを申し立てるからには証拠が必要だぞ」

「証拠ならある！」クランストンは宣言し、〝秘密主義の托鉢修道士たち〟と心ひそかに呼んでいる面々を見まわした。ニール修道士とピーター修道士は反感と好奇心の板挟みになっている。宗教裁判所の裁判官たちは厳粛な表情を保ち、裁判長のウィリアム・ド・コンチェスはすでに腰を下ろし、そわそわと指でテーブルをたたいている。腹心のユージェニアスは、ひたすらアセルスタンをにらんでいる。ヘンリー修道士は腕組みをしてたたずみ、テーブルを見つめている。

「証拠があるだと？」ユージェニアス修道士がとがめた。「どんな証拠だ、ジョン卿？　あんたとアセルスタンがこの件を解決するのを待っていたために、院内総会は台なしになってしまった。修道院長、もう待ってはいられない。クランストンに言いたいことを言わせ、おしまいにしてしまいましょう」

検死官は背筋をいっぱいに伸ばし、「席に着きたまえ！」と怒鳴った。「大丈夫、手間取らせはしないよ」

出席者たちはみな、修道院長のほうを見て指示を仰いだ。院長はうなずいた。

「ああ、そうだな。ジョン卿の言うとおり、腰を下ろそう」

一同は磨きこまれた細長いテーブルを囲んで席に着いた。片端に修道院長、反対側の端にクランストンとアセルスタン。ノーバートが立ち会っていることにも、彼が六尺棒を持っていることにも、反対の声があがったが、今度もクランストンは、自分の思いどおりにする、と怒鳴った。修道院長は肩をすくめ、とんとんとテーブルをたたいて静粛をもとめ、テーブル下座のアセルスタンをにらんだ。

「修道士、わたしたちは半時間後に集まって荘厳ミサを挙げることになっている。裁判長殿とユージェニアス修道士は、ヘンリー・オブ・ウィンチェスター修道士の著作に異端の説はないと裁定されたし、ニール修道士とピーター修道士は、聖書に従っても聖伝に従っても彼が書いたことは真実で、論駁できないと言っている」疲労のにじむしわだらけの顔をこすった。「従って、ここで起きた恐ろしい死亡事件を明確かつ完全にきみが解明できなければ、わたしは院内総会の終了を宣言し、ミサを挙げ、みなそれぞれ別の道を歩むことになる。わかったか?」

「はい、修道院長」アセルスタンは袋を手にとり、本をとりだしてテーブルに置き、院長のほうに押した。「お読みください! 紫色の絹のリボンがしおりとしてはさんであるところをあけてください」

「なぜ読まなければならんのだ?」

一同はいまや静まり返り、全員の目がアセルスタンを見つめていた。

「読んでもらわないとな、修道院長」クランストンは言い、立ちあがった。「ここにいる若い神学者ヘンリー・オブ・ウィンチェスターが嘘つきで、泥棒で、暗殺者だという証明なんだから」

非難されたドミニコ会修道士は、テーブルに身を乗り出した。そしてクランストンを、そのあと本をにらみ、片手を伸ばした。ノーバート修道士が身をかがめ、手首をはっしとたたかなければ、本をひったくっていただろう。

クランストンは若い修道士を見てにっこり笑った。「よくやったぞ、ノーバート。もしブラックフライアーズを出るなら、わたしの護衛の一員としていい地位を確保してやれるよ」

アセルスタンはじっと坐り、検死官に仕切らせておいた。胸が悪くなりそうだった。このブラックフライアーズの大修道院で、四人の同胞を殺害したかどで、同輩の托鉢修道士を告発しなければならないとは。ヘンリー・オブ・ウィンチェスターは椅子にもたれ、青ざめて、罠にかかった動物のように黒い目で見つめていた。

「おまえは嘘つきだ！」クランストンは非難した。「なにしろ偽りの主張をしたんだから。泥棒だというのは、ブレーメンのヒルデガルトの著作を盗作したからだ。ヒルデガルトは百二十年前に生きていたプロイセン人の尼僧院長で、なぜ神が人間になったかについて、すばらしい論文を書いた。独創的で、きわめて明快な論文だが、当時は受けいれられなかった」ほかのドミニコ会修道士たちを見て、にっこり笑う。「神学という神聖な学問について女性が思索するのは流行っていなかったから、彼女の著作は日の目を見ず、破棄さえされた。だがヘンリー修道士、おまえはたまたまその論文を見つけた。一言一句たがわず無断で借用し、自分の著作だと宣言したのだ。まさかばれるとは思っていなかっただろう。ヒルデガルトの著作はほとんど残っていないからな。おまえはブラックフライアーズに来て、論点をニール修道士やピーター修道士と討論した。宗教裁判所の友人たちが見ている目の前でな」

クランストンはつづけた。「おまえはひとつ間違いを犯した。カリクスタス修道士は神学者ではなかったが、わたしの親友アセルスタンが教えてくれたように、けた外れの記憶力の持ち主だった。ところで、このブラックフライアーズの図書室には、ヒルデガルトの著作の写しがあった。おまえの論文でカリクスタスの記憶がよみがえり、彼はそのことを親友のアルクインに話した」クランストンが間を置くと、ヘンリー・オブ・ウィンチェスターは前に身を乗り出し、検死官のほうに指を突きつけた。

「どんな神学の論文だって完全なオリジナルということはない」すばやく一同を見まわし、確認をもとめる。「わたしは、自分の論文がオリジナルだなどとは言っていない。カリクスタス修道士がヒルデガルトという人を知っていたなどと、どうすればわたしにわかった？

「それについては証明できないが」クランストンは答えた。「カリクスタスはどんな人間ともおなじように、嫉妬で胸がうずいた。ヒルデガルトという名前を、親友のアルクインに教えたに違いない。そしてふたりのうちのどちらかが、それをネタにおまえをいたぶったんだろう」肩をすくめる。「さほど大変なことじゃない。おまえのいるところでその名前をぽつりともらすとか。真相を知っているんだぞと警告するとか。だからカリクスタスは、院内総会が時間を無駄にしているなどと、謎めいたことを言っていたんだ。もちろん院内総会は時間を無駄にしていたよ、百年以上前に書かれた著作について討論していたんだから」間を置いた。「まずアルクインがおまえをいたぶったんだろうな。だから彼は地下室に呼び出された。だが暗闇のなかで、おまえは人違いをし、ブルーノ修道士を墜落死させた」肩をすくめた。「アルクインを亡きものにしなければならなかったから、おまえは教会で彼を待った――別に難しい芸当ではない。カリクスタスがつぎに逝き、つづいて哀れなロジャーが逝った。おまえは、たぶんカリクスタスを見張っていたため、ここにあるオリジナルを発見し、破棄できた。しかし、ひとつ見逃していたことがあるぞ。オックスフォードのドミニコ会は、ここにある写本の写しをすべて持っている。だからアセルスタンは、代替品を取り寄せることができたんだ」

「それはほんとうか？」修道院長は口をはさみ、院内総会の全員に話しかけて時間を稼ぎ、そのあいだに理性をとりもどした。ほかの面々は、まだ呆気にとられて検死官を見ている。修道院長は本を開き、該当ページをなでた。「ウィリアム・ド・コンチェスさん、ユージェニアスさん、こっちに来てください！　あなたがたはヘンリー・オブ・ウィンチェスターの論文を綿密に調べたでしょう。意見を聞かせてください」

宗教裁判所の裁判官たちは腰を上げた。修道院長が本を渡すと、ふたりは部屋の片隅に行き、写本を熟読した。ほかの者はひたすら坐っていた。被疑者は黒い目で宙をにらんでいたが、ときおり険悪なまなざしをアセルスタンに向けた。ついにウィリアム・ド・コンチェスは本を閉じ、修道院長の前に置いた。

「ヘンリー・オブ・ウィンチェスター修道士は、殺人を犯してはいないかもしれないが、間違いなく泥棒で嘘をつき、他人の著作を盗作して自分のものだと宣言している」

若い神学者はひとりよがりの薄ら笑いを浮かべた。

「何がそんなにおかしいんだ、おい？」クランストンはねじこんだ。

「他人の著作を借りたかもしれないが、わたしはそれをさらに発展させたんだ」

「そんな馬鹿な！」ユージェニアスがさえぎり、アセルスタンに背を向けて、テーブルを見下ろした。「おまえは自分のものではないものを盗んだ。最初のページでヒルデガルトは、おまえが論じたのとおなじ前提条件を構成している。聖書のおなじ部分が引用されているし、先人たちのおなじ格言が出ている。この盗人め！」

ヘンリー・オブ・ウィンチェスターは片手を上げた。「人を殺してはいないぞ」おもむろに答える。「わたしがブルーノ修道士を階段から突き落としたという証拠はないだろう。カリクスタス修道士を押してはしごから落としたという証拠も。あの薄馬鹿のロジャーを吊し首にしたという証拠も。それにもちろん、アルクイン修道士の首を絞めたという証拠もない」

「動機はあった！」修道院長は一喝し、本を見下ろした。

「おまえは人殺しだ！」アセルスタンは高らかに宣言し、立ちあがった。「たったいま白状したじゃないか」

「どういう意味だ？」

アセルスタンは冷酷に微笑んだ。「ブルーノが階段から落ちたことも、カリクスタスがはしごから落ちたことも、ロジャーが木からぶら下がっているところを発見されたことも、みんなが知っている――でも、アルクインが首を絞められたことは、誰がおまえに教えた？」

「修道院長」アセルスタンの言葉を、腹立たしげな息づかいが迎えた。

アセルスタンはつづけた。「証人になってください。わたしはアルクインが首を絞められたことを公表しましたか？　あなたは公表しましたか、ジョン卿？　ノーバート修道士、きみは検死官殿を手伝ってアルクインの遺体をシートで包んだ――死因に気づいたか？」

若い修道士は首を振った。

「そのとおりだ！」ウィリアム・ド・コンチェスが大声をあげた。「アセルスタン修道士、ジョン卿、きみたちはアルクインが刺殺されたと言っていた！」

ニール修道士とピーター修道士も異口同音につぶやいた。クランストンは拍手した。

「修道士諸君」会心の得意げな笑みを浮かべた。「わたしの書記の言うとおりだ。諸君はみな、アルクインの遺体が発見されたことでショックを受けた。彼が死んでいることは明らかで、殺害されたことも一目瞭然だった。じつは、わたしの命令で、アセルスタン修道士はアルクインが短剣で刺されたと言っていたんだ」

ヘンリー・オブ・ウィンチェスターは身を乗り出し、仲間を見まわして唇をなめた。

「教えてくれたじゃないか、ジョン卿。いずれにしても、わたしは遺体を見たんだ」

「いや、おまえは見なかった」アンセルム院長は穏やかに言った。「気の毒なブルーノ修道士の柩《ひつぎ》の蓋があけられると、悪臭がひどくて、おまえたちはみな祭壇の反対側に移動したよ。アルクインの遺体はすぐにシートでくるまれ、柩におさめられて、遺体安置所に運ばれた。そうだったな、ノーバート修道士？」

見守っていた若い修道士は、驚きのあまり呆然とした表情で、返事のかわりにうめくばかりだった。

「もうたくさんだ！」クランストンがドスのきいた声で言った。「ヘンリー・オブ・ウィンチェスター修道士、四人の同胞を殺害したかどで、おまえを告発する！」

「待ってくれ！」ウィリアム・ド・コンチェスが片手を上げた。「ヘンリー修道士はドミニコ修道会の一員だ。修道院長、ジョン卿がたやすく彼を裁判にかけられることはわかっているが、英国では被告人が聖職者特権を申し立てれば、俗界の法廷をまぬがれることができる。ヘンリー修道士はわたしたちといっしょに帰るべきだ。宗教裁判所の法廷は、神以外の何者にも左右されないのだから！」

クランストンはアセルスタンを見た。アセルスタンはうなずき、哀れむようにヘンリー・オブ・ウィンチェスターのほうを見た。面目を失ったヘンリーは、いまや両手で顔を覆って坐っている。

「やつを縛ってしまえ」ユージェニアスが落ちついて言い添えた。

修道院長は抗議するかのように見えたが、そのあと手で合図した。「ああ、連れていけ。いますぐに。明日の朝いちばんに、ブラックフライアーズから連れ出すんだ」

ふたりの裁判官は立ちあがり、ヘンリー・オブ・ウィンチェスターをせきたててドアを通った。修道院長はノーバート修道士に、彼らといっしょに行くように言った。ピーター修道士とニール修道士は、意外な展開にまだショックを受けていて、あわててあとを追った。ふたりともアセルスタンに会釈し、そそくさと別れの言葉をつぶやいた。修道院長は坐ったまま手を本の両脇に置き、うなだれている。その頰には涙が流れていた。山場を無事演じ終えたクランストンは、照れくさそうに咳払いをして窓辺に行き、修道院の屋外活動に見とれているかのように外を見た。ドアをノックする音が聞こえ、ウィリアム・ド・コンチェス裁判長がふたたび入ってきて、立ったままアセルスタンを見つめた。

「すまなかった」

「何がですか？」

裁判長は肩をすくめた。「われわれが間違っていた。きみは立派な司祭だ、すばらしいドミニコ会修道士だ」かすかに微笑んだ。「きみなら優秀な裁判長になるだろう」一礼し、アセルスタンが答えるひまもないうちに、外に出てそっとドアを閉めた。

修道院長は自制心をとりもどした。「彼の言うとおりだよ、アセルスタン。わたしは罰としてきみを聖アーコンウォルド教会に派遣した。そして罪の償いとして、ジョン卿の手伝いをするよう指示したんだ」アセルスタンを見つめた。「きみがここでやってくれたことに対して礼を言う。さっきはきついことを言って申し訳なかった。きみの言うとおりだ。真実は真実だし、嘘は潰瘍のようなものだ――だんだん大きくなってすべてをだめにしてしまう。ところで、なぜヒルデガルトが鍵だと思ったんだ？」

「修道院長、これはいままで手がけたこともないほど奇妙な事件でした。証拠がなかったんです。唯一の手がかりがあの名前でした」彼はにっこり笑った。「彼女は偉大な女性、深い思索家だったに違いありません。彼女の著作はもっと広く研究され、読まれるべきです。たぶん、彼女がわたしたちを導いてくれたのでしょう」

「あの男はどうなるんだ？」クランストンがだしぬけに訊いた。

修道院長は立ちあがり、本を両手で抱えた。「ローマかアヴィニヨンの、教皇の宗教裁判所にもどされる。まったく、あそこでの裁判が終わったら、エルムズ刑場で絞首刑になる恐怖など、微々たるものに思われるだろうな」部屋を横切って、アセルスタンと握手した。「いつでも好きなときにもどってきていいよ。きみの贖罪は、間違いなく終わった」さっと振り向いた。「そうそう、うっかりしていた。ジョン卿——例の謎はどうなったのかな？」

「完了したよ」クランストンは悠然と答えた。「聖パウロが言っているように、『一瞬のうちに（コリントの信徒への手紙一第十五章第五十二節）』ね」

「それなら」修道院長は答え、アセルスタンのほうに振り向いた。「あの手紙は不要になったんだな？」

「とっくに破棄しましたよ、院長」

修道院長はふたりを見て微笑み、部屋を出ていった。

クランストンとアセルスタンは、艀《はしけ》でサザークにもどった。検死官は孔雀のように誇らしげで、托鉢修道士を教会まで送っていくと言い張った。そしてカササギのようにしゃべりまくり、川の半分に聞こえるほどの大声で、あの千クラウンで何をするか宣言した。奇跡のワイン袋にあおられて、口数が多くなっている。それにもかかわらず、アセルスタンには鋭い目を向けていた。ブラックフライアーズでのできごとで、托鉢修道士が落ちこんでいるのはわかっていた。アセルスタンはふさぎこんで川をながめている。日曜の午後のいま、川はひっそりとして、ときおり渡し船や艀がウェストミンスターに下っていくばかりだった。

ふたりは聖メアリ波止場で上陸し、サザークの横丁や通りを歩いた。この暑い夏の午後、サザークは妙に静かで平穏だった。

「怠け者どもめ!」クランストンは思ったことを口にした。「たぶんひと眠りして、朝酒の酔いを醒ましているんだろう」

「そうですね、ジョン卿。人が喉に流しこむもののことを思うと、恐ろしくなりますよ」

クランストンはおもしろくなさそうに彼を見つめ、奇跡のワイン袋をマントの奥に押しやった。聖アーコンウォルド教会もひっそりと穏やかで、入口の階段には誰もいなかった。墓地や司祭の家の周囲の小さな菜園も荒らされておらず、咲いている野花のまわりを飛んでいるハチの羽音が聞こえるばかりだ。

アセルスタンは、何もかもきちんとしているかどうか確かめた。司祭の家にはちゃんと鍵がかかっているし、フィロメルは厩《うまや》でせっせと飼い葉を食べている。どうやらワトキンは誠実に任務をこなしていたようだ。もっとも、豚飼い女アーシュラの巨大な雌豚が、最後のキャベツを食べてしまっていた。アセルスタンは大声で悪態をついた。

「まだタマネギがあるじゃないか」クランストンが言った。

アセルスタンはクリムの告白を思い、微笑んで首を振った。

「さあ、ジョン卿、教会を見てみましょう」ドアの鍵をあけ、しばらくポーチにたたずんだ。

「妙じゃありませんか?」

背後に立っていたクランストンは、あわてて奇跡のワイン袋を唇から離した。

「どういう意味だ? きみのほうが妙な気分なんじゃないか」

アセルスタンは暗い教会に足を進めながら、自分の足音が神聖な静寂を破っていることに気づいた。途中で足を止め、教会区の柩が空っぽのまま置いてある翼廊を見た。

「ここでいろんなことが起きていますね」半ばささやくように言った。「喜び、悲しみ、怒り、殺人。じつに奇妙な場所ですよ、ジョン卿！」

クランストンはワイン袋からもうひと口飲み、目を半眼にした。修道院長がアセルスタンにもどってくるよう勧めたことが思い出された。おお、主よ、どうかアセルスタンを行かせないでください。彼がわたしを置いていくようなことがあってはなりません。

托鉢修道士の広い肩を見つめているうちに、突然、この風変わりな司祭を大好きになってしまったことに気づいた。アセルスタンは内陣障壁の下を歩き、内陣に入った。

「ああ、何もかもきちんとしている」サンダルをはいた足で、敷石をとんと踏む。「美しい！やっと教会らしく見えるようになってきたな」

祭壇の階段に腰を下ろしたものの、跳びあがりそうになった。クランストンがわめいたのだ。

「おい、またあのいやな猫が来たぞ！」

ボナベンチャーが背を弓なりにし、しっぽを曲げて、物陰からあらわれた。そしていまは、検死官のブーツに身体をこすりつけている。

アセルスタンは立ちあがった。「こっちへおいで、横丁の騎士くん」坐って猫をなでながら、物思いにふけった。頭のなかを、さまざまな思いが車輪のように駆けめぐっていく。宗教裁判所の裁判官たちの顔。修道院長の涙。レイモンド・ダークスの、赦しを得るための努力。フィッツウルフとあの悪魔のような処世術。ベネディクタの愛の告白。

クランストンはマントを階段にほうり投げ、アセルスタンのとなりに坐って、しげしげと見守った。托鉢修道士は目を半ば閉じ、上の空であの憎たらしい猫をなでている。

「考えたこともなかっただろう」クランストンはアセルスタンの注意を惹こうとして、穏やかに言った。

「何をですか、ジョン卿？」

「いや、あのヘンリー・オブ・ウィンチェスター、神学者のことさ。甘い誘惑に負けたのだとは思わなかったのだろう」

「キリストの誘惑の話をご存じでしょう？　悪魔だって聖書を引用することはできるんですよ。それに悪魔は、光の天使に変装してあらわれるといういやな習性を持っているんです」

「ここを出るつもりか？」クランストンは藪《やぶ》から棒に訊いた。「修道院長が、きみの贖罪は終わったと言っていたな」

アセルスタンは微笑んだだけだった。

「さあ、どうなんだ？」

「ジョン卿、わたしの心はもう決まっています。悟りの境地に至るには、いろんな道があるんですよ」アセルスタンの笑みは満面に広がった。「そして間違いなく、卿がわたしの道です」

クランストンはげっぷをした。その音は雷鳴のように教会に響きわたった。ボナベンチャーが身じろぎし、物珍しそうに検死官を見た。クランストンは立ちあがった。

「さて、〈まだら馬亭〉の盗人に会いに行くとするか。アセルスタン、つき合ってもらわないとな。真相をつきとめたお祝いをせねばならん」アセルスタンを見下ろした。「そうそう、ところで修道院長がきみに手紙を渡したと言っていたっけ。わたしが例の謎を解いたから、もうあの手紙は必要なくなったと答えていたね」

アセルスタンは彼を見上げた。「ジョン卿、怒らないでくださいね。あの解答が間違いだったらどうなるだろうと思ったんです。わたしの両親は農場を持っていました。フランシスが亡くなったから、農場は売却され、利益はすべて修道会に寄進されました」深々と息を吸った。「修道院長に頼んで、その資産をもとに融資が受けられるようにしたんです。院長はロンバード通りにある修道会の銀行に手紙を書き、あの解答が間違いだったら千クラウン引き出せるようにして、手紙を渡してくれました」肩をすくめる。「備えをしておかなければならなかったんですよ」

クランストンは足踏みをしてそっぽを向き、猛然とまばたきをして、目にしみる涙をアセルスタンに見られないようにした。やがて振り向いてしゃがみ、マントをとりあげて、アセルスタンの顔をまっすぐ見た。

「きみはおかしなやつだな、修道士！」

「わかってますよ、ジョン卿、性分なんだから仕方がありません！」

クランストンはマントを肩にかけ、ふんぞり返って側廊を歩いていった。

「先に〈まだら馬亭〉に行っているぞ」顔をめぐらして呼びかける。「待たせるなよ。きみたちみたいなしみったれた司祭のことはわかっている。いつも他人からエールをおごってもらうのが好きなんだ！」教会を出て、すさまじい音をたててドアを閉めた。

　アセルスタンはにっこり笑い、ボナベンチャーの耳のあいだにキスをして、内陣を見まわした。突然、内陣の壁にハドルが描いた絵に気づいた。木炭で力強く鮮明に描かれている。アセルスタンはじっと見つめた。「あれっ……？」ボナベンチャーを下ろし、火打ち石をとってろうそくを灯し、壁に歩み寄ってしげしげと絵を見た。

　ハドルがざっと下描きしたのは、聖母マリアとみどりごイエスがいとこのエリザベスや幼子の洗礼者ヨハネと会っている場面だった。アセルスタンは描かれている人物を見て、こらえきれずに噴き出した。ベネディクタが聖母マリア。アセルスタン自身が聖ヨセフ。汚穢屋《おわいや》ワトキンの女房がエリザベス。溝掘り人パイクが見物人。鋳掛け屋タブが兵士。ヘロデ王は誰あろう、太った顔に頬ひげを生やしたジョン・クランストン卿にほかならない。奇跡のワイン袋までマントの下から顔をのぞかせている。フィロメルも、売春婦のセシリーも、クリムも、豚飼い女のアーシュラも、彼女の雌豚もいる。しかし、ほんとうにアセルスタンの注意を惹いたのは、幼いふたり、イエスと洗礼者ヨハネだった。ハドルの才能で描かれたみどりごたちは、髪が薄く、目はひたと前を見つめ、頬はふっくらとして、四肢はぽっちゃりしている――まさに、クランストン最愛のふたりのちびちゃんそのものだ。

　アセルスタンは身をふるわせて笑い、ろうそくを吹き消して、教会から〈まだら馬亭〉までクランストンに会いに行った。

解説

古山裕樹

街の匂い――むしろ臭いと書くべきか。

ポール・ドハティーが描く十四世紀のロンドンには、人々の営みが生み出す臭いが渦巻いている。現代風に殺菌された無味無臭の都市とは全く異なる、強烈な臭いが。酒の臭い。人々の体臭。ペットや家畜の臭い。ゴミや排泄物の臭い。そして――死体や血の臭い。

「ローマ人が町に下水を作り、水を流して洗い清めていたのを知っているか？　わたしたちだって、おなじようにしてもいいじゃないか」(p. 296)

と、クランストン検死官が言い出すのも無理はない。作中のロンドンはすさまじい臭いに満ち溢れている。優雅さからも小奇麗さからもほど遠い猥雑な都市。それがこのシリーズの主な舞台なのだ。

遠い時代の物語。そして日本の読者にとっては、遠い国の物語でもある。だが、生活感あふれる街の描写は私たちを無理なく過去のロンドンへと導いてくれる。ユーモアたっぷりに描かれる登場人物たちは親しみやすく、彼らの繰り広げる物語に自然と私たちは引き込まれていく。

話が前後したが、本書はポール・ドハティーが十四世紀後半のイングランドを舞台に描く本格ミステリ、アセルスタン修道士シリーズの第三作である。

それぞれは独立した物語として楽しめるが、徐々にシリーズとしての枠組みもはっきりしてきたところで、改めてレギュラー陣のキャラクターについて振り返ってみよう。

最も印象の強い人物といえば、やはり主人公の相棒、ジョン・クランストン卿だろう。国王勅任の検死官として、殺人の調査にあたる人物だ。大酒飲みの大食漢で、巨体の持ち主。美しい奥方と暮らし、本作からはさらに双子の赤ちゃんが加わった。二児の父になっても、大食いで酒飲みなのは変わらない。事件捜査に赴く前に、景気づけにまず一杯。行き詰まったら気分転換に一杯。そんな彼は奇跡のワイン袋（いくら飲んでもなぜか空っぽにならないらしい）なんてものまで携えている。みごと解決すれば、祝杯を上げるのは言うまでもない。本書を含むこれまでの三作のラストには、いずれも愉快に酒を飲む（あるいは飲みに行こうとする）クランストンの姿が描かれている。

インプットが多ければアウトプットも多い。彼の行くところ、放屁とげっぷの音が絶えることはない。さらに居眠りすればいびきをかく。上も下もノイズ全開の男だ。

……と書いていると単なる迷惑な人に見えるが、権力者に阿《おもね》ることなく正義を貫く好漢でもある。だからこそ、自分の配下に優秀な人物を迎えることもできるのだ。

その優秀な人物が、書記として彼の仕事に付き従うアセルスタンだ。ドミニコ会の托鉢修道士で、ロンドンはサザークの聖アーコンウォルド教会で司祭を務めている。神に仕える身ではあるが、教会区民のひとり、未亡人ベネディクタにひそかに思いを寄せている。もっとも、「ひそかに」のつもりなのは本人だけのようだが……。アセルスタンの（一応）秘められた恋の行方は、シリーズの重要な縦糸の一つである。

司祭の任に就いたのは、シリーズ第一作『毒杯の囀《さえず》り』で語られているように、過去の罪をあがなうための修道院長の命によるもの。自ら望んだわけではないけれど、今ではすっかり気に入っているようだ。

その聖アーコンウォルド教会に通う教会区民たちには、賑やかでしたたかな面々がそろっている。汚穢屋《おわいや》に溝掘り人、豚飼いに画家に売春婦、果ては物乞いまでいる。貧しくもバイタリティあふれる連中で、金儲けのチャンスには実にめざとい。

庶民から国王まで、幅広い社会階層の人々が登場するのがこのシリーズの特徴である。まだ幼い国王リチャード二世と、その叔父である摂政ジョン・オブ・ゴーントの静かな確執も、シリーズの奥底に通った縦糸の一つとして注目しておきたい。なにしろ第一作『毒杯の囀り』は、国王エドワード三世の死と、ジョン・オブ・ゴーントが摂政の地位に就くところから始まるのだから。

摂政に支配されていないクランストンは、王から見れば頼もしい存在なのかもしれない。本書の終盤では、まだ幼い王がクランストンを戦慄させる台詞を口にする。摂政の支配をどう思っているのかを明かすような台詞を。果たして、クランストンたちも宮廷政治に巻き込まれてしまうのだろうか？

そんな人間たちのドラマを基調にしながらも、このシリーズはあくまでも本格ミステリとして書かれている。第三作の本書は、互いに直接は関係しない三つの謎を軸に展開する。クランストンとアセルスタンがこれまで携わってきたのは、あくまでも職務としての犯罪捜査だった。しかし本書で彼らが挑むのは、自身の将来にも関わる事件——いわば彼ら自身の事件なのだ。

まずは、かつてアセルスタンが修練期を過ごした修道院で起きた連続殺人事件の謎。これを解決するため、修道院長はアセルスタンを呼ぶことにする。

もう一つは、クレモナの領主が持ってきた〈緋色の部屋〉の謎。その部屋で寝泊まりした人物は必ず怪死を遂げるという、カーター・ディクスンの『赤後家の殺人』のような謎である。摂政ジョン・オブ・ゴーントの策略で、クランストンは二週間以内にこの謎を解くという賭けに乗せられてしまう。負けても賭け金は摂政が負担してくれる……とはいうものの、それはクランストンが摂政に首輪をつけられることを意味する。

さらに、聖アーコンウォルド教会の改修中に発見された人骨の謎が加わる。教会ではその骨による治癒の奇跡が起きたという評判が立ち、教会区民たちもひと儲けしようと大騒ぎ。アセルスタンは、身に降りかかってきた騒動をおさめ、さらにクランストンのために謎解き勝負に挑むことに。謎を解くこと自体が、立場の打開につながるのだ……。

本書もこれまでの作品も、しっかりした謎解きを軸にして、ダイナミックなドラマが構築されている。ドハティーは生き生きとした描写とユーモアを駆使して、自然に読者を猥雑な中世イングランドへと誘う。

もしも一、二作目をまだお読みでなければ、ぜひ本書と併せて手にとっていただきたい。

そして読み終えられた方は……続く作品も無事に翻訳・刊行されることを祈って、まずは乾杯を！

《アセルスタン修道士シリーズ作品リスト》

1 The Nightingale Gallery (1991)『毒杯の囀《さえず》り』創元推理文庫
2 The House of the Red Slayer (1992)『赤き死の訪れ』創元推理文庫
3 Murder Most Holy (1992) 本書
4 The Anger of God (1993)
5 By Murder's Bright Light (1994)
6 The House of Crows (1995)
7 The Assassin's Riddle (1996)
8 The Devil's Domain (1998)
9 The Field of Blood (1999)
10 The House of Shadows (2003)

検印
廃止

訳者紹介　東京女子大学文理学部英米文学科卒。訳書にT・J・マグレガー「闇に抱かれた女」「エヴァーグレイズに消える」，メースン「サハラに舞う羽根」，A・ベンソン「暗黒の復活」，ドハティー「毒杯の囀り」「赤き死の訪れ」など。

神の家の災い

2008年11月28日　初版

著　者　ポール・ドハティー

訳　者　古《こ》賀《が》弥《や》生《よい》

発行所　(株)　東京創元社
代表者　長谷川晋一

162-0814/東京都新宿区新小川町1-5
電　話　03・3268・8231-営業部
03・3268・8204-編集部
URL　http://www.tsogen.co.jp
振替　00160—9—1565
精興社・本間製本

乱丁・落丁本は，ご面倒ですが小社までご送付ください。送料小社負担にてお取替えいたします。

ISBN 978-4-488-21904-8　C0197